大魚讀品
BIG FISH BOOKS

让日常阅读成为砍向我们内心冰封大海的斧头。

A
NOVEL
BY
MARIA SEMPLE

Where'd You Go, BERNADETTE

伯纳黛特，
你要去哪

[美] 玛利亚·森普尔 著　　何雨珈 译

中国友谊出版公司

图书在版编目（ＣＩＰ）数据

伯纳黛特，你要去哪 / (美) 玛利亚·森普尔著；
何雨珈译. — 北京：中国友谊出版公司，2018.8
书名原文：Where'd You Go, Bernadette
ISBN 978-7-5057-4464-6

Ⅰ.①伯… Ⅱ.①玛… ②何… Ⅲ.①长篇小说—美
国—现代 Ⅳ.①I712.45

中国版本图书馆CIP数据核字（2018）第174651号

Where'd You Go, Bernadette by Maria Semple
Copyright © 2012 by Maria Semple
Simplified Chinese translation copyright © 2018 by Beijing Xiron Books Co., Ltd.
All Rights Reserved

书名	伯纳黛特，你要去哪
作者	[美]玛利亚·森普尔
译者	何雨珈
出版	中国友谊出版公司
发行	中国友谊出版公司
经销	新华书店
印刷	天津旭丰源印刷有限公司
规格	880毫米×1230毫米　32开
	10.25印张　224千字
版次	2018年10月第1版
印次	2018年10月第1次印刷
书号	ISBN 978-7-5057-4464-6
定价	48.00元
地址	北京市朝阳区西坝河南里17号楼
邮编	100028
电话	（010）64668676

如发现图书质量问题，可联系调换。质量投诉电话：010-82069336

目录

献给波比·迈尔斯

要说烦人的事儿，头一件就是我只要问爸爸，妈妈到底出了什么事，他就说："最要紧的是，你要清楚这不是你的错。"你也看出来了吧，他根本没回答我的问题啊。我要是再追问，他就会再说一句烦人的话："真相很复杂。一个人绝不可能完全了解另一个人。"

　　妈妈竟然在圣诞节的前两天人间蒸发了，都不跟我说一声。这事儿当然很复杂了。但是，就算很复杂，就算你觉得一个人绝不可能完全了解另一个人，也不是说你就不能努把力试一试呀。

　　我就能努把力试一试。

第一章

妈妈对战"烦人精"

PART 01

Mom Versus the Gnats

<h1 style="text-align:center">十一月十五日　星期一</h1>

在盖乐街，我们培养同情心、学术能力、与世界联结的态度，让学生们怀着一颗热切的公民之心，创造一个多姿多彩的可持续星球。

学生：比伊·布朗奇
八年级
指导教师：勒维

评分标准

S　　特优

A　　优

W　　优良

几何	特优
生物	特优
世界宗教	特优
音乐	特优
创造性写作	特优
陶艺	特优
语言艺术	特优
表达性运动	特优

评语：比伊实在是个令人心情愉悦的好孩子。她对学习的热爱以及善良与幽默的品质，都能深深地感染旁人。比伊总是勇于提问。老师给出了讨论的主题，她的目标总是要深入理解这个主题，而不仅仅是追求高分。其他学生在学习中总是向比伊求助，而她也总是面带微笑迅速回应。独自

学习时，比伊展现出非常集中的注意力；团队合作时，她是个安静而笃定的领袖。特别值得一提的是，比伊一直是个技艺高超的长笛手。本学年虽然刚过了三分之一，但是我一想到比伊就要从盖乐街毕业，走向更大的世界，心里难免有些伤感。我知道她正在申请东部的寄宿学校，真是嫉妒那些将要认识比伊的老师。他们一定会发现，比伊真是个优秀可爱的女孩儿。

*

那天吃晚饭的时候，爸妈一个劲儿地夸我，"真是为你骄傲"，"我们的女儿就是聪明"，说到没话说了，空气突然安静下来。

"你们都知道这是什么意思吧，"我说，"咱们要干大事儿啦。"

爸妈皱着眉头交换着疑惑的眼神。

"你们忘啦？"我说，"我到盖乐街上学的时候，你们就说了，要是我成绩一直很好，毕业礼物想要什么就有什么。"

"我没忘，"妈妈说，"当时就是不想让你再提小马的事儿了。"

"那是我小时候想要的东西啦，"我说，"现在想要的不一样了。你们想知道是什么吗？"

"我也不确定，"爸爸说，"我们想知道吗？"

"全家人，一块儿去南极！"我抽出屁股下面的宣传册。是一个主打冒险的旅游公司出的，专门安排顾客去奇奇怪怪的地方旅行。我翻到南极那一页，递给爸妈传看。"如果要去的话，必须是圣诞节期间。"

"今年圣诞？"妈妈说，"一个月之内就要出发？"她站起来，把空空的外卖盒子装进送来时装的袋子里。

爸爸已经在认真地看宣传册了。"那边是夏天，"他说，"只有这个时候能去。"

"小马也挺可爱的。"妈妈把袋子打了个结。

"你说什么？"爸爸抬头望着她。

"你工作走不开吧？"她问。

"我们正好学到南极洲，"我说，"我看了好多探险家的日记，还要做个关于沙克尔顿①的报告呢。"我说得都在椅子上手舞足蹈起来了，"有点儿不敢相信啊，你俩都没反对呢！"

"我在等你说，"爸爸对妈妈说，"你讨厌旅行。"

"我在等你说，"妈妈回了他一句，"你工作走不开啊。"

"天哪天哪，就是同意了！"我跳了起来，"同意了！"我太高兴了，我家小狗"冰棍儿"也受到感染，醒过来开始大叫，绕着餐桌打转来庆祝这伟大的胜利。

"这就算同意了吗？"塑料的外卖盒子被塞进垃圾桶，发出嘎吱嘎吱的声音，爸爸问妈妈。

"同意了。"她说。

十一月十六日　星期二

发件人：伯纳黛特·福克斯

收件人：曼尤拉·卡普尔

曼尤拉：

突然来了件没想到的事儿，我想，你能不能加个班。这段试用期你简直是救了我的命。希望你也觉得不错。如果没什么问题，请马上告诉我，因为我需要你施展印度魔法来干一件大事儿。

好了，我就不啰唆了。

你知道的，我有个女儿，比伊（你帮她订过药，还帮她跟保险公司干过仗的）。嗯，我和我老公跟她说了，要是中学期间一直是全 A 的成

① 沙克尔顿，全名 Ernest Shackleton，英国南极探险家，带领的探险队在南极附近发现了南磁极。——译者注（以下如无特殊说明，均为译者注）

绩，就满足她的任何愿望。现在她真的拿到全 A 了。应该说是全 S，因为盖乐街中学比较自由，不怎么看重成绩，而注重发展个性（希望你们印度没这种学校）。那么比伊想干吗呢？想我们一家人一块儿去趟南极！

我不想去南极，我可以找出一百万个理由，最主要的就是我得走出家门。到现在你肯定都知道了，我不喜欢离开家。但我不能跟比伊理论。她是个好孩子。她的个性比我和艾尔吉再另外加 10 个人都要丰富。对了，她正在申请明年秋天去读寄宿学校，这肯定没问题的，她成绩可是全 A 啊，哦，不对，全 S。所以要是不同意她这个要求可就太不地道了。

去南极只能坐游轮。就算最小的游轮也能装下 150 个人。也就是说，我得跟另外 149 个人待在一起，他们态度粗鲁，喜欢浪费，总问些愚蠢的问题，总在不停地抱怨，还会好奇恶心的食物，闲得没事做到处找人聊天儿，肯定得烦死我。说不定还有更糟糕的事儿，他们可能会对我问东问西，也希望我笑脸相迎。光想想我的恐惧症就要发作了。轻微的社交恐惧症对生活没什么影响的吧，对不对？

我把必要的信息都提供给你，能不能请你处理文书工作？签证啊、飞机票啊，反正就是我们三个从西雅图到那片白色大陆需要的所有东西。你有时间吗？

答应我
伯纳黛特

*

对了！你已经拿到信用卡账号了，这样机票、差旅和装备什么的都能买了；你的薪水还是直接从我个人的账户里取就好了。上个月艾尔吉看到信用卡账单上有给你的工资，虽然也没多少钱，但是有点大惊小怪，说我怎么从印度雇了个虚拟助理。我跟他说不会再用你了。所以，如果可以的话，曼尤拉，我俩的事儿，还是悄悄的比较好。

发件人：曼尤拉·卡普尔

收件人：伯纳黛特·福克斯

尊敬的福克斯女士：

　　我乐意为您效劳，协助您处理一家人去南极旅行的事宜。我为您全职工作的合同请见附件。其中也提到了，请您提供您的银行代码。期待我们能长期合作。

热情问候您

曼尤拉

*

德里国际虚拟助理公司　发票

　　票号：BFB39382

　　助理：曼尤拉·卡普尔

　　每月 40 小时，每小时 0.75 美元

总计：30 美元

发票于收讫之时到期

十一月十七日　星期三

奥利·奥德威（奥利奥）致家长书

机密：

致盖乐街学校家长协会

尊敬的家长们：

　　上周的见面实在愉快。能应邀成为盖乐街这所优秀学校的顾问，我非常激动，也深感荣幸。古德伊尔校长承诺要建立一个动力十足的家长协

会，一定不会让你们失望。

我就直奔主题了：现在学校所在地的租约已经连续了三年。我们的目标是要发起一个筹款活动，好租下一个更大、更合适的校园。没能亲自到会的成员请注意，会议重点转达如下：

我私下组织了一次西雅图地区二十五名家长的聚会，他们的年薪都在20万美元以上，家里有孩子正要读幼儿园。此次聚会得出了一个重要结论，他们认为盖乐街是个二流学校，那些没能被首选学校录取的孩子，才会退而求其次地选择盖乐街。

我们的目标是采取行动，改变盖乐街，让其成为西雅图精英家庭的首选。目标有了，那么，如何来实现呢？秘诀在哪里呢？

办学宗旨上说，盖乐街会培养"与世界联结的态度"（你们可真是不走寻常路啊，这种话根本闻所未闻！）。一些重要媒体也深度报道过你们为危地马拉人购买的奶牛，以及送给非洲农村居民的太阳能炉灶。为素未谋面的人筹集些许善款诚然可贵可赞，你们现在也应该为自家孩子的私立学校筹集大笔善款了。要做到这一点，你们现在应该从我所说的"斯巴鲁家长"思维中解放出来，开始在思想上往"奔驰家长"靠拢。"奔驰家长"具有什么样的思维呢？我的研究结果如下：

1. 对私立学校的选择，既要有忧患意识，又要充满雄心壮志。"奔驰家长"会担心孩子得不到"能力范围内最好的教育"。这跟学校实行的教育没什么关系，跟学校里有多少"奔驰家长"有很大关系。

2. 为孩子选择幼儿园时，"奔驰家长"看重的是该学校是否优秀。而目前最优秀的学校是湖岸学校，该校是比尔·盖茨、保罗·艾伦[①]等人的母校。大家普遍认为，进了湖岸学校，就相当于一只脚跨进了"常春藤"。

[①] 保罗·艾伦（Paul Allen），与比尔·盖茨同为微软的创始人，后来因为诊断出某种癌变综合征离开了微软，但仍然是微软的第二大股东。

我就直说吧，这趟"疯狂列车"的第一站是"幼儿园"，而在进入"哈佛站"之前，没人会下车的。

古德伊尔校长带我参观了目前位于产业园的盖乐街校园。显然，"斯巴鲁家长"对于把孩子送到一个与海鲜批发商毗邻的学校没有任何意见。但我向你们保证，"奔驰家长"肯定会有意见的。

无论走哪条路，归根结底都是要筹款租下一个新校园。最佳筹款方式，就是让幼儿园新入学的孩子全部来自"奔驰家庭"。

各位家长，请带上登山钩，安上鞋底钉，因为我们要勇攀陡峰了。但不用害怕：我总是会为弱者考虑的。根据学校的预算，我制订了一个双向的行动计划：

第一个行动是重新设计盖乐街学校的标志。现在这个剪贴画风格的手印我当然很喜欢，但还是再想想，设计一个更能代表"成功"的图案吧。比如说，一个盾牌形的徽章，分成四个部分，分别有太空天线、计算机、湖（这是湖岸学校的设计）和另外一个什么，比如加上个球之类的？我只是提一些想法来抛砖引玉，这个还没定。

第二个行动是举行一个"未来家长早午餐会"，我们希望参会的都是西雅图的精英阶层，或者我常常挂在嘴边的"奔驰家长"。盖乐街学校的家长奥黛丽·格里芬已经慷慨地提出，要在她美丽的家中主持这次餐会（不在离渔民那么近的学校举行，这样最好了）。

附件是"西雅图奔驰家长"的列表。请大家务必仔细阅读列表，告诉我你们能邀请谁参加餐会。我们要全力寻找一个突破点，再利用此突破点邀请到其他"奔驰家长"。等各位家长互相见了面，就会打消他们心中的隐忧，不再认为盖乐街是二流学校了，会有大批家长为孩子申请咱们学校。

好，言归正传，我来负责邀请。请尽快告知我名单上是否有你们熟悉的名字。我们要在圣诞节前实现格里芬家的这次餐会。我目前选定的日期是十二月十一日，星期六。这次我们一定要万事俱备，一击即中，大获全胜。

衷心感谢
"奥利奥"

*

奥黛丽·格里芬致黑莓藤专业清除人士的便条

汤姆：

那天我在花园里修剪多年生的植物，顺便种点花草，为冬季添点颜色，也为十二月十一日要在我家举办的学校早午餐会做准备。去堆肥的时候，我被黑莓藤绊倒了。

这些黑莓藤怎么又回来了呢？我真是大吃一惊。它们不但生长在肥堆里，还长在加高的蔬菜地里、温室里，连养虫箱都进去了。你应该能想象我心情有多糟糕吧，特别是三个星期以前你还收了我一笔数目不小的钱，说把这些藤蔓都给清除了（可能你觉得235美元不算什么大数目，可我们觉得还挺大的）。

你的传单上承诺了"品质保证"。那么我拜托你，能不能再来一次，赶在十一日之前，把所有黑莓藤都清除了，永久清除。

上帝保佑你，园子里的甜菜你随便摘
奥黛丽

*

黑莓藤专业清除人汤姆回信

奥黛丽：

我的确把你们家范围内的黑莓藤都给清除了。你说的这些藤蔓，来自你那个山顶邻居的房子。就是他们的黑莓藤从你家篱笆下面钻进了你家花园。

要阻止这些藤蔓继续生长，我们可以在你家房产的分界线上挖个沟，填上水泥，形成一道屏障。不过要填5英尺①深的水泥，花费可不小。而且在最顶上你还要勤喷除草剂，我觉得你可能不想这样，因为虫子和蔬菜都会受到影响。

能真正解决问题的办法，就是让山顶的邻居把这些藤蔓斩草除根。我还从来没见过西雅图长这么大一片的野生黑莓，特别是在安妮女王山；你们那儿的房价很高的啊。我倒是在瓦雄岛上见过一栋房子，整个地基都缠满了黑莓藤。

这位邻居家的灌木都长在陡峭的山坡上，需要特殊的机器作业。最好的机器是CXJ山坡专用清除机。我这里没有这种机器。

还有个选择，我自己觉得这个办法比较好，就是找几头体形比较大的猪来。你可以租几头，一个星期之内，它们就会把那些黑莓藤连根拔起，拱得干干净净。而且，猪还特别可爱呢。

你想让我去跟邻居谈谈吗？我可以上门的。不过那房子好像没人住。

你怎么想的，尽管跟我说。

汤姆

*

发件人：苏－琳·李－西格尔

收件人：奥黛丽·格里芬

奥黛丽：

之前跟你说过我开始坐班车上班了，对吧？嗯，你猜今天早上我在

---

① 5英尺，约1.5米。

班车上遇到谁了？伯纳黛特的丈夫——艾尔吉·布朗奇。（我为了省钱坐微软班车是很自然的啦，但是艾尔吉·布朗奇图啥呢？）一开始我还不确定是他呢，毕竟我们大家都很少在学校里见到他。

接下来的事情你一定得听听。车上只剩一个座位了，就在艾尔吉·布朗奇旁边，而且他坐在靠过道的地方，那个位子是靠窗的。

"不好意思。"我说。

他当时正在疯狂地敲键盘，头也没抬一下，只把膝盖挪到旁边让位。我知道他是八十级的公司副总，我只不过是个小行政，但他至少也要有点绅士风度，站起来让女士过去吧。我从他身边挤了过去，坐下了。

"看这天儿，总算能有些阳光啦。"我跟他搭话。

"嗯，挺好的。"

"我特别期待世界欢庆日呢。"我说。他好像有点儿害怕，就跟完全不认识我似的。"我是林肯的妈妈，盖乐街的家长。"

"当然！"他说，"我很想跟你多聊一会儿，但是这封邮件要赶着发出去。"他把套在脖子上的耳机戴上之后，继续疯狂地敲键盘。我跟你讲，他那个耳机线都没插！是消音耳机！一直到雷德蒙德①，他都没再跟我说一句话。

我跟你说，奥黛丽，这五年我们一直都觉得，他们家只有伯纳黛特比较讨厌。结果证明，她老公也跟她一个德行啊；没礼貌，跟个反社会似的！到了公司我特别生气，在"谷歌"上搜了一下"伯纳黛特·福克斯"。（真不敢相信我居然到现在才想起来做这件事，你想想，咱俩对她意见多大呀！）人人都知道艾尔吉·布朗奇是微软"萨曼莎"二代机器人团队的老大，但我查了下伯纳黛特，什么资料都没有。在网上能搜到的唯一的

---

① 雷德蒙德，微软总部所在地。

"伯纳黛特·福克斯"是加州的某个建筑师。我还把她所有的名字调换组合都搜了一下，伯纳黛特·布朗奇、伯纳黛特·福克斯－布朗奇。但是我们这位伯纳黛特——比伊的妈妈，在互联网上是不存在的。这年头还能做到这样，本身也算是一项成就了吧。

换个话题，"奥利奥"是不是特别惹人爱呀？去年，微软裁员百分之十，他也走人了，对我真是巨大的打击。不过，要是他没被裁，我们那个小学校又怎么请得动他来做品牌重建啊。

再回到微软，史蒂夫·鲍尔默找了很多人，说感恩节之后的那个周一要开个会。公司上下传得风言风语。就在鲍尔默说的开会时间之前几个小时，我的产品经理叫我预定一个会议室，经理还强调说，必须定到手。这些都只说明一件事：又要来一轮裁员啦。（哈哈，假期愉快！）我们老大听了一些闲话，好像我们的项目要被取消了，结果他找了一封参与人数最多的邮件，写了句"微软是恐龙，股价跌个大窟窿"，然后点了"回复全部"。这么冲动，从来都不是好事儿。我现在很担心，他们要"连坐"整个团队，我的去处不会太好。或者，我可能根本就没有什么去处可言了！万一我定的那个会议室是要炒了我自己呢？

哎，奥黛丽呀，祈祷的时候请记得我、亚历珊德拉和林肯吧。要是我被炒了，还真不知道该怎么办呢。微软的工作就是表面风光，里面心慌。如果假期之后我还有工作，还是很乐意为那个家长早午餐会出些钱的。

苏－琳

十一月十八日　星期四
奥黛丽·格里芬致黑莓藤专业清除人士的便条

汤姆：

我们山上那栋很大的老房子，跟闹鬼似的，看看他家的院子，你肯定觉得没人住了。其实是有人住的。他们家的女儿比伊在盖乐街中学，跟凯尔是同班同学。今天我去接孩子的时候，肯定会跟她妈妈说说黑莓藤的事儿的。

猪？猪是不行的。不过甜菜你一定拿点儿去啊。

奥黛丽

*

发件人：伯纳黛特·福克斯

收件人：曼尤拉·卡普尔

你答应啦，我高兴疯了！！！所有的东西我都签好了，也扫描了。给你讲讲去南极的事儿。我们一共是三个人，所以需要订两间房。艾尔吉在美国航空有很多里程，所以三张机票最好都用里程来买。我们的寒假从十二月二十三日一直到一月五日。要是因为去南极要缺点儿课，也没关系。对了，还有狗！我们家狗重130磅[①]，口水永远流得全身都是，我们得找个寄养它的地方。哎呀，得去接比伊放学了，再不走就晚了。再次说声谢谢你！

十一月十九日　星期五

古德伊尔校长放在我们带回家的周末文件夹中的便条

尊敬的家长：

关于昨天大家接孩子放学时发生的事情，外面传得沸沸扬扬。好在无人受伤。但我们刚好可以借此来好好回顾一下"盖乐街学校手册"中列出的规章制度（我把要强调的部分变成了斜体）。

2A部分，第 ii 条。接学生放学有两种方式。

---

① 130磅，约59千克。

驾车：把车开到学校大门口。请注意不要挡住"国际优质海鲜"公司的装卸区。

步行：请在北区停好车，到运河边那条路接孩子。出于安全高效的考量，我们请求步行的家长不要接近车区。

我们学校拥有一群优秀尽责的家长，互相之间来往也很密切，这也一直是我努力做好学校工作的动力。不过，学生的安全永远是第一位的。所以，让我们从奥黛丽·格里芬的遭遇中吸取教训，聊天最好选在咖啡馆，不要在车道上。

诚祝安好

校长格温·古德伊尔

*

奥黛丽·格里芬让我转交给妈妈的急救室账单

病人姓名：奥黛丽·格里芬

主治医师：C.卡塞拉 　　　　　　　　　　　　　　　　（单位：美元）

急诊入院费	900.00
X光（自选，不包含在入院费中）	425.83
处方：维柯丁止痛药10毫克（15片，0补充装）	95.70
拐杖租用（自选，不包含在入院费中）	173.00
拐杖押金	75.00
共计	1669.53

注：肉眼检视和基础神经系统检查未发现受伤。病人的情绪比较激动，要求医生进行X光检查、开维柯丁并租用了拐杖。

*

发件人：苏－琳·李－西格尔

收件人：奥黛丽·格里芬

　　我听说伯纳黛特来接她家孩子放学的时候开车轧到你！你没事儿吧？我要不要做点晚饭带过来？到底怎么回事儿？

*

发件人：奥黛丽·格里芬

收件人：苏－琳·李－西格尔

　　你听说的都没错。伯纳黛特家的黑莓藤已经从她那个山坡钻到我家篱笆下面，闯到我的花园里来了。我不得不找了个专业人员来清除，结果他说伯纳黛特的黑莓藤快要把我家地基给毁了。

　　我当然想跟她友好地谈一谈。所以她在车道上排队的时候，我就走到她的车那儿。好，就算是我的错！但是那个女人，怎么可能好好说话呢！她就跟罗斯福似的，尊贵得很嘛，从来都只看到她的上半身，开着车就过去了，她好像一次也没下车走路送比伊进校门吧。

　　我想跟她聊聊，但是车窗都关得死死的，她也假装没看见我。看那架势还以为她是法国第一夫人呢，丝绸围巾飘着，大墨镜戴着。我敲了下她的挡风玻璃，结果她还是开过去了。

　　轧到我的脚了！我去了急救室，结果遇到个庸医，就是不承认我受了伤。

　　说实话，我都不知道自己更生谁的气，是伯纳黛特·福克斯，还是因为格温·古德伊尔在周五的家长信里面居然点了我的名。不知道的还以为是我做错了什么事情呢！而且她点了我的名，却没提伯纳黛特！学校的"多元化理事会"是我创立的，"爸爸甜甜圈"是我发明的，盖乐街学校的使命宣言也是我写的，要是交给波特兰那个大公司来写，可是要收 1 万美元的。

可能盖乐街挺乐意在这个工业园租下去的，可能盖乐街不想长长久久地拥有一个属于自己的校园吧，可能格温·古德伊尔是想让我取消那个"未来家长早午餐会"吧。我现在就要给她打电话，我真是生气了。

啊，电话响了，她打来的。

十一月二十二日　星期一
古德伊尔校长放在家校联系"周一通信"中的便条

尊敬的家长：

特此声明，是比伊·布朗奇的母亲伯纳黛特·福克斯驾车轧到了另一位家长的脚。周末一直在下雨，但希望大家都过得不错。

诚祝安好

校长格温·古德伊尔

＊

要是有人问我的话，我是可以说说接人的时候到底发生了什么事的。我费了一番工夫才上的车，因为妈妈总是把冰棍儿带来，让她坐前面。这狗，一旦坐到副驾驶的位子上就不愿意下来。所以当时冰棍儿在任性地闹脾气，完全一动不动，死死地盯着前面。

"妈！"我说，"你怎么能让它坐前面啊——"

"它自己跳上车的。"妈妈提着冰棍儿的脖子，我就推它的屁股，它很不高兴地呼噜了一阵儿，终于还是坐到车后面去了。但它可不像别人家的狗那样乖乖地坐在后座上，而是站在地上，就在副驾驶和后座之间的那一小块儿地方挤着，一脸丧气，好像在说："看看你俩把我逼到什么田地了？"

"你戏太多了吧！"妈妈对它说。

我系好了安全带。突然，奥黛丽·格里芬就朝我们的车跑过来了。她身体很僵硬，摇摇晃晃的，看得出来有十年没跑步了吧。

"我的天，"妈妈说，"她这是要干吗？"

奥黛丽·格里芬的眼神很疯狂，不过还是像平时一样满脸堆笑，朝我们挥舞着一张纸。她梳了个马尾，灰白的头发有点散出来；穿了双木底鞋，在她的羽绒背心下面牛仔裤的褶子一下一下地凸出来，让人忍不住想看几眼。

负责指挥交通的弗洛雷斯太太示意我们继续往前开，因为车队排得很长，"优质海鲜"那边的人还举着设备在录因家长引起的交通阻塞。奥黛丽做了个手势，叫我们停下。

妈妈戴着墨镜。她总是戴着墨镜，下雨天也是。"那个'烦人精'啊，"妈妈低声说，"我就当没看见她好了。"

我们就那么开过去了。我肯定，车是没有轧到任何人的脚的。我喜欢妈妈的车，坐在上面真的就像"豌豆公主"一样，什么都能感觉到。要是妈妈的车真的轧到了像人的脚那么大的东西，安全气囊肯定是要弹出来的。

十一月二十三日　星期二

发件人：伯纳黛特·福克斯

收件人：曼尤拉·卡普尔

附件是一张急诊室账单扫描件，好像我得付钱。盖乐街有个"烦人精"家长说我接孩子的时候轧到她的脚了。本来应该哈哈大笑一番的，但是我烦得笑不出来。所以呀，我才把学校那些妈妈叫作"烦人精"。因为她们很烦人，但是又没烦到值得真正耗费什么精力的程度。九年了，这些"烦人精"什么事儿都做了，想找碴，想跟我吵架……要细说起来根本说不完！现在比伊要毕业了，我也看到曙光了，跟"烦人精"硬杠不值得。你能不能看看，我们买的那么多保险里面，有没有哪个是可以赔付这个的？想想，要不咱们就直接自己出钱吧。艾尔吉肯定不希望因为这么小的事情就让保险费率上升。他一直不懂我为什么那么讨厌那些"烦人精"。

南极那边的事情都很棒啊！我们要两间B级大床房。我会把护照扫描给你，上面有我们的出生日期、名字的准确拼写，还有别的信息。对了，驾照、社会保险号都会给你，以防万一。比伊的护照上写着她的大名，是"巴拉克利须那·布朗奇"（给她取名字的时候我压力很大，而且当时这个名字看着还不错的）。所以她机票上的名字必须是"巴拉克利须那"。但是在船上，比如名牌、乘客名单之类的，我请你想尽一切办法，让这个孩子不要叫那么神圣的名字，就叫"比伊"吧。①

我看到你发来的物品清单了。你要不就给我们准备三份吧。我是女士中号，艾尔吉是男士加大，他虽然没有肚腩，但是很高，6.2英尺②，一点儿赘肉都没有，真是老天爷赏的好身材。比伊比同龄人要瘦小一些，你给她买十岁孩子通常穿的尺寸就行了。如果你拿不准尺寸和款式，就多发点过来，我们试试好了。给你寄回的时候我不用出门，只要塞在一个箱子里让联合包裹的人上门来收就好。还有，我说的那些书都得买来带上，艾尔吉和比伊肯定会读个遍的，我也会争取读一读。

我还想要一件钓鱼背心，就是有很多拉链口袋的那种。以前我还喜欢出门的时候，有一次坐飞机，我旁边坐了个环保专家，他一辈子都在满

---

① 巴拉克利须那（Bala Krishna）是印度宗教中克利须那派崇拜的神明，往往是一个在舞蹈的小孩子的形象，名字的意思是"神赐的孩子"。

② 6.2英尺，约1.92米。

世界跑。他当时就穿了一件钓鱼背心，把护照、钱、眼镜、胶卷盒都装在了里面——对，是胶卷盒，那是很久以前啦。我觉得这简直是天才才能想出来的：所有的东西都放在一件衣服里面，既方便取，又全都有拉链，过安检的时候一脱一穿超级方便。我当时就想着：下次旅行的时候，一定给自己买一件。现在是时候了。你最好给我买两件吧。

所有东西都送到宅子里来吧。你最好了！

*

发件人：曼尤拉·卡普尔

收件人：伯纳黛特·福克斯

尊敬的福克斯女士：

您对物品清单的要求已经收到，我会根据您的要求来进行。"宅子"是什么意思？我的记录上没有这个地址。

热情问候您

曼尤拉

*

发件人：伯纳黛特·福克斯

收件人：曼尤拉·卡普尔

你去过宜家吗？那种不能相信所有东西都那么便宜的感觉，懂吧？那种小圆蜡烛，每袋100个，肯定用不完也没必要，但是我的天哪，这么多一共才99美分！还有，抱枕里面塞的那一团东西肯定非常软，说不定还有毒，但是颜色真是鲜艳好看，而且5美元能买3个！你不知不觉就花了500美元，买的破东西你一个都不需要，但就因为很便宜！你懂的吧？

你当然不懂。不过，要是你懂的话，就知道我对西雅图的房产是什么感觉了。

我差不多是心血来潮来这里的。我们之前一直住在洛杉矶，艾尔吉的动画公司被"老大哥"收购了。哎哟，我说的"老大哥"就是微软啦。差不多就是那段时间，我遇到一件特别糟糕的大事儿，这件事儿咱们就不必细说了，反正就是很大、很糟糕，让我想赶快从洛杉矶逃走，再也不要回去。

艾尔吉是不用调派到西雅图的，但"老大哥"很希望他能调过去。我也恰巧抓住这个机会，从"天使之城"一走了之。

我第一次来西雅图的时候，中介就从机场接上我去看房子。上午看的都是那种工匠风格①的房子，西雅图也只有这种。当然还有那种特别有损市容，影响人心情的公寓楼，一块一块的，跟皮疹似的，好像六七十年代负责规划区域的长官一直在睡大觉，把当时的建筑设计随手交给了苏联人，那种房子就不作数了。

除此之外，其他一切都是工匠风格。二十世纪初的工匠风格，修复得漂漂亮亮的工匠风格，进行了再解读的新工匠风格，缺爱的工匠风格，现代派的工匠风格。好像一个催眠师给西雅图的所有人施了法：你慢慢睡着了，醒来的时候，你会只想住在工匠风格的房子里，年代没关系，你只希望墙要厚厚的、窗户小小的、房间里面是深色的、天花板要低，地段也很好。

满城工匠风格的房子，最重要的一点是：和洛杉矶相比，这里的房子简直就是宜家那种白菜价！

中介叫莱恩，他带我去市中心一家汤姆·道格拉斯开的餐馆吃午饭。汤姆·道格拉斯是当地名厨，开了十二家餐馆，一家比一家开得好。我是在他的"诺拉"餐厅吃的饭，椰子奶油派、蒜香酱什么的，都太好吃啦！我吃着这样的食物，觉得在这个离加拿大很近的"污水坑"或所谓的"翡

---

① 工匠风格，美国住宅风格的一种，是二十世纪初手工艺术运动的产物，最大的特点是外观多采用石木材料，总体感觉是建筑稳固，细节处理一丝不苟，因此受到很多美国家庭的欢迎。

翠城"里，我还是能过得很愉快的。都怪你，汤姆·道格拉斯！

吃了午饭，我们就上了中介的车，开始下午的看房之旅。市中心上头有个小山坡，正如你所想，上面布满了工匠风格的房子。我模模糊糊地看到山顶偏左的地方有个砖墙建筑，院子很大，能俯瞰艾略特湾。

"那个是什么？"我问莱恩。

"直门，"他说，"本来是教化不良少女的天主教学校，是二十世纪初建的。"

"现在是干吗的？"我说。

"哦，很多年没用了。总有些开发商想改建成公寓大厦。"

"所以是要卖的咯？"

"本来是要改建成八栋公寓楼的。"他说，接着眼珠一转，觉得能卖给我，"整个房产有 3 英亩①，基本都是平地。另外，一整座山头都是你的，虽然不能盖房子，但肯定是很私密的。'直门'这个名字好像跟同性恋有仇似的，所以开发商重新命名为'门楼'，就那个房子，总面积大概是 12 000 平方英尺②，魅力无限啊。虽然房子的维护有点滞后，但这可是一颗皇冠上的宝石啊。"

"出价多少？"

莱恩戏很多，特地停顿了一下。"40 万。"我惊讶地张大嘴巴，他很满意地看着我。我们看的其他房子价格都与此处差不多，但是占地很小。

原来那个大院子已经因为税收目的进行了交易，成了开放空间，而"安妮女王社区联合会"又把"直门"定为历史遗迹，外墙和内墙都不能改动。所以"直门女子学校"基本上是没人管、没人问的状态。

"但这整片区域是可以独门独户居住的。"我说。

---

① 3 英亩，约 12 000 平方米。
② 12 000 平方英尺，约 11 000 平方米。

"我们去看看吧。"莱恩招呼我上车。

房子的布局可以说是优秀。地下室感觉像是以前关女孩子的地方，地门是从外面上锁的，看着很诡异、很阴沉。地下室一共只有5 000平方英尺①，所以地上空间就有7 000平方英尺②，作为住家是绰绰有余的了。一层是开放式厨房，连接着餐厅，好得很。还有个巨大的接待区，可以改造成客厅和几间小小的办公室。二层是个小教堂，有玻璃花窗和一排忏悔室。改造成主卧和衣帽间再好不过了！还有几个房间，这样儿童房和客卧也有了。只要简单装修一下就好：做点防风、防潮措施，家具墙面整修一下，粉刷一下。小菜一碟。

我站在朝西的后廊上，看着一艘艘游轮像蜗牛一样在水面上滑动。

"它们去哪儿呀？"我问。

"班布里奇岛，"莱恩回答，接着又很有头脑地补了一句，"很多人在那岛上另外有套房子。"

我又多待了一天，也在那岛上另外买了栋房子。

*

发件人：曼尤拉·卡普尔

收件人：伯纳黛特·福克斯

尊敬的福克斯女士：

物品清单上的东西会直接送到门楼大道那个地址的。

热情问候您

曼尤拉

---

① 5 000平方英尺，约450平方米。

② 7 000平方英尺，约630平方米。

*

发件人：伯纳黛特·福克斯

收件人：曼尤拉·卡普尔

对了！你能不能帮我们订个感恩节的晚餐？就给华盛顿体育俱乐部打电话，订个晚上七点的三人桌。你可以打电话对吧？肯定可以啊，我在想什么呢。你们这些人肯定可以的呀。

我知道，叫你从印度打电话，预订一个我从窗户这里就能看到的地方，是有那么一点儿奇怪。但我跟你说，问题就是，接电话的那个人总是会说："华盛顿体育俱乐部，请问您转接到哪里？"

他的语气总是很友好，但却很刻板，总之就是很……加拿大。我不喜欢出门，主要原因之一就是出门就可能跟加拿大人碰面。西雅图全是加拿大人。好吧，你可能觉得，美国和加拿大有什么区别啊，大家都说英语，都是病态的大白胖子。曼尤拉，你要是这么想，那就错得离谱啦！

美国人是咄咄逼人、粗鲁讨厌的神经病，无论从哪方面来看都是这样的，就像《希腊人佐巴》里面的那首歌的歌词：彻头彻尾的大祸水。加拿大人完全没有这些毛病。你在印度，可能特别害怕高峰期有头牛坐在街道正中央，那种害怕就是我对加拿大人的害怕。加拿大人觉得人人平等。琼尼·米歇尔这么优秀的歌手，和开麦夜①上台高歌的公司秘书也没什么两样；弗兰克·盖里设计的伟大建筑，也不比绘图软件上随便画的东西伟大到哪里去；约翰·坎迪这种国宝级喜剧演员，跟自己家灌了几瓶酒的舅舅差不多好笑。这么一说，加拿大人只有走出加拿大才会扬名世界，也不奇怪了。那些有才华的人待在加拿大，都会被这种全民的平等思想埋没。加拿大人就是不明白，有些人是出

———————
① 开麦夜，指的是当晚麦克风开放，谁都可以上台表演。

类拔萃的，就应该享受出类拔萃的待遇。

好了好了，我抱怨完了。

华体那边的位子可能订不到，因为两天后就是感恩节了。那你就上万能的互联网帮我们找个地儿吧。

*

我们怎么会去丹尼尔烤肉店过感恩节啊，真想不通。那天早上我睡了个懒觉，穿着睡衣就下了楼。去厨房的路上我一看就知道要下雨，因为那儿又堆了一堆塑料袋和毛巾。这是妈妈发明的房屋漏水应对系统。

要先把塑料袋放在漏水的地方，再盖上毛巾或搬家时候用来保护家具的那种毯子。然后拿个煮意面的锅子摆在中间接水。塑料袋是一定要放的，因为很可能一个地方漏个几小时，然后又换附近的一个地方漏。妈妈还想出了一个好主意，就是在锅子里放件旧 T 恤，这样就没有"滴答滴答"的声音了。不然睡觉的时候听着这声音，是会让人发疯的。

那天早上爸爸也在家，真难得。他起得早，已经完成了户外的骑车锻炼，汗流浃背地站在厨房吧台那儿，还穿着那条难看的荧光运动裤，喝着自己打的绿色蔬果汁。他没穿上衣，胸上连了个黑色的心率监测仪，还戴着自己发明的驼背矫正器。这个仪器好像对他的背比较好吧，可以在他用电脑的时候保持双肩向后伸展的状态。

"你也早上好。"他好像对我不太满意。

我肯定是脸色不太好看。但是不好意思啊，一下楼就看到自己的老爸穿着个胸罩一样的东西，很奇怪的好吗！就算是为了矫正身形，那也很奇怪啊。

妈妈满手抱着意面锅从餐具室里出来："好啊，乖女儿！"一不小心锅掉了，发出巨响。"不好意思、不好意思、不好意思。我真的很累。"有的时候妈妈连觉都不睡。

爸爸穿着骑车的鞋子，"嗒嗒嗒"地走过去，把心率监测仪连在笔记本电脑上，下载锻炼数据。

"艾尔吉，"妈妈说，"等你有空了，来试试旅行要用的防水靴。我这儿有好些款式和尺寸，你都试试。"

"啊，太棒啦！"他又"嗒嗒嗒"地走进了客厅。

长笛就放在吧台上，我拿起来吹了几个音调。"那个，"我问妈妈，"你在乔特读书的时候，有梅隆艺术中心了吗？"

"有了。"妈妈说。她把锅子捡起来，又抱在怀里了。"那是我唯一一次登台呢。演了《红男绿女》里的一个辣妹。"

"我和爸爸去参观的时候，导游的学姐说乔特有个学生合唱团，每周五瓦林福德的人还会付钱听他们唱歌呢。"

"那对你可再好不过了。"妈妈说。

"要先进得去才行。"我又吹了几个音调，妈妈又把锅哐当掉在地上了。

"你知不知道我有多坚强？"她突然话锋一转，"知不知道你就要去上寄宿学校了，我有多心碎？"

"你也是上的寄宿学校啊。"我说，"如果你不想让我去上，那就不该把学校生活说得那么有趣。"

我们家安装的是那种双向都能开的弹簧门，爸爸推开门走进来，手里晃着些靴子，上面还挂着标签。"伯纳黛特，"他说，"你买的这些东西真棒。"说着张开双臂拥抱了她一下。"你没干别的，都去迪雷^①逛

---
① 迪雷（REI），美国户外用品连锁店。

去了吧。"

"差不多吧。"妈妈说。接着又转身看着我。"听我说，我从来没好好想过你去上寄宿学校意味着什么。你要离开我们了。不过说真的，你飞了我其实也没事。反正每天还是可以见到你的。"

我有点生气地瞪着她。

"哎呀，我没跟你说啊？"她说，"我也要搬家去瓦林福德，在学校附近租个房子。我已经找了份工作，到乔特的食堂打工。"

"你开什么玩笑？"我说。

"又没人会知道我是你妈妈。你根本不用跟我打招呼。我就是想每天看看你这张好看的小脸儿。不过嘛，你偶尔轻轻地招招手，肯定能温暖我这老母亲的心。"她说最后这句话的样子，活像爱尔兰民间传说里的那种小妖精。

"妈！"我说。

"这个你没的选，"她说，"你就是那个'逃家小兔'①，是逃不出我的手掌心的。我就戴着塑胶手套潜伏在食品罩后面，周三我给你发汉堡，周五给你舀鱼肉——"

"爸，你管管她。"

"伯纳黛特，"他说，"求你别说啦。"

"你俩都觉得我是说着玩儿的，"她说，"行，愿意怎么想就怎么想吧。"

"今晚我们到底去哪儿吃晚饭啊？"我问。

妈妈的脸上闪过一丝不寻常的神色。"等等。"她从后门走出去了。

---

① 《逃家小兔》(*Runaway Bunny*)，一九四二年的一本童话书，讲的是一只总想离家出走的小兔子，兔妈妈总是说："要是你走了，我就跟着你。"

我拿起电视遥控器。"今天海鹰队不是要打达拉斯吗？^①"

"一点开播。"爸爸说，"我们先去趟动物园，回来再看比赛？"

"棒极了！可以去看看那个刚生出来的树袋熊宝宝。"

"你想骑车去吗？"

"你要骑你那辆卧式自行车吗？"我问。

"应该吧。"爸爸双手攥拳，转了几圈。"山路很难骑，我手腕不行了——"

"那我们开车吧。"我迅速地说。

妈妈回来了。双手在裤子上擦了擦，深呼吸了一大口气。"今晚，"她宣布，"我们去丹尼尔烤肉店吃饭。"

"丹尼尔烤肉店？"爸爸说。

"丹尼尔烤肉店？"我重复了一遍。"就是团结湖码头上那个超级随机的地方，有观光大巴，总在电视上做广告那个？"

"就是那个。"妈妈说。

一阵沉默。接着有人发出很大一声"哈！"，是爸爸。"我一辈子都想不到你会选丹尼尔烤肉店吃感恩节大餐。"

"我就喜欢让你猜不透。"她说。

我拿起爸爸的电话给肯尼迪发了个短信。她和她妈妈一起在惠特贝岛上。知道我们要去丹尼尔烤肉店，她简直羡慕死了。

店里有人弹钢琴，柠檬汁无限续杯，巧克力蛋糕是很大一块的那种，大家都说是"吃到死的巧克力"，比中餐厅"华馆"（P. F. Chang's）的那种巨无霸蛋糕还要大。星期一我去上学的时候，大家都在说："不可能吧，你感恩节去了丹尼尔烤肉店？太酷炫了吧。"

---

① "超级碗"橄榄球比赛是美国感恩节那天的传统电视节目。很多大城市有属于自己的橄榄球球队，这句话中提到的两支球队分别是西雅图海鹰队和达拉斯牛仔队。

十一月二十九日　星期一
汤姆的便条

奥黛丽：

　　我不需要甜菜。我需要你付款。不然我要开始留置权诉讼了。

*

奥黛丽·格里芬的便条

汤姆：

　　你竟然威胁说要起诉我。真是很好笑。我老公沃伦在地方检察官办公室工作，他也觉得特别好笑。因为我们完全可以把你告到小额索赔法庭，轻而易举就能赢。事情走到那一步之前，我还是三思了一下，想了个更友好的解决办法。请你估个价，移除我邻居的黑莓藤大概要多少钱。如果你需要之前提到的那种机器，没问题。想怎么干都行，只要别让猪掺和进来。

　　估价拿到手了，我就把你之前的全款付了。但我不到两周就要主办一个很重要的学校早午餐会，院子必须要修整好。

十二月一日　星期三
汤姆的便条

奥黛丽：

　　这么大规模的工作，肯定是需要山坡专用清除机的。但我这边的工作人员觉得还是雨季之后再用比较好。他最早能在五月开工。要估价，我们就得进到邻居的房产范围内。你那天跟他们谈过了吗？有他们的电话吗？

29

奥黛丽·格里芬的便条

汤姆:

我真是要乱死了。十天以后，西雅图的精英们就要光临我们家，参加一个重要的学校活动，到时候他们肯定会到我家后院畅游一番的。我不能让那些长满刺的灌木把他们的衣服给刮了呀！不能等到五月。不能等到一个月以后。我不管你需不需要自己去租那个什么清除机。我只要十二月十一日之前，那些黑莓藤就必须消失。

说到去邻居的地盘上估价，那女人是个刺儿头，我说真的。我建议，周一下午三点，咱们准时在我家见面。我确定那个时候她会去学校接她女儿放学。我们可以通过侧墙篱笆的一个小洞迅速爬过去，看看她那边的黑莓藤。

我的沙克尔顿爵士研究报告节选

德雷克海峡是位于南美洲最南端的智利合恩角与南极大陆之间的水域。这条总长 500 英里[①] 的海峡是以十六世纪的武装民船船长弗朗西斯·德雷克命名的。在德雷克海峡中，没有特别大块的陆地。因此南极绕极流（西风漂流）就能畅通无阻地循环。于是，德雷克海峡成为全世界最难通过，也最让人谈之色变的水域。

发件人：伯纳黛特·福克斯

收件人：曼尤拉·卡普尔

你象征性地问八年级的孩子一个问题，比如，"今天学校学啥啦？"

---

① 500 英里，约 804 千米。

结果能学到一大堆知识呢。

比如，你知不知道南极和北极的区别是：南极是有土地的，而北极只有冰？我以前知道南极是块大陆，觉得北极也应该有陆地的吧。还有，你知不知道南极是没有白熊？我就不知道！我还以为能从船上看到那些被人虐待的可怜白熊从这座融化的冰山跳到另一座冰山呢。但要看这么悲伤的景象，得去北极。南极的常住居民居然是企鹅。所以，你要是脑海里还幻想着白熊和企鹅欢乐嬉戏的场面，就赶紧打消这个念头，因为白熊和企鹅真的分属于地球的两极。世界这么大，我想我该多出去看看的。

我还有更一无所知的事情。你知不知道，要去南极，就要穿越德雷克海峡？你知不知道德雷克海峡是这个地球上最凶险的水域？好吧，我现在知道了，因为我刚刚在网上浏览了三个小时。

那么问题来了，你会晕海船吗？不晕船的人根本不知道那是一种什么体验。不只是恶心，还会恶心得让你丧失活下去的意志。我已经警告艾尔吉了：那两天的第一要务，就是别让我拿到枪。晕船难受得像万箭穿心，一枪打爆头反而会很轻松。

十年前我看过一部纪录片，讲的是莫斯科剧院人质事件。车臣恐怖分子让人质待在座位上不准动，不许睡觉，亮光一直照着，尿尿只能尿在裤子里——如果不得大大便，可以到乐池里去大便。就这样，仅仅过了四十八个小时，就有好几个人质站起来，径直往出口走去。他们心里很清楚那些人会在背后开枪杀了自己。但是他们活够了。

这就是我要说的。我真的很害怕这次的南极之旅，不仅是因为我讨厌见人；是，我现在还是讨厌见人。我只是觉得，德雷克海峡我肯定过不去。要不是为了比伊，我肯定要取消这次旅程。但我不能让她失望。你能不能帮我找点儿对付晕船的强力特效药啊。不要什么"晕海宁"，要强力的特效药。

另外，每次都得看我这些唠唠叨叨的裹脚布邮件，你要收费，我也觉得很合理！

*

乔特中学招生主任布鲁斯·杰赛普的来信

亲爱的比伊：

我们对一批提前录取的优秀学生进行了仔细谨慎的评估，非常高兴地通知你，你已经被乔特·罗斯玛丽中学录取了。

评估过程中，了解你的学术成就和多种多样的兴趣爱好，是一种极大的乐趣。事实上，鉴于你非常优秀的分数和评语，我们的学习部主任希拉里·郎迪思已经另外寄了一封信给你的父母，商量为你制订一个专属录取计划。

在此，请接受我们的热烈祝贺，祝贺你在极度激烈的竞争中脱颖而出。我毫不怀疑，你从自己的同学身上，也能发现我们在你身上看到的品质，受到激励鼓舞，迎接挑战和竞争，同时全情投入。

诚祝安好

布鲁斯·杰赛普

*

乔特中学学习部主任希拉里·郎迪思的来信

尊敬的布朗奇夫妇：

祝贺你们，比伊被乔特·罗斯玛丽中学录取了。你们肯定比谁都了解，比伊是位出色的年轻女孩。事实上，鉴于她如此出类拔萃，我建议她跳过九年级，直接进入乔特·罗斯玛丽读十年级。

今年，乔特·罗斯玛丽的录取率是十分之一。几乎无一例外地，每个候选的学生都和比伊一样，中考成绩优异，在校平均成绩也接近满分。

也许你们会好奇，在众多学术成绩相近，分数同样出色，推荐信同样充满溢美之词的候选人中，我们是如何筛选出真正能在乔特中学取得良好发展的学生的。

从二十世纪九十年代后期开始，我们的招生办就和耶鲁的PACE（能力心理学、竞争力与专业技能）中心合作，发展了一套严格的标准，来衡量学生的"软技能"，看其是否能适应寄宿学校在学术和社交上的挑战。合作的结果就是乔特·罗斯玛丽中学在录取过程中形成了独一无二的体系：乔特自评系统。

比伊从众多候选人中脱颖而出，主要衡量基准就在于这个乔特自评系统。按照这个新的成功评判标准，我们主要以两个词来形容乔特理想的学生，分别是"决心"和"镇定"。你们的女儿接受测试后，在这两方面的表现都十分优异。

众所周知，一个有天赋的孩子，最可怕的遭遇就是波澜不惊的无聊成长。因此，我们认为，比伊直接读十年级，对她来说是最好的安排。

寄宿费是47 260美元。为了确保我们为比伊留下这个位置，请在一月三日之前交录取同意书和留位费。

期待与你们进一步商谈此事。最重要的是，乔特·罗斯玛丽欢迎你们！

诚祝安好

希拉里·郎迪思

*

发件人：伯纳黛特·福克斯

收件人：曼尤拉·卡普尔

远在印度的你，有没有听到我的啜泣？比伊被乔特录取了！真的，这都怪艾尔吉和我，总是跟比伊说我们在寄宿学校的日子过得多么精彩。

艾尔吉读的是艾克赛特，我读的是乔特。除了一些聪慧过人的同学，其实也没什么特别的。感恩而死乐队①的演唱会，还有想尽各种古灵精怪的办法，不要让抽水烟的味道飘得满宿舍都是：这些都是很棒的事情嘛。我当然特别希望自己的宝贝女儿能逃离西雅图这个枯燥乏味的大"农村"。比伊也渴望开始新生活。所以我别无选择啦，只能勇敢坚强一点，不要搞得好像我是主角一样。

艾尔吉正在写信说不想让比伊跳级。但这事儿你就不用操心了。请从我们的联合账户中给学校交留位费。晕船药那边有没有什么消息？我光想想就有点抓狂了。

以后我再多跟你讲讲。现在我要去接比伊放学了，不然就迟到了。还有，我家的狗不见了。

*

"好吧，"那天，我刚上车，妈妈就说，"我们遇到个问题。冰棍儿钻进我衣柜里了，门关了。我打不开。它被困在里面了。"

听着很奇怪是吧，其实一点儿也不奇怪。我们那房子很老很旧了。从早到晚都能听到"咯吱咯吱"的声音，就感觉这老房子想要舒舒服服地待着，但就是到处都不对劲儿。我觉得这肯定跟每次下雨时这房子都要"喝"很多水有很大关系。某扇门突然间打不开，这事儿以前也发生过，这老房子嘛，总是这么心血来潮。不过这还是第一次把冰棍儿困住。

妈妈和我风驰电掣地赶回家，我三步并作两步地跑上楼，喊着："冰棍儿，冰棍儿！"爸妈房间里有一排忏悔室，他们改成了衣柜。门是圆角门，顶部比较尖。冰棍儿就在其中一扇门后面叫着，不是那种

---

① 感恩而死乐队（Grateful Dead），组建于二十世纪六十年代的美国传奇摇滚乐队。

害怕的"呜呜"叫。它叫得可欢快了。我说真的，它就是在嘲笑我们。

地上摆满了工具，还有些木板，这是家里常备的，要在房顶上铺防水布的时候总是用得着。我拉了拉门把手，门纹丝不动。

"我什么办法都试过了，"妈妈说，"过梁完全腐烂了。看到那儿没有，松松垮垮的？"我知道我出生之前妈妈是修房子的，但现在听她这么说话，感觉像完全不同的人。我不喜欢这样。"我想拿千斤顶把门框撬上去，"她说，"但是杠杆力不够。"

"我们直接把门踢开行吗？"我说。

"门是往外开的……"妈妈若有所思，接着想了个办法，"你说得对。我们必须把门踢开，从里面踢。我们爬到房子上面去，从窗户进去。"这听起来还挺好玩的啊。

我们跑下楼，从储藏室找了架梯子，拖着它走过湿软的草地，来到房子的一侧。妈妈垫了几块胶合板，作为支撑和稳定梯子的基础。"好了，"她说，"你来扶着，我爬上去。"

"那是我的狗，"我说，"你来扶梯子。"

"绝对不行，乖女儿。太危险啦！"

妈妈取下围巾，包住右手，开始向上爬。她穿着在比利时买的鞋子，在意大利卡普里买的裤子，爬上溅满了油漆的梯子，这情景还挺好笑的。她举起包着围巾的那只手砸开彩色玻璃，伸手进去打开窗户闩，然后爬了进去。我在下面等着，感觉像过了一个世纪。

"妈！"我一直在喊。这女人，连个头都不伸出来。我急得满头大汗，心里烦躁得很，管不了那么多了。我抬脚踩了踩梯子，很稳当。我飞快地往上爬，要是爬到一半被妈妈发现，她喊起来，我肯定就要失去平衡掉下去了。我只用了八秒，就一溜烟爬进了窗户。

冰棍儿看到我的时候，一点儿反应都没有。它对妈妈比较感兴趣。

这女人，跟练跆拳道似的，不停地抬腿踢门！抬腿踢门！抬腿踢门！"啊哈！"妈妈每踢一次就大喊一声。终于，门"吱呀"一声打开了。

"干得好！"我说。

妈妈惊了一下。"比伊！"她很生气，听到外面的巨响后更生气了。梯子滑倒了，横躺在草地上。

"嗨！"我说。然后给了冰棍儿一个大拥抱，尽情呼吸着它身上的那股霉味儿，不被熏得晕倒就行。"你这狗坏到家啦。"

"有封你的信。"妈妈递给我一封信。寄件人地址上盖着乔特的印章。"祝贺。"

妈妈早早地叫了外卖，我们开车去找爸爸一起庆祝。汽车在华盛顿湖的浮桥上穿梭，我满脑子都在想着乔特的样子。很广阔、很干净，建筑很宏伟，红砖墙上爬满了常青藤。我想象中的英格兰大概就是这个样子。我跟爸爸去参观的时候，正好是春天，满树繁花，池塘上波光粼粼，小鸭子尽情戏水。我只在拼图上看过这么优美的画卷。

妈妈转身看着我："要走了，你可以开心的，懂吗？"

"就是有点儿怪。"

我爱微软。我的日托班就是在那里上的。太阳出来了，他们就把小小的我们装进大大的红色手推车里，拉着我们到处去看爸爸妈妈。爸爸做了个"宝藏机"，我到现在还弄不明白原理是什么。但是等爸妈来接你的时候，你可以往里面放一个硬币，机器就会吐一个宝贝出来，而且完全合你的心意。喜欢汽车的男孩子就能得到风火轮小汽车，而且不是随机的款，是他还没有的某一款。喜欢玩具娃娃的女孩子，就能拿到装着玩具娃娃的小瓶子。现在这个"宝藏机"在参观中心，作为面部识别技术的早期样品展出。被微软买下的时候，爸爸在洛杉矶研究的就是这样的技术。

　　我们违规停车了。妈妈拿着外卖的袋子穿梭在微软班车之间，我紧跟在她身后。我们走进爸爸工作的那栋楼，接待处竖着一块巨大的电子倒计时牌：

119 天 2 小时 44 分 33 秒

　　"这就是他们的'发布钟'。"妈妈解释说，"还有这么久，萨曼莎二代就要发布了。他们立了这么个倒计时牌来鞭策自己。我还能说什么啊。"

　　电梯里、走廊上，甚至是卫生间里，都有同样的倒计时牌。我们在爸爸办公室里吃的一整顿饭，都伴随着倒计时的嘀嗒声。爸爸不坐椅子，坐的是充气瑜伽球，我们也一样。外卖的盒子摆在膝盖上，危险地晃动着。我跟他们说起去南极会看到的各种各样的企鹅。

　　"你知道最酷炫的是什么吗？"妈妈插了话，"船上餐厅的位置是不固定的，而且有四人桌。也就是说，我们三个人坐一桌，另一张椅子上放手套和帽子，别人就不能加入了！"

　　我和爸爸交换了个眼神，就好像彼此都在说，她是开玩笑吧？

　　"啊，还有企鹅，"妈妈马上补了一句，"我对这么多企鹅真是特别感兴趣呢。"

　　爸爸肯定跟所有同事都说了我们要来，因为不断有人从他门口经过，从玻璃那头往这边瞥，但是又装作若无其事的样子。好吧，做名人肯定就是这样的感觉吧。

　　"真想搞得隆重一点，"爸爸边说边瞅瞅他的邮件，"但我一会儿要跟台北那边开个视频会议。"

　　"没事的，爸爸，"我说，"你是大忙人嘛。"

*

爸爸的信

尊敬的郎迪思女士：

　　首先，比伊被乔特录取，我们十分激动。我自己是艾克赛特毕业的，而我的妻子伯纳黛特总是说，她最快乐的日子就是在乔特度过的。比伊从小就怀揣着到乔特求学的梦想。

　　其次，感谢你们对比伊的赞赏。我们也认为她很出色。不过，我们比较反对让她跳级。

　　我刚刚又仔细过了一遍她的申请资料，我想你们肯定还不知道比伊的一个重要情况：她有先天性的心脏缺陷，需要进行六次重大手术。所以，从出生一直到五岁，她都经常在西雅图儿童医院进进出出。

　　虽然小小的身体很难跟上同龄人的成长速度，但比伊还是和他们同时期入读了幼儿园（当时她的身高和体重都不达标，你们也亲眼见过了，她直到现在都比同龄人瘦小）。但她有着超人的智慧，这是不言自明的。很多老师让我们带比伊去接受天才儿童测试。不过说实话，伯纳黛特和我对天才儿童培养产业没有任何兴趣。可能是因为我俩预科都上的是名校，大学也是去的常春藤盟校，对于这些倒没有很多西雅图家长那么狂热。我们最初的想法很简单，就是希望女儿在生命头五年与病魔做了斗争之后，能享受一点儿正常平淡的生活。

　　这个决定给比伊带来很多好处。我们在家附近找了一个很棒的学校——盖乐街。当然啦，比伊在班里是遥遥领先的。也因为这样，她主动承担了一些责任，教那些没她聪明的孩子读读写写。一直到今天，比伊每天放学后还会留下来辅导别的同学写作业。这个她在申请资料中也没写。

　　乔特中学设施完备。我想，比伊肯定不可能"成长得无聊"。

　　既然说到这个话题，请允许我给您讲个故事，那是比伊第一次也是最后一次说自己很无聊。当时，伯纳黛特和我开车送比伊和她中学的一个同学格蕾丝去参加别人的生日聚会。车子堵在路上。格蕾丝说："我好无聊啊。"

"嗯，"比伊模仿她说的话，"我也好无聊。"

伯纳黛特把车停在路边，解开安全带，转过去看着她们。"对，"她说，"你们很无聊。我来告诉你们人生的一个小秘密。你们觉得现在很无聊吗？那好，以后会越来越无聊的。你们越早知道要让生活有趣就必须靠自己这个道理，就会过得越好。"

"知道了。"比伊小声说。格蕾丝被说哭了，再也不来我们家找比伊玩儿了。那是比伊第一次也是最后一次说自己觉得很无聊。

我们热切期待着能在秋天见到您。那个时候我们会送比伊来跟九年级的同学们见面。

诚祝安好
艾尔吉·布朗奇

*

我没病！我只是一生下来就有左心发育不良综合征而已！是先天性的，二尖瓣、左心室、主动脉瓣和主动脉没有发育完全，于是我做了三次开心手术，因为并发症又做了三次。最后一次手术是在五岁的时候做的。好吧，我是个特别聪明的孩子。但你猜怎么着，这事儿我一点儿都不记得啦！你再猜怎么着，我现在完全好啦，而且已经好九年半了。你现在静下来好好想想，我有三分之二的人生都是完全正常的哦。

爸爸妈妈每年都带我去儿童医院做个心脏超声，照个 X 光。心脏科的医生都翻白眼儿了，因为我完全不需要啊。我们走在医院的走廊上，妈妈就跟在这儿参加过越战似的，时不时来个闪回。墙上挂着一幅随便什么画，我们走过去，她就站不稳了，扶着旁边一把椅子说："哦，天哪，那幅米尔顿·埃弗里①的海报。"要么，她就夸张地倒吸一口凉气，说："在那个可怕的圣诞节，那棵无花果树上还挂了千纸鹤。"回忆完了，她就闭上眼睛。大家一起戳在原地。爸爸就紧紧地拥抱她，他也热泪盈眶。

无论哪位医生和护士，从办公室里走出来遇到我，都热情欢呼，好像我是凯旋的英雄。而我呢，一直不停地想，这是为什么啊？他们给我看照片，那时我还是个小婴儿，蜷缩在医院的小床上，戴着一顶小帽子。怎么，还指望我记得啊？我根本不知道这些到底有什么意义，唯一的意义就是我现在完全没事了啊。

现在，问题只有一个，就是我个子很矮，还没胸。这真是烦人。对了，还有我的哮喘。很多医生说，就算我出生时心脏没问题，还是有可能得哮喘的。不过这也没影响我做自己喜欢的事儿，跳舞啊、吹长笛啊，照学不误。我没有那种气喘吁吁的症状。我的症状更恶心一些，只要生了病，就算是肠胃炎，接下来都得吐上两个星期黏糊糊的痰，我没有别的办法，只有咳出来，恶心死了。这肯定不是什么舒服的事儿，不过，你要是关心我对此有什么感觉，那回答是，我根本不怎么注意这些。

校医韦伯大妈对我的咳嗽特别在意，真是固执到了可笑的地步。我发誓，离开学校的那天，我真的想去她诊室里装个死，让她抓狂一回。我完全有理由相信，每天，当韦伯大妈从盖乐街下班时，看到在她的监视下我的小命没挂，她都会极大地松一口气。

我好像已经严重偏题了。我干吗要写这些呢？哦，对，我没病！

---

① 米尔顿·埃弗里（Milton Avery），美国当代艺术家。画风深受野兽派代表画家亨利·马蒂斯的影响，因此也被称为"美国的马蒂斯"。擅长以微妙的线条和色彩构成一种简洁而宁静的画面感。

十二月二日　星期四

发件人：苏－琳·李－西格尔

收件人：奥黛丽·格里芬

你真好，考虑到我的心情，都没问过微软的大会开得怎么样了。空前的裁员，报纸上登得到处都是，你肯定特别想知道我有没有倒霉吧。

这简直是从上至下全面裁员，百分之十的人都被"剃头"了。以前，说"机构重组"，意思是大量招人，现在，就是走人。我之前应该已经告诉过你，我的项目要被取消，我那个项目经理疯啦，把半个微软都惹了。我呢，疯狂地去看会议室的预约情况，也去浏览了招聘网站，想主动把握一下自己的未来。我们组最高层那些人，去了微软视窗（Windows Phone）和必应搜索（Bing）。可是我跑去问项目经理自己的去处时，回应我的只有可怕的沉默。

然后，昨天下午，人事那边一个代表给我发了邮件，叫我第二天到走廊那头的会议室见他。（那个会议室预约我之前见过，根本没想过要进去的人是我！）

我暂时没来得及自怨自艾，我把手头的一切都放下，找到了附近的"受害者反受害"小组，他们给了我很大帮助（我知道你对"受害者反受害"质疑很多，但这个小组真是我强大的后盾）。

今天我是开车去上班的。因为我不想搬一大堆箱子到班车上，都被裁员了还想让自己更丢人不成。我走进会议室，人事的那个女人通知我说，除了去必应和微软视窗的人，我们整个小组都被裁了。

"但是，"她说，"你的评估绩效很好，所以我们要把你派去 C 室的一个特别项目。"

奥黛丽，我惊讶得都站不稳了。C 室在新的西区，那可是微软最惹眼的工作啊。真是特大好消息：我升职了！不过也有坏消息：我要调去做的这个新产品正在全力推进中，所以我周末也可能加班。这个产品保密得很，连我都还不知道名字。坏消息：我可能没法去"未来家长早午餐会"了。好消息：我肯定是可以出钱为早午餐会买吃的了。

回头联系，哈士奇们 ① 加油！

*

发件人："奥利奥"

收件人：未来家长早午餐委员会

实时闪电⚡播报！

我们已经收到六十封回复啦！我在这儿只是提一句，不一定行，但是珍珠果酱乐队，听说他们的成员有孩子要上幼儿园。要是我们能请到其中一个（不用非是主唱），我就能去发展发展。

*

发件人：奥黛丽·格里芬

收件人：苏－琳·李－西格尔

你升职了，真是好消息！既然你提出要出钱买食材，我就却之不恭啦。我的温室里面还有足够的绿番茄，可以用来炸开胃菜。另外还有莳萝、欧芹、香菜，可以用来做蒜泥蛋黄酱。我储备了几十斤的苹果，来做我的迷迭香法式苹果挞作为甜品。主菜的话，我们要不就叫上门比萨现做服务？他们可以在后院操作，这样厨房就空出来给我了。

"奥利奥"说反响很强烈，这一点特别对。今天在全食（Whole Foods）健康超市，一位我不认识的女士走过来跟我打招呼，说很期待我的早午餐。我看了眼她的购物车：进口奶酪、有机树莓、水果清洗剂，这

---

① 指的是位于西雅图的华盛顿大学哈士奇队（Washington Huskies），是大学的篮球队。在美国，大学之间进行的体育项目联赛（包括篮球）是大学生学习之余最重要的盛会之一，也受到民众的广泛关注。

一看就是我们需要的盖乐街高端家长啊。我在停车场又看见她了，开的是雷克萨斯。虽然不是奔驰，但也很接近了！

对了，你听说了吗？把一个患病儿童送去寄宿学校！我怎么就一点儿也不吃惊呢？

*

那天我没上课，因为音乐老师康佳那先生叫我跟一年级的孩子们在世界欢庆日那天一起表演一首歌，他要我去参加排练。我正打开自己的储物柜拿长笛，遇到的不是别人，正是奥黛丽·格里芬。她正把一些拜毯①挂在墙上，那是三年级学生为艺术义卖织的。

"听说你要去读寄宿学校啦，"她说，"这是谁出的主意？"

"我。"我说。

"我永远也不可能送凯尔去寄宿学校。"奥黛丽说。

"那你爱凯尔比我妈爱我多咯。"我说，然后一边吹着笛子一边沿着走廊溜了。

*

发件人：曼尤拉·卡普尔

收件人：伯纳黛特·福克斯

尊敬的福克斯女士：

我搜了一下晕动药。美国能拿到的最强力的处方药叫作ABHR透皮霜。成分有安定文、苯海拉明、氟哌啶醇和甲氧氯普胺②，合成外用霜剂。这是美国宇航局发明的，分发给宇航员，让他们在外太空克服晕动症状。那之后临终关怀团体就开始用这个药物来安抚那些不治的癌症病人。我可以给您发很多链接，都是一些对这个霜的高度好

---

① 拜毯，教徒祈祷时用的毯子。

② 安定文、苯海拉明、氟哌啶醇和甲氧氯普胺，都是缓解神经紧张和抗过敏的药物。

评。不过我要先警告您，这些网页上也配了一些危重病人的照片，您看了可能会不舒服。我也主动查了一下怎么能买到 ABHR 霜，只能在所谓的"复方药店"才有。我们印度是没有的。不过，这些药在美国应该很常见。我找了个医生，他会开个处方，帮您打电话通知药店。这件事您具体想怎么办，请告知。

热情问候您

曼尤拉

*

发件人：伯纳黛特·福克斯

收件人：曼尤拉·卡普尔

宇航员和癌症病人都觉得好！我肯定也觉得好啦！让医生打电话开处方吧！

*

奥黛丽·格里芬的便条

汤姆：

你之前的酬劳支票在此。我再确定一下，我们周一下午见面，到山上去看看那个长满黑莓藤的房子。我明白，要擅自闯入邻居的地盘，你有点犹豫。但我很肯定，那时候不会有人在。

*

十二月六日　星期一

那天的第六节是艺术课。我嗓子里有痰堵住了。于是我走到大厅想把痰吐在喷泉池里，上艺术课的时候我总这么干。结果我刚想往里吐的时候，你猜猜谁出现了？是韦伯大妈，她慌了神，说我在传播病菌。我想解释说并没有，因为痰是白的，说明里面的病菌都死了。这个问题还是要问真的医生，咱们这个校医，自称是"校医"，却连护士学校都没上过，唯一能证明身份的是抽屉里的那盒创可贴。

"我背包回家去。"我嘟囔了一声。

我想说，我的生物老师兼指导老师勒维先生，他女儿也有我这种病毒性哮喘，人家还打曲棍球呢。所以勒维知道我咳嗽也不是什么大事。他是绝对不可能叫我去找韦伯大妈的。我嗓子里卡着痰很容易就听出来了，因为回答问题的时候声音会变，有点像手机通话信号不好。勒维先生呢，就偷偷从背后递一张纸巾给我。他真有意思，带乌龟来上课，乌龟满教室爬，还有一次带了液氮过来，把我们还没吃的午饭一下子冻住了。

这下妈妈得早点来接我了，不过我也觉得没什么。因为都上到第六节课了。我心里过意不去的，主要是不能辅导同学家庭作业了。四年级的学生要搞一场辩论，我在帮他们做准备。他们班正在上印第安文化研究课，辩论的主题是"美国印第安文明的消失"。这种事情你肯定听都没听说过吧？盖乐街太搞笑了，四年级的学生竟然还得去想种族灭绝有什么好处！更别提同样可怕的文化灭绝了。我希望他们提出的一个好处，是这样能改善美国粮食短缺问题，因为印第安人口变少了。但我说的时候不小心被罗特斯特恩老师听到了，他警告我胆子别这么大。

外面在下雨，我就坐在天桥的台阶上（我们不能在办公室等。因为之前凯尔·格里芬在办公室等的时候，趁没人注意，翻了盖乐街的家长电话簿，用办公室的电话给每个家长打了一遍电话。那些家长看到来电显示是学校，就接起来，然后凯尔就尖叫说："出事儿了！"马上挂掉。从那天起，所有早退的学生都要到外面等了）。妈妈开车来了。她根本没问我怎么了，因为她知道韦伯大妈讨人厌。回家路上我吹起自己的新笛子。妈妈从来都不准我在车里吹笛子，因为她怕有什么车撞上来，笛子会把我钉在座位上。我觉得这也太搞笑了吧，这种事儿怎么可能啊？

"比伊——"妈妈说。

"知道啦，知道啦。"我把笛子放下了。

"我不是说这个，"妈妈说，"新的吗？我从来没见过呢。"

"是日本笛子，叫尺八。康佳那老师收藏的，现在借给了我。一年级学生要在世界欢庆日那天给家长们唱歌，我是伴奏。上个星期我去排练了，他们就戳在那儿唱歌。于是我就出了个主意，他们应该跳个大象舞，所以我就负责编舞了。"

"我都不知道你在给一年级编舞呢，"妈妈说，"大事儿啊，比伊！"

"并不大。"

"这种事情你得告诉我啊！我能来吗？"

"我都不知道是什么时候。"我知道她不喜欢来学校，知道了应该也不会来，所以装什么装啊。

回到家，我上楼进了房间，妈妈和往常一样去了"小特里亚农宫"。

我好像没说过"小特里亚农宫"吧？妈妈白天的时候不爱待在家里，主要是因为诺尔玛和她妹妹要来打扫卫生，她俩在每个房间都会大声聊天。园丁也会来除草。所以妈妈买了辆"清风"房车，叫了辆吊车来把它放在后院。她的电脑就在那个房车上，她在里面待的时间也比较多。"小特里亚农宫"这个名字是我起的，就是路易十六那个王后玛丽·安托瓦内特在凡尔赛宫周围修的小宫殿，她在凡尔赛宫住烦了，就跑到那儿去住。

妈妈就在房车里面，我在楼上开始写作业，冰棍儿突然叫了起来。

我听到妈妈的声音从后院传来。"有什么事吗？"她声音里面充满了讽刺。

然后是一声小小的尖叫，听起来是个蠢人。

我走到窗户边上，看见妈妈站在草坪上，还有奥黛丽·格里芬和一个穿着靴子和连体工装的男人。

"我还以为你不在家。"奥黛丽说话都有点儿结巴了。

"看得出来。"妈妈的声音听着阴阳怪气的，真有意思。

奥黛丽开始语无伦次地解释，说我们家的黑莓藤怎么影响她的有机花园；这个男的有个朋友有个什么特殊机器；这个星期就得干吗干吗。妈妈什么也不说，只是听着，这使奥黛丽语速更快了。

"我很愿意雇汤姆来清除我的黑莓藤，"最后，妈妈开了口，"有名片吗？"

那男的摸遍了上下左右的口袋，三个人之间又是一阵很尴尬的沉默。

"完事儿了吧？"妈妈对奥黛丽说，"那就请你从爬进来的篱笆洞再爬回去，不要碰到我的白菜地。"她猛地转过身，大步走回"小特里亚农宫"里，把门摔上了。

我心里想，妈，好样儿的！这就是我妈。不管别人怎么说，她就是能把日子过得特别有意思。

*

发件人：伯纳黛特·福克斯

收件人：曼尤拉·卡普尔

请查收附件，附件里是一个人的信息，他是"清除"黑莓藤的。（你能相信居然有这种职业吗？！）跟他联系，请他该干吗干吗。钱全由我来出。

*

五分钟后，妈妈又发了一封邮件

发件人：伯纳黛特·福克斯

收件人：曼尤拉·卡普尔

我要做个牌子，8英尺长、5英尺高①。牌子上面这样写：

私人房产

严禁擅入

盖乐街"烦人精"

小心被捕

"烦人精"监牢

万分痛苦

牌子本身就用那种最显眼、最丑的红色，字要用最显眼、最丑的黄色。我要把这牌子放在我家房产的最西边，就是山下，等他们把看不顺眼的黑莓藤清除之后，那边就可以竖牌子了。请务必确保这块牌子正对着邻居家的院子。

*

十二月七日　星期二

发件人：曼尤拉·卡普尔

收件人：伯纳黛特·福克斯

我确认一下，您想要的牌子尺寸是8英尺长、5英尺宽，对吧？我联系了做牌子的人，他说这尺寸特别大，放在普通住家里好像太突兀了。

热情问候您

曼尤拉

---

① 8英尺长、5英尺高，相当于2.5米长、1.5米高。

*

发件人：伯纳黛特·福克斯

收件人：曼尤拉·卡普尔

　　我很肯定地告诉你，我就想做这么大。

*

发件人：曼尤拉·卡普尔

收件人：伯纳黛特·福克斯

尊敬的福克斯女士：

　　牌子已经定做了，汤姆完成清除工作的当天，就会竖起来。

　　另外，很高兴地通知您，我找到了一位医生，愿意给你开 ABHR 透皮霜的处方。不过，能按照处方开药的复方药店在西雅图只有一家，不提供送货服务。我也问了能不能用同城快递服务，但是药店坚持要您本人去拿处方药，因为按照法律规定，他们必须当着您的面说清楚所有的副作用。

　　药店地址和处方扫描件请见附件。

热情问候您

曼尤拉

十二月十日　星期五

发件人：伯纳黛特·福克斯

收件人：曼尤拉·卡普尔

　　我正在去药店的路上。我家正有个张牙舞爪的恶魔机器，好多条大胳膊，恶狠狠地转着，把我的山坡一点点吃掉，还把覆盖用的什么鬼东西撒得到处都是。现在逃出家门也不是什么坏事。汤姆简直是把自己牢牢捆在那机器上面，免得被甩下来。要是这东西张口喷火，我也一点儿不奇怪。

　　对了，钓鱼背心到啦。谢谢！我已经把眼镜、车钥匙和手机都装进口袋里了。这东西我可能再也脱不下来了。

＊

发件人：苏－琳·李－西格尔

收件人：奥黛丽·格里芬

用"奥利奥"的话说……实时闪电⚡播报！

我跟你说过吧，我被分配到新团队当行政了？我才知道，这个新团队就是萨曼莎二代，巧了，老大就是艾尔吉·布朗奇！

奥黛丽啊，我现在简直是百感交集！二月，艾尔吉在TED①大会上公开了萨曼莎二代之后，网上那叫一个疯传啊。不到一年，他演讲的点阅量就成为TED有史以来的第四。比尔·盖茨最近都说了，整个公司他最喜欢的项目就是萨曼莎二代。去年，艾尔吉获得了技术成就奖，这是微软的最高荣誉。萨曼莎团队那些研发人员，特别是艾尔吉，那可是咱们这儿的摇滚巨星啊。去西区转一下，看那些人走路带风的样子，就知道他们是萨曼莎二代的人。嗯，我当然知道自己工作做得挺好，但被分配去了萨曼莎二代团队，说明我的能力有目共睹啊。一下子有点儿晕呢。

再来说说艾尔吉·布朗奇本人。那天在班车上，他那么粗鲁、那么高傲，就跟扇了我一巴掌似的，到现在还痛呢。然而，今天早上发生的事情更过分。

我到人事去拿新的门卡看看办公室分配。（十年了，我第一次被分到一个有窗户的办公室！）到了地方我就开始把照片、马克杯和那些雪宝宝都摆出来。中间抬了下头，发现艾尔吉·布朗奇就在中庭那边。他没穿鞋子，只穿着袜子，我觉得很奇怪。我俩对视了一下，我朝他挥了挥手，他

---

① TED，即技术（technology）、娱乐（entertainment）、设计（design），是一家非营利机构，以组织TED大会著称。每年都会召集众多科学、设计、文学、音乐等领域的杰出人物，分享他们的成就、思考和探索。

淡淡地笑了一下，继续往前走。

我决定主动一点（这是"受害者反受害"课程教的人际关系三要素之一），现在我俩的角色关系转换了，他是经理，我是行政，我要以这个身份和他来个初次见面。

艾尔吉的办公桌是专门用于站着办公的那种，一双登山靴胡乱地散在脚边。我一走进去就被他办公室里乱堆着的专利石惊呆了，太多啦（研发人员每申请一个专利，微软就给他发一个专利石以示庆祝，这事儿公司做得挺暖心的）。我之前那个产品经理只有四个，而艾尔吉这里，光是窗台上就摆了二十个，掉在地上的就更多了。

"你有什么事儿吗？"他说。

"早上好啊，"我挺直了身子，"我是苏－琳·李－西格尔，新的行政。"

"很高兴认识你。"他伸出手。

"我们以前就认识的。我儿子林肯，在盖乐街和比伊同班。"

"啊，不好意思，"他说，"是啊，是啊。"

研发组组长帕布洛在门口探了个头进来，说道："今天天气很好呢，好邻居。"（团队里每个人都会用罗杰斯先生的梗来开艾尔吉的玩笑[1]。因为艾尔吉有个怪癖，和罗杰斯先生一样，一到室内就爱脱鞋。我刚又看了一遍他的 TED 演讲，他在台上竟然也只穿着袜子。阿尔·戈尔和卡梅隆·迪亚兹就坐在台下啊！）"中午我们一起吧，"帕布洛说，"我们要到团结湖南区那边去开个第三方会议。要不就先去市中心吃个饭吧？野姜餐厅怎么样？"

"好啊，"艾尔吉说，"就在轻轨站旁边。我吃完直接去机场。"

---

[1] 这里的罗杰斯先生指的是弗雷德·罗杰斯（Fred Rogers），美国著名的教育家、词曲作者和电视人，被称为"美国儿童电视之父"。他有一档很受欢迎的儿童电视节目《罗杰斯先生的街坊四邻》(Mister Rogers' Neighborhood)，前面同事开的玩笑就出自这里。

我看过萨曼莎二代的团队日历，明天艾尔吉要去别的城市做宣讲。

帕布洛转向我，我做了自我介绍。"耶！"他说，"咱们的新行政来啦！哎呀，没有你我们这儿都不转了。你跟我们一起吃午饭吧？"

"你肯定听到我肚子饿得咕咕叫了吧。"我笑着说，"我有车，我开车送大家去市中心吧。"

"我们坐888班车吧，"艾尔吉说，"我需要Wi-Fi发邮件。"

"那就坐888班车。"我说。他的拒绝让我觉得很丢脸，但想想也有点安慰，因为888班车是副总以上级别的人才能坐的，这还是我第一次体验呢。"野姜餐厅，午饭，我来预订。"

嗯，现在我就坐在车上，想着要吃的那顿饭，有点害怕。这本来该是我这小半辈子最开心的一天啊。哎，奥黛丽呀，希望你的今天比我过得好。

*

发件人：奥黛丽·格里芬

收件人：苏－琳·李－西格尔

艾尔吉·布朗奇关我屁事啊，我只关心你。离婚以后，你取得了那么大的成就，我真是为你骄傲。你的努力终于得到应有的回报了。

我今天还过得不错。他们正开着机器把所有的黑莓藤从伯纳黛特家的山上清除出去。盖乐街发生了一件事情，换作平时我可能会既焦虑又生气，但今天我情绪比较高昂，就一笑了之了。

今天早上格温·古德伊尔找到我，要我到她办公室单独聊聊。办公室的大皮椅上坐着个人，背对着我。你猜是谁？凯尔！格温关上门，走到她自己那边坐下。凯尔身边还有一把椅子，我也坐下了。

格温打开抽屉，说："我们昨天在凯尔的储物柜里找到点儿东西。"她拿起一个橙色的小药瓶。上面写着我的名字。那是咱们那位"直门女士"开车轧我之后，医生给我开的处方药维柯丁。

"这个怎么在这儿？"我说。

"凯尔？"格温说。

"我不知道。"凯尔说。

"盖乐街对毒品是零容忍的。"格温说。

"可这是处方药啊。"我还是不懂她什么意思。

"凯尔，"格温说，"这个为什么在你的柜子里？"

我可不喜欢她话里的意思。一点也不喜欢。我跟她说："因为伯纳黛特·福克斯，我进了急救室。不知道您还记不记得，我是挂着拐出来的。我叫凯尔帮我拿着包，还有医生开的处方药。我的天，要这么小题大做吗？"

"你什么时候发现维柯丁不见的？"格温问。

"现在。"我说。

"瓶子为什么是空的？奥黛丽，这个问题让凯尔来答。"她转身看着凯尔，"凯尔，这个为什么是空的？"

"我不知道。"凯尔回答。

"肯定拿到的时候就是空的，"我说，"你知道华大医院那边特别缺人手。可能忘了往瓶子里装药。完事儿了吗？你可能还不知道吧，明天我要举行一个六十位未来家长的聚会。"我站起来走了。

写到这儿我才发现，格温·古德伊尔去看凯尔的储物柜干吗？柜子不是锁着的吗？所以才叫"私人储物柜"啊。

*

每个储物柜都有自带的密码锁。每次拿东西把那些小按钮拨来拨去的麻烦死了。大家都很烦。但是凯尔和那帮小混混解决了这个问题，就是使劲儿砸那个锁，砸到烂。凯尔那个柜子的门一直是半开着的。所以古德伊尔校长才看到了他的储物柜。

*

发件人：伯纳黛特·福克斯

收件人：曼尤拉·卡普尔

这都一年了，我还是第一次去市中心。一到地方我就想起来为什么我不爱去了：停车计费器。

在西雅图停车，统共得分八步。第一步，找到停车的地方。（运气超好才能找到！）第二步，往斜着的车位里倒车（发明斜角停车的人，应该进监狱）。第三步，找个自动停车票机，很多停车票机被臭烘烘又凶巴巴的乞丐、流浪汉、嗑药的、逃犯占领了，用不了。所以你还得有第四步，过街。哦，对了，还忘了带伞（特别想保持好发型，不过嘛，从二十世纪末开始就不用费心保持发型了，所以这个就不算吧）。第五步，把信用卡插进机器里（如果插卡口还没有被哪个不高兴的人塞满别的东西，那也是一个人生小奇迹了）。第六步，回到车上（路上要再经过刚才说的那些人，刚才你在去的路上没有给他们钱，现在他们就要起哄，还凶你。啊，对了，我好像没说他们都有狗，每一只都在发抖）。第七步，把停车票放在正确的车窗上。（斜角倒停是该放在副驾驶那边还是驾驶座这边？那边倒是贴着说明，但是我看不清啊。喂，谁停个车还要戴眼镜啊？）第八步，向你并不信仰的上帝衷心祈祷，自己能想起来市中心到底是干吗来了。

我现在就希望车臣武装①的人能从背后一枪崩了我。

那个复方药店跟个大洞一样，木板门，只有几排架子，药很少。药店中央摆着个锦缎沙发，上方挂着奇胡立②的吊灯。这个地方的品位也太奇怪了，我的心情已经糟糕得不行了。

我走到柜台边。卖药的那个姑娘戴着个白色的帽子，很像修女帽，

---

① 车臣武装，一个世界著名的恐怖组织。

② 奇胡立，著名玻璃艺术家戴尔·奇胡立（Dale Chihuly）所创立的灯具品牌。

不过没有燕尾。也不知道是哪个民族的头饰。但这儿很多姑娘戴这个，特别是租车的地方。总有一天我要问个清楚。

"伯纳黛特·福克斯。"我说。

她和我对视一眼，调皮地眨了下眼睛，说："稍等。"她站上一个台子，跟另一个药剂师小声说了句什么。对方压低下巴透过眼镜很严厉地打量了一下我。他们两个人都从台子上下来了，反正不管他们要干什么，刚才已经商量好了，得两个人才做得到。

"我收到医生发来的处方了，"男的说，"说是你要去坐海轮了，要用药来预防晕船？"

"我们圣诞节要去南极，"我说，"要过德雷克海峡。如果详细讲起那个海峡里漩涡的速度和浪的高度，肯定会让你大吃一惊。但我不讲，因为我特别不擅长记数字。而且，我拼了老命不去想这事儿呢。都怪我女儿，都是因为她我才要去的。"

"你处方上写的是 ABHR，"他说，"ABHR 基本上就是氟哌啶醇加上点儿苯海拉明、甲氧氯普胺和安定文。"

"我听着挺好。"

"氟哌啶醇是安定药。"他摘下眼镜放进衬衫口袋里，"苏联监狱用这种药来攻破犯人的心理防线。"

"你跟我说这个干什么？"我说。

任凭我怎么施展魅力，这个人都无动于衷；或者我根本就没有魅力，这个可能性要大一些。他继续说："这药有很多严重的副作用，最糟糕的是迟发性运动障碍。主要症状是不受控制地做鬼脸、伸舌头、吧唧嘴。"

"你也见过这样的人吧。"那个修女姑娘很沉痛地补充。说着扭曲着手去摸脸，头扬起来，闭着一只眼睛。

"你们肯定没晕过海船，"我说，"晕几个小时的船，就相当于在海滩上待了一整天。"

"那个运动障碍可能一辈子都治不了。"他说。

"一辈子？"我弱弱地问。

"吃药引发迟发性运动障碍的可能性大概是百分之四，"他说，"如果是年龄偏大的女性，可能性会上升到百分之十。"

我很艰难地吐了口气："天哪！"

"我跟你的医生谈了一下。他又开了张处方，有晕船贴，还有抗焦虑的赞安诺。"

赞安诺，我有的！比伊从小到大看了多少医生啊，很多人给我开过赞安诺或者安眠药（我说过吗？我一直都睡不着的）。不过我从来不吃。因为就吃了一次，我就特别恶心，觉得我都不是我了（嗯，我知道啦，这正说明药效好。我能说什么呢？我这人就是不一样啊）。除了赞安诺，我那儿还囤了几百种药呢。问题就是，现在这些药都被我装进密封的塑料袋里了。为什么？因为，有一次我想体验一下服药过量是什么滋味，就把每个药瓶里的药都倒出来捧在手上了。两只手都捧不下，多得很。我就想看看能不能一口全吞下去。不过接着我就冷静下来，放弃了这个想法，把所有的药片都倒进了塑料袋里，它们就待在那儿渐渐过期变质直到今天。你可能在想，我为什么想服药过量啊。好吧，我也在想呢！我完全不记得了。

"你有没有那种层叠图，给我看看这些药片都是什么样的？"我问药剂师。我想的是，如果能辨认出赞安诺是什么样子的，就回去挑出来，放回原来的瓶子里。结果这个可怜的家伙一副想不明白的样子。唉，怪得着他吗？

"行，"我说，"赞安诺和那什么贴的，都给我吧。"

我在那个锦缎沙发上坐下，这沙发太不舒服了，接着我把脚放在上面，斜躺下去。这样就舒服多了。哦，我才发现，这是那种贵妃椅，是专门用来躺的。奇胡立的吊灯就悬在头顶。奇胡立的东西在西雅图就像鸽子一样，到处都是，就算不碍着你的事儿，看多了也会禁不住觉得厌烦。

这盏吊灯通体都是玻璃，当然啦，奇胡立的嘛。白色玻璃，有波纹，垂下来似乎触手可及。里面发着冷冷的蓝光，但看不清楚具体的光源。外面雨下得很大，有节奏地噼里啪啦，让悬在我头顶的这头玻璃怪兽显得更阴魂不散了。它仿佛是和这暴风雨一起来的，本身就能呼风唤雨。玻璃丁零当啷的声音好像在对我幽幽地唱："奇胡立……奇胡立……"二十世纪七十年代，戴尔·奇胡立就已经是很有名气的玻璃艺术家了，那时候他出了车祸，一只眼睛失明了。但他继续坚持创作。几年后，他冲浪的时候又倒了霉，肩膀严重受伤，再也没法拿玻璃管了。结果他还是继续创作。我说的你不信？你到团结湖上坐个船，自己去戴尔·奇胡立工作室的窗边看看，他现在很可能就在里面，一只眼睛戴着眼罩，一只胳膊没法动，正创作着一生中最迷幻、最棒的作品。啊，我不禁闭上眼睛想象这场景！

"伯纳黛特？"我听到一个声音。

我睁开眼睛，原来刚才睡着了。在家睡不着会带来一些问题，就是你在其他时候会睡着，最糟糕的就是这种情况，在公共场合睡着了。

"伯纳黛特？"是艾尔吉，"你怎么在这儿睡啊？"

"艾尔吉——"我把嘴边的口水擦掉，"他们不给我开氟哌啶醇，所以我要等着拿赞安诺。"

"什么？"他往窗外瞟了一眼。街上站着两个他微软的同事。我稍微有点印象。"你穿的是啥？"

他说的是我的钓鱼背心。"哦，这个啊，我在网上买的。"

"能不能请你站起来啊？"他说，"我要跟同事吃个午饭。要不要取消？"

"哎呀，不用！"我说，"我没事。昨天晚上我失眠了，刚才打了个瞌睡。快去吧，忙你的去吧。"

"我晚上回来吃饭。今晚我们出去吃饭吧？"

"你不是要去特区——"

"不急。"他说。

"哦，那好啊，"我说，"我跟比伊挑个地方。"

"就咱俩。"他说完就走了。

就在这时我慢慢清醒了，外面等着他的人里面，有一个绝对是盖乐街的某个"烦人精"。不是因为黑莓藤跟我们纠缠不清的那个，是她闺密群里的某一个。我眨了眨眼睛想看个清楚。但是艾尔吉他们一群人已经消失在中午来吃饭的人潮里。

我的心"怦怦"直跳。我应该原地吃一片赞安诺的。但我在那个复方药店里一刻也待不下去了，我感觉这里处处充满着冰冷不祥的预兆。都怪你，戴尔·奇胡立！

我逃了出去，也不知道该往什么方向走，该往哪里去。但我肯定是沿着第四大街向北了，因为等我再回过神来，已经站在雷姆·库哈斯①公共图书馆外面了。

我应该是停下来了。因为有个人走到我身边，他看着像还在读研究生的样子，人畜无害，没有一点儿恶意和威胁。

但是他认出我了。

曼尤拉，我真不知道他是怎么认出我来的。现在我只有一张照片是到处在传的，那还是二十年前拍的，就是在那个极丑的大楼前面。那时候我很漂亮，脸上散发着自信的光彩，我的笑容里也满含着对未来的憧憬。

"伯纳黛特·福克斯。"我脱口而出。

---

① 雷姆·库哈斯（Rem Koolhaas），荷兰建筑师。

我已经五十了，而且正慢慢变成一个疯女人。

你肯定看不懂我在说什么，曼尤拉。你不用看懂。但你知道，我一跟别人接触就会闹出很大的乱子。我感觉这是南极之行的不祥预兆啊。

*

那天晚点的时候，妈妈来接我。她话有点少，但这种情况也不是第一次。因为开车来学校的路上她听了电台的《世界新闻》，这通常会让她情绪低落。那天也不例外。我上了车，就听到在放很糟糕的新闻，某个国家在打仗，那里的人还把强奸作为一种武器。很多女性被强奸了，下至半岁的小女孩，上至八十岁的老奶奶，中间那些或年轻或半老的女人也难逃厄运。每个月有一千多名女性被强奸。这种事情已经持续十二年了，还没有人采取措施。希拉里·克林顿去了那里，承诺说会帮忙，大家都觉得有希望。结果她只是给了腐败的当地政府一些钱。

"我听不下去了！"我"啪"的一声关掉电台。

"我知道听着很可怕，"妈妈说，"但你年纪够大了。我们在西雅图，生活得太优渥了。但我们不能因为这样，就关掉电台不听这些女性的新闻。她们什么错也没有，只是错误地生在了有内战的国家。我们要见证，要记住。"她又打开电台。

我蜷缩在座位上，气得冒烟。

"内战持续，和谈遥遥无期，"播音员说，"据说现在士兵们还发起了新的活动，就是找到已经被强奸过的女性，再强奸一次。"

"我的耶稣基督老天爷！"妈妈说，"'再强奸'这种事我也听不下去了。"她伸手关了电台。

我们都陷入沉默。四点十分的时候，还是得把电台打开。因为每周五下午四点十分，有我们最喜欢听的克里夫·马斯的节目。你可能不知道克里夫·马斯是谁，就是我和妈妈都很喜欢的一个人啦，很棒的天气发烧友，特别喜欢钻研跟天气有关的东西，对这种"极客①"，除了爱他，你别无选择。

有一次，应该是我十岁的时候吧，当时我和保姆在家，爸妈去市政厅听什么讲座去了。第二天早上，妈妈给我看她数码相机上拍的照片，问："你看是我和谁照的？"我认不出来。她又接着说道，"你要是认出来了，肯定会嫉妒哦。"我朝她瞪了一眼。爸妈老说这是我的"库布里克脸②"，我小时候不高兴时就这么生气地瞪大眼睛。妈妈终于忍不住喊了出来："克里夫·马斯啊！"

天哪，说起这个人来我就没完没了了，有没有人来阻止我！

说回重点：首先，因为"再强奸一遍"的那个新闻；其次，因为妈妈和我都超级喜欢克里夫·马斯，那天回家路上我俩当然没怎么聊天。所以我根本不知道她经历了心理创伤。

我们把车停在车道上。辅道上有好几辆巨大的卡车，我们这边也停了一辆，司机靠着门，免得门关上。有好些工人进进出出。还在下雨，挡风玻璃上全是水，很难看清楚他们到底在干吗。

"你别问了，"妈妈说，"是奥黛丽·格里芬要我们把黑莓藤都清除掉。"

小时候，妈妈带我去看西北太平洋芭蕾舞团的《睡美人》。它讲的是一个邪恶的巫婆对公主下了诅咒，于是她睡了整整一百年。有个善良的仙女把沉睡的公主安放在一片长满荆棘的森林中，保护着她。舞台剧里面，公主睡着，身边的荆棘越来越多。我在自己的卧室里也有这种感觉。我知道，那些黑莓藤就要突破图书室的地面，让地毯下面总有奇奇怪怪的凸起，还弄得地下室的窗户快要破了。但想起这些藤

---

① 极客，美国俚语 "geek" 的音译，形容对计算机和网络技术有狂热兴趣并投入大量时间钻研的人。
② 库布里克（Stanley Kubrick），美国电影导演、编剧、制作人。代表作有《斯巴达克斯》《发条橙》等。

蔓，我会不由得微笑起来，因为感觉睡觉的时候，有股力量在保护我。

"不要全都弄掉啊！"我喊起来，"你怎么下得去手？"

"你跟我生什么气啊，"她说，"我可是要带你去南极点的。"

"妈，"我说，"我们不去南极点啦。"

"什么，不去了？"

"游客能去的只是南极半岛，就像我们的佛罗里达一样。"看样子妈妈真的不知道，我很震惊啊。"那里还是很冷，"我说，"但只是南极大陆很小很小的一部分。就好像有人说，哦，我们圣诞节要去科罗拉多。然后你问，啊，纽约怎么样？是啊，都是美国。但这样说也太无知了。老妈，请你告诉我你本来是知道的，是因为太累忘了。"

"我又累，又无知。"她说。

*

发件人：苏－琳·李－西格尔

收件人：奥黛丽·格里芬

我又要来喊个"实时闪电⚡播报"啦，你别烦，先听我讲。

我之前跟你说了，艾尔吉、帕布洛和我去市中心开了个午餐会。艾尔吉非要搭888班车去（我坐上去才发现跟普通班车没什么区别嘛。枉我这么多年幻想了，还以为一开车门里面就跟精灵的魔幻瓶一样呢）。市中心在大修，所以到了第五大街街角和塞内卡大街交界的地方，车完全动不了了，艾尔吉说走路还快些。当时外面正下着瓢泼大雨啊。但是我又有什么发言权呢，于是就跟着他们下了车。

奥黛丽呀，你总是说什么"上帝的安排"，我今天才算是明白你的意思了。我本来还以为，我在倾盆大雨里走了三个街区，上帝是忘了我了呢。原来，就在第三个街区，上帝要让我目睹一件事。

艾尔吉、帕布洛和我急匆匆地走在第四大街上，低着头，兜帽紧紧围在脸上。我中间随便抬了下头，猜我看见什么了？伯纳黛特·福克斯在一间药店里睡觉。

我重复一遍，伯纳黛特·福克斯，就在一家复方药店中间的一个沙发上躺着，闭着眼睛。她还不如直接到诺德斯特龙百货的橱窗去睡呢，叫全西雅图都看一看。她戴着墨镜，披着雨衣，穿着长裤、乐福鞋和带有银袖扣的男士衬衫，还套了件奇奇怪怪的背心。对了，她手里拿着个特别好看的包，上面系了一条丝巾。

帕布洛和艾尔吉已经走到那边街角去了，他们转过身，不知道我去哪儿了。艾尔吉看见我后，走过来，看着有点儿生气。

"我——"我不知道说什么好，"不好意思——"这可是我新职上任第一天，不管伯纳黛特有什么毛病，我都不想扯上关系。我跑过去想跟上他们。但是已经晚了，艾尔吉已经看到药店里面的情景了。他的脸一下就煞白了，拉开门走了进去。

这个时候帕布洛也来了，"艾尔吉的老婆在里面睡觉呢。"我说。

"雨真大。"帕布洛说。他笑着，不愿意转头看药店。

"我都想好午饭点什么了，"我说，"椒盐炸鱿鱼。菜单上没有，但你点的话他们就会做。"

"感觉不错啊，"他说，"我可能要看看菜单再点菜。"

过了一会儿，艾尔吉终于出来了，浑身有点颤抖。"把我去特区的航班改一下，"他说，"我明天早上走。"

我还没有完全掌握艾尔吉的行程，但很确定他在特区的报告是下午四点。我刚想开口解释鉴于时差的问题——

"你就——"他说。

"好。"

接着，你想都想不到，恰恰就过来辆班车。艾尔吉冲进车流去拦了下来。他和司机商量了下，招手叫我过去。"他把你带回雷德蒙德，"艾尔吉说，"你重新排一下行程发给我。"

我有的选吗？只能上了班车。后来，帕布洛给我带了一份椒盐炸鱿鱼回来，但在路上凉了，不好吃。

*

发件人：奥黛丽·格里芬

收件人：苏－琳·李－西格尔

我先简单写两句，因为正准备聚会呢，忙得不可开交。真正的"闪电播报"应该是你开始意识到，开动人生这辆大车的，是上帝。（像你这种情况真的像在开车，毫不夸张！嘟！）改天咱们聚聚，我再多跟你讲讲这种事儿。要不一起喝个咖啡？我可以去微软找你。

*

图书馆门口的男人写给他南加州大学建筑学教授的邮件

发件人：雅各布·雷蒙德

收件人：保罗·杰利内克

尊敬的杰利内克先生：

您还记得吧，我跟您说过要去西雅图朝圣一下那个公共图书馆的。我当时还开玩笑说，要是在西雅图瞧见了伯纳黛特·福克斯的行踪，会跟您报告。嗯，猜猜我在公共图书馆门外看见了谁？

正是伯纳黛特·福克斯！她都快五十了。棕色的头发很乱。我多看了她一眼，是因为她穿着一件钓鱼背心，挺特别、挺引人注目的。

她以前的照片只能找到一张，大概二十年前了吧，她得奖的时候照的。现在她就是个传说了。好多关于她的猜测，说什么她去西雅图要么是隐居，要么就是疯了。我当时有很强烈的直觉，那就是她。我还没开口呢，她居然就自报家门："伯纳黛特·福克斯。"

我惊得倒吸一口凉气。然后自我介绍说是南加州大学的研究生，比伯双焦楼只要对外开放，我都会去参观，我们寒假做的项目就是重现"20英里①屋"的比赛。

我突然发现自己话太多了。她眼神空洞，很迷茫。她肯定是出了什么大问题。我很想和这个行踪难寻的伯纳黛特·福克斯合个影。（这照片必须放在履历首页啊！）但接着我就冷静下来了。这位女士已经给了我这么多，一直是她在给予我养分，现在我还这么贪得无厌？于是我双手合十做出祈祷的手势，朝她鞠了个躬，走进了图书馆，留她一个人站在大雨中。

我觉得有点内疚，因为我可能扰乱了她的生活。好吧，也不好说。反正有一点是很清楚的：伯纳黛特·福克斯在隆冬时节，穿着件钓鱼背心在西雅图街头游荡。

咱们上课见！

雅各布

*

那天晚上，爸爸妈妈一起出去吃晚饭了，没带我。好像是去了巴拉德社区那边的一家墨西哥餐厅。没关系的，因为周五是我们青年团聚会的日子，会有炸虾吃，还会放电影，那天晚上放的是《飞屋环游记》。

爸爸第二天早上五点就走了，去赶飞机，因为他要去沃尔特·里德医院那边办点萨曼莎二代的事情②。克莱尔·安德森要在班布里奇岛上办派对，我们家在那儿也有房子，我想到那儿去，还想跟肯尼迪一起过夜。但是爸爸不喜欢肯尼迪，要是他在，我俩是不可能一起过夜

---

① 20英里，约32千米。
② 我说这句话可不算泄露微软的内部信息啊。微软的立身之本是各种各样的想法和理念，这些是不能到处宣扬的，和家人都不行。因为你跟女儿说了，女儿就可能告诉好朋友肯尼迪，肯尼迪可能会跟她爸爸说。这个爸爸现在在亚马逊工作，但是以前在微软，认识那儿的很多人，就会告诉以前的同事，然后又传回爸爸耳朵里，然后你就要挨训了。一般情况下我是很少说爸爸去哪儿出差的，但是我上网查了一下，已经有他天下午在沃尔特·里德医院演讲的视频了，所以这就是完全公开的信息啦。——原注

的，所以我很开心他出差了。

妈妈和我都想好了。我们就坐十点十分的船去班布里奇岛。肯尼迪上完体操课之后就坐渡轮去跟我们会合；她本来不想去上体操课的，但她妈妈不准。

十二月十一日　星期六
克里夫·马斯的博客文章

这场暴风雨已经演变成一场复杂的天象大事。我要多说几句了，因为媒体没能完全明白这其中的复杂性。昨天下午，作为当前天气系统的急先锋，相关云带先到达了华盛顿州西部。最新的高清电脑模型显示，持续风速达到每小时40到50英里[1]，并伴有每小时70到80英里[2]的阵风。并且低温没有按照之前预计的轨道往南推移，而是向北行进。

昨天我在电台节目上表示对当时的预测轨道高度怀疑，最新的卫星云图确认了我的猜测，低压中心将横跨温哥华岛南部，进入不列颠哥伦比亚[3]。低压中心到了这个位置之后，温暖湿润的空气就能径直向南进入华盛顿西部，很有可能天降大雨。

昨天，我很严肃地对即将到来的大雨天气提出了预警，媒体不以为意，觉得是杞人忧天。这根本不是杞人忧天。出乎意料的暴风路径让一个低压系统迁移到普吉特海湾北部，暖风充足。

西雅图的暖风，加上"菠萝快车"[4]的湿润空气，已经造成昨天晚上七点到今天早上七点两英寸[5]的降雨。现在，我就大胆推测，这股暖湿气

---

[1]　40到50英里，即64到80千米。

[2]　70到80英里，即112到128千米。

[3]　温哥华岛和不列颠哥伦比亚都在加拿大境内。

[4]　"菠萝快车"（Pineapple Express）是气象学上的一个俗语，特指一种天气现象，经常出现在美国的新闻播报中。具体指的是每年冬季来自太平洋中东部热带低纬度地区（夏威夷一带）附近持久而强烈的暖湿气流，这股暖湿气流会给美国西海岸地区带来大范围的强降雨、洪涝、山体滑坡和泥石流灾害。之所以叫"菠萝快车"，是因为夏威夷岛在这个季节前后盛产菠萝。

[5]　两英寸，约5厘米。

流将会淤塞在普吉特海湾上空，大雨将会持续数个小时。我们就身处一场非常值得注意的"天气秀"当中。

*

你看，克里夫·马斯很值得爱吧。他说了这么多，其实就是想表达一个基本意思：要下雨啦。

*

发件人："奥利奥"

收件人：未来家长早午餐委员会

实时闪电⚡播报！

早午餐会就在今天啦。很遗憾，我们最重要的客人——太阳，将不会出席。哈哈哈，我的笑话很冷吧？

我们必须精诚合作，严格管理。要是这些未来家长觉得来参加这个聚会是浪费时间，尤其是现在还是假日购物季，那盖乐街就算是完了。我们的目标，是要让"奔驰家长"认识认识我们，我们也认识认识他们。之后就让他们出去购物吧，他们会席卷大学村购物中心，好好利用全店五折的机会。

10:00—10:45 "奔驰家长"到场。送上饮料和食物。

10:45 康佳那老师和家长海伦·德尔伍德以及幼儿园小朋友们出场。这些小朋友进来的时候一定要非常安静，从侧门进入，各就各位，准备进行木琴表演。

10:55 格温·古德伊尔致简短的欢迎词，然后把"奔驰家长"们带到阳光房。康佳那老师带幼儿园小朋友们进行木琴表演。

11:55 讲话，收尾。

格温·古德伊尔就站在门口，向与会宾客告别，并分发盖乐街的纪念品。这一行动的重要性相信不用我再强调。他们的确是"奔驰家长"，但有免费的东西，肯定还是不拿白不拿呀，管它是什么屎、尿、屁。（不好意思，用词不雅啦！）

祝我们成功！

*

发件人：苏-琳·李-西格尔

收件人：奥黛丽·格里芬

祝今天一切顺利！我刚和诺瓦比萨那边的人通了电话，虽然下雨，但他们那个木炭烤炉是可以照常工作的，他们会在后院搭个帐篷。我在雷德蒙德回不来了，因为艾尔吉要在别的城市做报告演讲，希望我一直守在工作岗位上应付所有的小问题。真是无语了。

*

发件人："奥利奥"

收件人：未来家长早午餐委员会

警报！奥黛丽的房子那边有块巨大的广告牌。这是她的疯子邻居（也是盖乐街的家长？）一夜之间竖起来的。奥黛丽气得歇斯底里，她丈夫打电话去找地方检察官了。我可不喜欢"黑天鹅"①。

*

发件人：海伦·德尔伍德博士

收件人：盖乐街幼儿园家长

抄送：盖乐街全体教员与家长

尊敬的家长：

我想，孩子们已经跟你们讲了讲今天早午餐会上的大事件。你们肯

---

① 黑天鹅事件指的是非常难以预测，且不同寻常的事件，通常会引起一些连锁的负面反应，甚至带来灾难性的结局。

定很担心，也不明白这是怎么回事。我是唯一在场的幼儿园家长，电话都已经接不过来了，全都是问我到底出了什么事的。

你们中有很多人应该知道，我是瑞典医疗中心的顾问，主攻方向是"创伤后应激障碍"（PTSD）。"卡特里娜"飓风之后，我去新奥尔良做了一些咨询工作，现在也经常去海地进行心理辅导。得到古德伊尔校长的允许，我现在就以家长和PTSD专家的双重身份，写一写今天的事。

我们的讨论一定要基于事实，这是很重要的。你们把孩子送到盖乐街的门口。我们从那里上了大巴，康佳那老师开车送我们去了奥黛丽和沃伦·格里芬夫妇在安妮女王山下的家。虽然下着大雨，但那里布置得仍然很棒。花坛里各种五彩缤纷的花朵，烧木柴的宜人气息飘在空中。

一位名叫"奥利奥"的先生招呼我们，把我们带到了侧门。并让我们在那里脱掉雨衣和雨靴。

早午餐会正在顺利进行着。出席的宾客大概有五十名，看样子都很愉快。我注意到格温·古德伊尔、奥黛丽·格里芬和"奥利奥"明显有点紧张，但幼儿园小朋友是肯定看不出来的。

有人带我们到了阳光房，康佳那老师昨晚就把木琴架好了。要上厕所的孩子们都去上了厕所，然后各自在乐器面前跪好。百叶窗拉上了，阳光房里挺暗的，孩子们看不太清楚木槌在哪里，于是我就想拉开百叶窗。

"奥利奥"突然出现，抓住我的手："别这样，会扫兴的。"说着就打开了灯。

客人们纷纷进来看表演。格温·古德伊尔进行了简短介绍之后，孩子们开始表演《我的大鲤鱼》。你们应该感到无比骄傲！孩子们表演得让人赏心悦目。然而，大概表演了一分钟后，正在做饭的后院起了一阵骚乱。

"见了鬼！"外面有人喊。

有几个客人偷偷笑起来，但并没有恶意。孩子们也根本没注意到，只是沉浸在音乐中。这首歌表演完之后，孩子们都看着康佳那老师，康佳那老师数着拍子带他们开始演奏另一首曲子。"一、二、三——"

"这他妈——"又有人喊了。

这样不行！我急急忙忙从洗衣房跑到后门，想让那些乱吼乱叫的厨师别喊了。我转动门把手，却感到一股强大、沉重而持续的力量在顶着门。我立刻感觉到那边是出了什么天灾，第一反应是把门关上。但这股非人的力量使我关不上门。我把脚固定在门缝下面，听到"吱呀"一声，感觉不妙，合页从门框上松脱了！

我还没反应过来呢，木琴的演奏就突然停止了。阳光房里发出持续不断的噼里啪啦的声音，有个孩子害怕得尖叫起来。

我暂时不管门这边的危险情况了，又冲进阳光房，发现玻璃碎得到处都是，孩子们尖叫着跑开，乐器被留在了原地。自己的爸爸妈妈都不在场，所以没法躲进他们的怀里。孩子们集体冲进未来家长的人群中。而这些家长又拼命想从通往客厅的一扇小门挤出去。幸好没有发生踩踏事故，也算是一个小小的奇迹了。

我女儿金妮跑过来抱住我的腿。她背上都被汗湿透了，而且沾满了泥。我抬头一看，百叶窗已经自动拉开了，很怪异。

接着泥巴就来了，从破碎的窗户泼溅进来。浓稠的泥巴，水兮兮的泥巴，带着石头的泥巴，夹杂着尖锐玻璃碎片的泥巴，带着窗格条子的泥巴，裹着草的泥巴，带着烧烤棍儿的泥巴，带着马赛克喂鸟器进来的泥巴。阳光房的窗户瞬间就不见了，原来的位置成了个大洞，里面很多小洞，不断往外冒着泥巴。

每个人，不管是大人还是孩子都在拼命跑，不想却被泥巴给淹没了。现在泥巴已经卷着家具来了。我跟康佳那老师断后，他本来还想把那把木琴救下来的。自从他少年时代从热爱的祖国尼日利亚移民到这里，这把木琴就一直陪在他身边。

接着，就和突然袭来一样，泥巴雨突然就停止了。我转过身，看到一块大广告牌倒着盖住了阳光房的大洞，充当了堤坝。我根本不知道这广告牌从何而来，但鲜红的颜色很引人注目，而且很大，足以盖住之前一面玻璃占据的空间。

私人房产

严禁擅入

盖乐街的"烦人精"

小心被捕

"烦人精"监牢

万分痛苦

那个时候，客人们正争先恐后地跑出正门，发动汽车；被泥巴淋了一身的服务员和厨师转来转去，满含恶意地起着哄、大喊着，好像从没见过这么好笑的事儿；康佳那老师相当于在泥巴里游泳了，他在捞自己的木琴；格温·古德伊尔站在门厅，一边强作勇敢镇定，一边发着盖乐街的纪念品；"奥利奥"有点儿半紧张性精神分裂的样子，语无伦次地说着什么"这个不能降解——下游的迹象很明显——工作中的光照条件不好——向前——"之类的，最后他说了一个词——"一败涂地"，然后就一直重复，像卡带了似的。

最让人难以置信的，应该是奥黛丽·格里芬，她在街上跑着，离自己的家越来越远。我在她后面大喊，她却已经转到拐角，不见人影儿了。

就剩下我一个人，要照顾三十个刚刚受了惊吓的幼儿园小孩。

"好吧，"我振作起来，召集孩子们，"每个人都去找到自己的雨靴和雨衣！"现在把这句话写下来我才意识到，当时不该这么说，因为根本办不到，只会让孩子们觉得更紧张。另外，这些孩子都只穿着袜子，有些甚至还光着脚，而且到处都是碎玻璃。

"都别动。"我把能找到的垫子都找来了，在门外铺了一条路，一直到人行道上。"踩着垫子走，在篱笆边上排好队。"

幼儿园孩子最擅长的就是排队了。我把他们一个个地领到街对过上了大巴，然后开回了盖乐街。

所以你们来接孩子们的时候，会发现他们没穿鞋子，没穿外套，浑身是泥，讲着各种各样离奇的故事。

现在，我要用PTSD专家的身份说话了。

"创伤"，比较宽泛的定义是，一个人经历了自己视为威胁生命的事情。这种事情很可能在十八分之一秒之间就发生了。创伤刚刚发生后，孩子可能会表现出恐惧或困惑。我专门把孩子们一个一个地送到大巴上，这样就能与他们每一个都产生身体接触。研究表明，受到创伤后立刻得到触摸，能够起到很好的治愈作用，特别是孩子。

在走向大巴的那段路上，我能够听孩子们倾诉，问他们一些问题，还有，就是创造一种最简单直接的陪伴。我还能好好观察一下他们，看看有没有PTSD的早期征兆。我很高兴地告知各位，你们的孩子似乎处理得很好。他们最关心的是，自己的雨具能不能拿回来，怎么拿回来。我尽量诚实地回答了他们的每一个问题。我告诉他们，我们会尽力找回他们的东西，可能会有点脏，但妈妈会帮他们洗干净的。

好在，这只是一次单一的创伤事件，因此得PTSD的概率很小。不过，PTSD有可能潜伏期很长，在事情发生后的几个月甚至几年后才显现出来。我认为自己作为一个心理医生，有责任告知你们孩子身上可能会出现的PTSD症状：

● 担心自己会死

● 尿床、做噩梦、失眠

- 吃手指、说幼稚的儿语、需要穿尿不湿
- 在毫无来由的情况下表现出肢体的抗拒
- 不愿意亲近家人和朋友
- 不愿意上学
- 做出残酷、暴力的行为

如果你现在或者未来几年注意到孩子身上出现类似症状，请一定立刻告诉专家，跟他们讲讲在奥黛丽·格里芬家里发生的事情。我不是说一定会出现这些症状，毕竟这种概率很小。

我向格温·古德伊尔主动请缨，将为两个班的幼儿园孩子提供心理咨询服务。关于对这个创伤事件的集体消化，我们还在考虑到底是举行全校集会，还是只召集幼儿园，抑或是举行一个家长论坛。请大家踊跃发言，提供反馈。

诚祝安好

海伦·德尔伍德博士

*

我想你们都很清楚那天早上的天气有多诡异："9·11"以后，渡轮服务还是第一次暂停呢。

我和妈妈在马克丽娜餐厅吃了早饭，然后就像每个星期六一样，去派克市场买菜。妈妈在车里等候，我跑到那些忙翻了的鱼贩子那里买三文鱼，又去专门的摊子上买奶酪，然后去肉贩子那里买点儿给狗吃的骨头。

当时我满脑子都想着《阿比路》①这张专辑，因为我刚刚看了一本

---

① 《阿比路》(Abbey Road)，是甲壳虫乐队的第十一张也是最后一张专辑，因为是在伦敦的阿比路录制的而得名。

书，讲的是甲壳虫乐队最后的时光。基本上整个早饭时间我都在跟妈妈讲这件事。比如，专辑 B 面的联唱组曲一开始都是单首的歌，而保罗在录音室里提出把它们合到一起。还有，保罗写了那句歌词——"孩子，你得扛住那重担"[①]，他是完全有所指的。当时约翰想解散甲壳虫乐队，可是保罗不愿意。保罗写的"孩子，你得扛住那重担"完全就是写给约翰听的。他是在说："我们做得这么好，要是这个乐队解散了，完全都是你的责任，约翰。你确定要带着这样的负担活下去吗？"还有最后那段器乐曲，领奏的吉他声渐渐消失，只有林戈的击鼓独奏，大家都觉得那是一段很悲伤的演奏，是有意在向粉丝告别。一听这个，我眼前就浮现出穿得很嬉皮的甲壳虫四人组，演奏着《阿比路》的最后一段，彼此凝望。你肯定会想：哦，天哪，他们肯定泪流满面了。好吧，其实这一整段器乐曲都是他们确定解散以后保罗自己在录音室里创作出来的。所以里面的感情全是假的。

不管怎么说，我们到码头的时候，那已经排起了很长的队，过了货物装卸处，穿过高架桥底下，一直排到第一大道了。我们还从来没见过这么长的队。妈妈按照顺序停好车，熄了火，穿过瓢泼大雨，走到售票处。过了一会儿，她回来了，说暴雨引起的洪水把班布里奇那边的渡轮站给淹了，还有三艘载满了车的船等着卸货。听起来场面简直混乱极了。但要坐渡轮，你只能排好队，抱着希望，乖乖等着。

"长笛表演是什么时候？"妈妈说，"我想来看看你。"

"我不想你来。"我本来以为她都忘了呢。

她吃了一惊，嘴巴张得很大。

"太可爱太萌了，"我解释说，"你可能会被萌死。"

---

① 甲壳虫经典歌曲《扛住重担》（*Carry that Weight*）中的歌词。

"但我想被萌死啊！简直是求之不得啊！"

"我就不告诉你什么时候。"

"你这个小浑蛋！"她说。

我早上录了一张《阿比路》的CD，现在拿出来放进播放器里。我专门只开了前面的扬声器，因为冰棍儿正在后面睡觉呢。

当然啦，第一首歌是《一起来》（Come Together）。先是既奇怪又很棒的"咻咻咻"和低音鼓，然后约翰开始唱"肥大的衣服……"。哇，什么情况，妈妈怎么每一句歌词都知道啊！她不仅能跟着唱每句歌词，节奏停顿也很清楚。每一个"好极啦！""噢！"和"呀呀呀！"她都跟得上。接下来的每一首歌都是这样。当《曼克斯威尔的银锤》（Maxwel's Silver Hammer）前奏响起时，妈妈一脸嫌弃："我一直觉得这首歌太幼稚啦。"话是这么说，但她是怎么做的呢？还是把这首歌一字不差地跟着唱下来了。

我按了暂停键。"你怎么可能知道这么多啊？"我急急地问。

"《阿比路》吗？"妈妈耸耸肩，"我也说不清，反正就是知道。"她又按了播放键。

《太阳出来了》（Here comes the Sun）的前奏响起，你猜怎么着？没有，太阳没有出来，但是妈妈就像太阳穿透了云层，整个人都放开了。你们都听过那首歌吧，最前面那几个音符，乔治用吉他弹出来，给人一种充满希望的感觉。妈妈唱的时候也是一样，也是充满了希望。歌曲里吉他独奏的那段很不规律的拍手旋律，她竟然完全拍对了。这首歌唱完，她按了暂停键。

"比伊啊，"她说，"我一听这首歌就会想到你。"她都热泪盈眶了。

"妈！"所以我才不想让她去看一年级的大象舞啊。经常不知道什么事儿就会让她一副"全世界都充满爱"的样子。

"希望你知道，有时候我过得多么难。"妈妈伸手握住我的手。

"什么难？"

"乏味的生活，"她说，"但我不会被吓倒的，我一定会带你去南极点的。"

"我们不去南极点啦！"

"我知道，我知道。南极点那边有零下一百华氏度了。只有科学家才去南极点。我已经开始看书、做功课啦。"

我把手抽出来，又按了播放键。说件好玩儿的事，我灌这张 CD 的时候，iTunes 有个默认设置，就是歌与歌之间有两秒的停顿。我没有修改。于是，我们先听了那首特别棒的歌曲联唱，妈妈和我一起唱了《你从来不给我钱》(*You Never Give Me Your Money*)，然后唱了《太阳之王》(*Sun King*)。妈妈很熟悉这首歌，连西班牙语的那部分都唱得很好。要知道妈妈并不会说西班牙语，她只会说法语。

然后就是两秒的间隔。

我是认真的，要是你不明白这两秒有多烦人、多悲剧，就去听听《太阳之王》，一直跟着唱到最后，那部分是西班牙语，比较沉闷，唱得快睡着了；但又准备情绪高昂地过渡到《小气的芥末先生》(*Mean Mr. Mustard*)。《太阳之王》的结尾之所以很棒，就是因为旋律比较舒缓涣散，但同时又期待着林戈的鼓声来开始《小气的芥末先生》，马上就生动有趣起来。但是，要是没有修改默认设置，《太阳之王》唱到最后，紧接着的就是——

完全沉默的数字化的两秒钟。

然后进入《美女汉子帕姆》(*Polythene Pam*)，最后唱完《小心！》(*Be Careful!*)。之后，又是两秒的沉默。然后才响起《她从浴室窗户钻进来》(*She Came in Through the Bathroom Window*)。说实话，太折磨人了。我和妈妈一直生气地大叫。终于，歌放完了。

"我爱你，比伊。"妈妈说，"我很努力，努力有时候有用，有时候没用。"

长队根本没动。"我们回家算了。"我说。我有点扫兴，因为肯尼迪是不愿意在我们家西雅图的房子过夜的，一进去她就害怕。有一次，她赌咒发誓说，亲眼看到毯子下面有个凸起的东西动了。"活的，能动！"她尖叫。我告诉她，那只是一根黑莓藤顶着地板长出来了而已。但是她确信，肯定是原来直门学校某个女孩子的鬼魂。

妈妈和我开车回安妮女王山了。妈妈以前说过，这个城市头顶上像神经中枢一样交错的电车线，看着就像雅各布的天梯①。每次我们开车上去的时候，我都想象着能张开五指，伸到那电线网中，在房顶上玩翻花绳的游戏。

车子开到车道上，继续往家门口开。半路上看到奥黛丽·格里芬往我们这边走过来。

"哦，天哪，"妈妈说，"这一幕似曾相识啊。这回又是什么事儿啊？"

"小心她的脚！"我开玩笑的啦。

"啊，不要啊！"妈妈这几个字像是呕吐出来的，她抬起双手捂住脸。

"怎么了？"我说，"怎么了？"

奥黛丽·格里芬没穿外套。她的裤子从膝盖往下全是泥，她还光着脚。她头发里面也全都是泥。妈妈没有熄火，直接开了车门。我下车的时候，奥黛丽·格里芬已经在尖叫了。

---

① 这个故事来自希腊神话，雅各布做梦沿着登天的梯子取得了圣火，后人就把这个神话中的梯子称为"雅各布的天梯"。后来衍生出一个名叫"雅各布天梯"的科学实验，给存在一定距离的两个电极之间加上高压，空气击穿两电极之间的电场，就会产生大规模的放电，形成弧光，看起来就像一架天梯。

"你家山坡刚刚全部滑坡到我家了！"

我心想，什么？我们家的院子这么大，山脚又离得那么远，我根本不明白她在说什么。

"还是聚会的时候，"奥黛丽继续抱怨，"盖乐街未来家长的聚会。"

"我完全不知道——"妈妈的声音有点颤抖。

"这个我信，"奥黛丽说，"因为你完全不参与学校的事情。幼儿园的两个班都在场！"

"有人受伤吗？"妈妈说。

"谢天谢地，没有。"奥黛丽脸上挂着疯子一样的微笑。妈妈和我一起想象过那种既快乐又愤怒的人，而眼前这位奥黛丽·格里芬就亲自对这个概念做出了最好的诠释。

"好，那就好。"妈妈长出了一口气，"那就好。"我看得出来，她这是在说服自己。

"好？！"奥黛丽又尖叫起来，"我的后院现在有将近两米深的泥巴。窗户都被打碎了，花草树木全毁了，硬木地板没了，我的洗衣机和烘干机都从墙里脱出来了！"奥黛丽说得很快，上气不接下气的。就像每说一样东西就要画个钩。她的"快乐—愤怒"仪表指针正越来越向"愤怒"这边偏移。"我的烤肉架没了。窗帘也毁了。温室完全塌了。育的苗都死了。花了二十五年培育起来的特殊苹果树种全部被连根拔起。日本红枫也倒了。传家宝玫瑰没了。我亲手铺了瓷砖的火坑也没了！"

妈妈一直努力拉着唇角克制自己的笑意。我也迅速低下头，免得笑出声来。然而，不管我们听了现在的情况心里觉得有多好笑，这种感觉下一秒就没了。

"还有那个牌子！"奥黛丽低吼了一声。

妈妈脸色沉了下来。她勉强挤出几个字："那个牌子。"

"什么牌子？"我问。

"什么样的人才会立那么一块牌子——"奥黛丽说。

"我今天就撤掉。"妈妈说。

"什么牌子？"我又问了一遍。

"泥巴已经帮你撤掉了！"奥黛丽对妈妈说。她一直死盯着妈妈，我这才第一次注意到，她的眸子是很明显的淡绿色。

"所有的钱我出。"妈妈说。

妈妈有个特点：烦人的小事她处理不好，但是面对大危机时就很镇定。如果她喊了三次服务员还不来给她续水，或者太阳出来了她却忘了戴墨镜，那可要小心了！不过，要是真的发生了什么特别糟糕的大事，妈妈就变得超级冷静。我觉得这都是那些年几乎一半时间都在儿童医院陪我时锻炼出来的。我的意思是，遇到糟糕的大事时，有妈妈在身边是最好的了。但她这么冷静，反而让奥黛丽·格里芬更生气了。

"你觉得这都是钱可以解决的事吗，啊？"奥黛丽越疯狂，星星眼就越明显。"高高在上地住在你这个大房子里，把我们都踩在脚下，有事就签签支票，但从来都不愿意从你的王位上屈尊下来，光临一下，让我们蓬荜生辉？"

"你太激动了，"妈妈说，"你要好好想想，在山坡上作业都是你坚持的，奥黛丽。我用的是你请的人，让他按照你说的日期开工的。"

"所以你一点儿责任也没有咯？"奥黛丽不满地"啧啧啧"起来。"你这么说还真是撇得干净啊。那块牌子呢，啊？也是我让你立起来的吗？真的，我很好奇呢！"

"什么牌子啊！？"她们一直说牌子，我听着有点儿害怕。

"乖女儿，"妈妈转身看着我，"我做了一件特别蠢的事，以后再跟你说。"

"这个可怜的孩子啊，"奥黛丽满腔愤恨地说，"经历了这么多！"

"什么——"我又要问了。

"牌子的事，我真的很抱歉。"妈妈一字一顿地对奥黛丽说，"那天我发现你带着园丁跑到我家草坪上来，就很冲动地立了块牌子。"

"你是在怪我？"奥黛丽说，"你可真是个极品啊！"感觉她的指针已经爆表了，冲破危险区，进入了一个"乐怒人"还从未进入过的无人之境。我反正是害怕极了。

"我是在怪自己，"妈妈说，"我只是想说清楚，今天这事儿，背后是有很多原因的。"

"你是觉得，派个专业人士到你家来，完全按照法律法规来评估一下清除作业，等同于竖个牌子，吓到两个班的幼儿园孩子，破坏盖乐街的录取工作，毁掉我的家？"

"牌子是对此做出的反应，"妈妈说，"是的。"

"我的天——"奥黛丽·格里芬说话像翻滚列车一样上上下下的。她的语气里充满厌恶和疯狂，穿透了我的皮肤。我的心狂跳起来，以前还从没跳过这么快，好害怕呀。

"真的好有趣哦，"奥黛丽瞪大眼睛，"所以我找个人去评估一下清除作业，你就竖了那么大一块广告牌子，写了那么恶毒的话，还觉得这个反应挺正常？"说最后这句话时，她伸出手指疯狂点着四面八方。"我懂了，懂了。"

"是反应过激了。"妈妈重新冷静下来，说，"别忘了，当时你是未经允许，擅入我家房产的。"

"所以，就是说，"奥黛丽爆发了，"你是个疯子！"她的双眼痉挛一样地抽动着。"天哪，我还一直很好奇呢。现在有答案了。"她脸上保持着疯狂而奇幻的表情，还迅速短促地拍起了手。

"奥黛丽，"妈妈说，"别站在那儿假装你没参与这个游戏。"

"我不玩游戏。"

"那你为什么叫格温·古德伊尔发那封邮件，说我轧到了你的脚？那又算什么？"

"哎哟，伯纳黛特，"奥黛丽很悲切地摇着头，"你的受虐妄想症真的该治了。你要是多跟外人交往交往，就会知道，我们不是一群可怕的妖怪，整天就想着害你。"她举起双手，在空气中挠着。

"我想我们没什么好说的了，"妈妈说，"我再次为牌子的事说声对不起。那是很愚蠢的错误。我会负全部责任，不管是金钱、时间，还是格温·古德伊尔和盖乐街那边。"妈妈转身绕过车头，就要上车的时候，奥黛丽·格里芬又开始了，好像电影里那种倒下又重生的怪物。

"要是盖乐街知道比伊住在这房子里，肯定不会录取她的。"她说，"你去问格温就知道了。当时没人反应过来，你们就是从洛杉矶搬到西雅图的那家人，在这个漂亮的街区买了 12 000 平方英尺的房子，说这儿就是你们的家。我们现在站着的这片地方，方圆 4 英里^①，都是我土生土长的地方，也是我妈妈土生土长的地方，我外婆土生土长的地方。"

"这个我信。"妈妈说。

"我的曾祖父在阿拉斯加做毛皮猎人，"奥黛丽说，"沃伦的曾祖父从他那里买毛皮。我要说的是，你们拿着从微软赚的大钱来到这儿，就觉得你们就是这儿的人了。但你们不是！永远都不是！"

"那可要谢天谢地啊。"

"没有一个妈妈喜欢你，伯纳黛特。你知不知道，我们在惠德比岛上举行了八年级母女感恩节聚会，但是没有邀请你和比伊？但我听说，

_____

① 4 英里，约 6.4 千米。

80

你们居然在丹尼尔烤肉店过的节，爽得很吧？！"

我感觉自己都要停止呼吸了。我还站在原地，但奥黛丽·格里芬的话完全刺伤了我。我有点儿站不稳了，便伸手扶着车。

"够了，奥黛丽。"妈妈朝她向前五步走，"去你妈的。"

"很好哦，"奥黛丽说，"在孩子面前说脏话。你觉得这样很伟大是吧！"

"我再说一遍，"妈妈说，"你放屁就放屁，别带着比伊，去你妈的。"

"我们都喜欢比伊，"奥黛丽·格里芬说，"比伊是个很优秀的学生，很好的女孩子。这只能证明孩子的承受能力有多强，经历了这么多，她还是这么棒。要是比伊是我女儿，我绝对不会把她送到寄宿学校去的。我想惠德比岛上所有的妈妈都是这么想的。"

我终于喘上气了，开口说道："是我自己想去寄宿学校的！"

"你当然想去了！"奥黛丽很同情地对我说。

"这是我自己的主意！"我特别生气，尖叫起来，"我以前跟你说过了！"

"别这样，比伊，"妈妈看也不看我，只是朝我伸出手，"不值得。"

"当然是你自己提出来的啦！"奥黛丽·格里芬瞪着妈妈探头探脑的，然后对我说，"你肯定想要快点逃跑。谁能怪你呢？"

"你别那么跟我说话！"我继续尖叫，"你根本不了解我！"

我浑身都湿透了，车子一直没熄火，真是浪费汽油。而且两边的车门都敞开着，雨水全都跑进去了，里面的座椅皮算是毁了。而且我们是停在弯道上的，所以车门一直又开又关的，我担心发动机会自动熄火。冰棍儿一副小傻样儿地在后座上看着，张着嘴巴，伸着舌头，好像根本没发现我们需要保护。然后车里面的《阿比路》专辑还在放着，正好是《太阳出来了》那首歌。妈妈刚刚说了，听到这首歌就会想起我。我很确定，我以后再也不会听《阿比路》了。

"我的天，比伊，怎么了？"妈妈转过身，发现我不对劲儿。"快跟我说，乖女儿。是心脏不舒服吗？"

我把妈妈推开，向奥黛丽湿漉漉的脸上扇了个耳光。我知道这样不对！但我气得发狂了。

"我为你祈祷！"奥黛丽说。

"为你自己祈祷去吧！"我说，"我妈那么好，你和那些妈妈都比不上她。所有人都讨厌的是你。凯尔这个小混混，不管什么运动、什么课外活动都不参加。有人跟他交朋友，只是因为他会给他们药嗑。他还说起你的玩笑，可好笑了。你老公就是个酒鬼，三次醉驾都没事，就因为他认识法官。你呢，你就拼命帮他瞒着，怕被别人发现。但是太晚了，凯尔把这事儿传得全校都知道了。"

奥黛丽迅速回应："我是基督教徒，所以原谅你这么说。"

"得了吧你，"我说，"基督教徒才不会像你那样对我妈说话。"

我上了车，摔上门，关了《阿比路》，不受控制地啜泣起来。我坐在一摊水上，但是我不在乎了。我之所以这么害怕，跟什么牌子啊、泥石流啊、妈妈和我没被邀请去那见鬼的惠德比岛都没关系，说实话，我们一辈子也不想跟这些浑蛋一起参加任何活动。我之所以这么害怕，是因为我知道，我就是知道，从现在开始，一切都会改变。

妈妈也上了车，关上门。"你真是超酷的，"她说，"你知道你刚才多酷吗？"

"我讨厌她。"我说。

还有句话我没说，因为不需要说，这是心照不宣的。我也说不上来为什么，因为我们以前有什么秘密都不会瞒着爸爸，但我和妈妈在那一刻就心照不宣：我们不会告诉爸爸。

那之后，妈妈就不一样了，和在复方药店睡觉那天不一样。妈妈本来都好多了，我在车里还和她一起唱了《阿比路》呢！我不管爸爸、医生、警察之类的人怎么说，反正就是奥黛丽·格里芬朝妈妈吼了，她从此就不一样了。你还不信？看看下面这个：

五分钟后发的邮件

发件人：伯纳黛特·福克斯

收件人：曼尤拉·卡普尔

我真的尽全力了，但我做不到。我不能去南极了。我还不清楚该怎么找借口，但我对我俩的强强联合有信心，曼尤拉。我俩合作，什么事情都办得到。

*

爸爸写给马德罗娜山医院心理医生詹妮尔·库尔茨的信

尊敬的库尔茨医生：

我朋友汉娜·迪拉尔德高度评价了您对她丈夫弗兰克在马德罗娜山医院期间的治疗。根据我听说的情况，弗兰克当时患有严重的抑郁症，而他入住了马德罗娜山医院之后，在您的主治照料下，有了大大的好转。

我给您写信，是因为我很担心我爱人。她叫伯纳黛特·福克斯，恐怕已经病得很重了。

（抱歉我字迹有点儿潦草。此刻我正在飞机上，笔记本电脑也没电了，所以只好用笔来写信，这么多年了，还是头一次用笔写信。我得继续写下去，因为我想趁我还记得住，把刚刚发生的事情都写下来。）

我先给您做下背景介绍。伯纳黛特和我大概是二十五年前在洛杉矶认识的，当时她工作的建筑事务所要重新设计我工作的动画工作室。我们都是东海岸的人，都有上私立预科学校的经历。伯纳黛特当时是建筑界的新星。我被她的美丽、亲切和那种漫不经心的魅力所深深吸引。我们结婚了。当时我正在研究一个关于电脑动画的想法，后来微软收购了我的公司。伯纳黛特设计的一个房子遇到点儿麻烦，于是很突然地宣布她要退出洛杉矶建筑界。我很惊讶地发现，她倒比我更热切地想搬到西雅图。

伯纳黛特飞到西雅图看房子，然后打电话跟我说，找到了一个很棒的地方——安妮女王山——原来的直门女子学校。换作任何别的人，一个早就弃置不用的破学校，是很难称其为家的，但伯纳黛特不是一般人，而且充满了热情。伯纳黛特和她的热情就像河马与水：同时遭遇了两者，你就必死无疑。

我们搬到了西雅图。微软的工作让我完全无暇顾及其他。伯纳黛特怀孕了，迎来人生多次流产中的第一次。三年后，她撑过了孕早期。孕中期一开始，医生就安排她卧床休息。本来伯纳黛特找到这个房子，是把它当作一块空白画布，想要在上面施展自己魔法的。结果，遇到这个情况，房子自然而然就荒废不管了。这个房子很多地方漏水漏雨，总是莫名其妙地透风，偶尔地板上还长野草。但我只关心伯纳黛特的健康，她不能承受重新装修房子的压力，必须静养。所以我们在室内也穿着大衣，漏水的时候就拿很多意面锅轮流接着，客厅花瓶里插着长长的花剪。感觉还挺浪漫的。

我们的女儿比伊是个早产儿。她出生的时候全身都发青，而且被诊断为先天性左心发育不良综合征。我想，有个患病的孩子，要么会让夫妻俩更亲密无间，要么会让他们分道扬镳。可是，我们俩呢，两种情况都不是。伯纳黛特全心全意地投入到比伊的康复治疗中，这件事成了她的一切。而我更努力、更长时间地投入工作，觉得这就是夫妻间良好的配合：伯纳黛特负责消费，我负责埋单。

比伊进幼儿园的时候，虽然比同龄人瘦小很多，但总算身体健康。我一直以为，这样一来伯纳黛特就能回到建筑业了吧，或者至少把我们的房子修一修。屋顶上漏水的地方已经变成明显的洞眼了；窗户上本来只是微小的裂缝，现在已经贴满了硬纸板和透明胶。每周，我们的园丁都要掀开毯子做一次室内除草。

我们的家是真的正在"入土"。比伊五岁的时候，我在她房间里陪她玩餐厅游戏。我点了菜，她在自己的小厨房里手忙脚乱地忙活了一阵，把我的"午饭"端上来了。湿乎乎的、棕色的一坨，闻着像泥土，但更蓬松一些。"我挖出来的。"比伊很骄傲地指着木地板说。淋了这么多年的雨，地板都湿透了，比伊拿勺子轻轻使劲就能挖进去。

比伊在幼儿园上学已经步入正轨，伯纳黛特仍然没有要修房子或者工作的意思。她曾经那样无所畏惧地全身心地投入到建筑业中，而现在所有的精力都转移到抱怨西雅图上面了。她这种抱怨不是一般的抱怨，而总是疯狂地咆哮怒叫，要详说起来，怕是一个小时都说不完。

比如，五岔路口这个事儿吧。伯纳黛特第一次说起西雅图有很多五岔路口的时候，感觉还很有道理。我自己倒是没注意到，但的确有很多岔路口，总有很多条道路分出去，你得多等一轮红绿灯。这完全是夫妻之间可以好好聊聊的话题，所以当伯纳黛特再次滔滔不绝地说起这个话题时，我就在想，她又发现了什么新情况吗？然而没有。她抱怨的内容是一样的，只是比原来更激烈了。她叫我去问问比尔·盖茨，怎么能在一个有这么多可笑岔路的城市生活下去。我一下班回家，她就追问我有没有问。有一天，她搞了张西雅图的旧地图向我解释，原来城里有六个单独的系统分区，随着时间的推移，毫无章法地和新的蓝图混合到了一起。一天晚上，在去餐厅的路上，她偏离路线，开出好几英里，带我去看了三个区交界的地方，那里有个岔路口，一共分了七条路出去，接着我们等着红绿灯，她就开始计时。伯纳黛特最喜欢用西雅图毫无章法的街道布局来说事儿。

有的时候，已经很晚了，我都躺在床上睡着了，她就说："艾尔吉，你醒着吗？"

"现在醒了。"

"比尔·盖茨肯定认识沃伦·巴菲特吧？"她会说，"喜诗糖果就是沃伦·巴菲特的吧？"

"应该是吧。"

"太棒了！得有人把西湖广场那边的情况讲给他听听啊。你知道喜诗会发免费品尝的样品对吧？好吧，那些讨厌的流浪汉就爱贪这个便宜。今天我在店门外排队等了三十分钟，排在我前面的都是些小混混和嗑药的，他们什么也没买，就是想拿不要钱的样品。拿了以后，又排到队尾去，继续拿。"

"那你以后就别去喜诗了。"

"我肯定不会再去。但如果你在微软遇到沃伦·巴菲特，最好跟他说一声。要么他在时你就跟我说一声，我去跟他说。"

我什么都试过了，比如，用别的事情转移她的注意力，或者不理会她，也求过她不要再说了，但什么方法都没用。而且，越让她别说她就越起劲儿，还能多叨唠个十分钟。我感觉自己像只被猎人追逐的动物，走投无路，无力反抗。

我要提醒你，在西雅图的最初几年，伯纳黛特要么是正怀着孕，要么是刚刚流产。所以在我看来，她这些情绪都是因为荷尔蒙不稳定所致，或者是宣泄悲痛的一种方式。

我鼓励伯纳黛特多交朋友，但又引起她一阵喋喋不休的抱怨，说她已经很努力了，但是没人喜欢她。

人们总是说，西雅图是个很难交朋友的城市，甚至戏称这里是"西冷图"。我自己倒是没经历过，但很多同事都说确有其事，跟这里很多人有斯堪的纳维亚半岛的北欧血统有关。也许一开始伯纳黛特的确很难融入这个城市，但是现在都十八年了，她怎么还能这么不理智地对整座城市怀恨在心呢？

库尔茨医生，我的工作压力很大。有些时候的早上，我来到办公桌前，会觉得筋疲力尽，完全受够了伯纳黛特和她的口水。我后来都开始坐微软班车去上班了，这样就有借口提前一个小时出门，躲开她早晨的咆哮了。

我真的没想把这封信写这么长的。但坐在飞机上，看着窗外，我变得有点儿多愁善感。我还是直接说昨天遇到的事情吧，就是因为昨天的事，我才写这封信的。

我当时跟几个同事走路去吃午饭，有个人突然指着一家药店，伯纳黛特在里面的沙发上睡觉。不知道为什么，她穿着个钓鱼背心。这特别奇怪，因为伯纳黛特一直都穿得很时髦的，而且觉得别人的时尚品位都很差（她指责起这个问题也是一套一套的，我就不跟您详说了）。我急急忙忙进到店里。叫了好一会儿她才醒过来，然后很肯定地说，她在等药剂师给她开氟哌啶醇。

库尔茨医生，不用我说您也知道，氟哌啶醇是治疗精神病的药物。我爱人是在看能开氟哌啶醇的心理医生，还是用某种非法途径去拿的药？我真是一点儿都不知道。

我很警惕，重新安排了出差，和她一起吃了晚饭，就我们俩。我们在一家墨西哥餐厅见的面。点了菜以后，我马上提到氟哌啶醇这个话题。"看到你在药店的时候，我真是吃了一惊呢。"我说。

"嘘！"她正在偷听我们后面那一桌的谈话，"他们居然不知道玉米卷饼和玉米煎饼的区别！"她继续竖起耳朵听着，脸上的表情整个紧张起来。"哦，天哪，"她小声说，"他们连'鼹鼠'都没听说过。他们长什么样子啊，我不想转过身去看，这样太明显了。"

"就是……一般人啊。"

"你什么意思，哪种人——"她完全控制不住自己，迅速转了个身。

"他们全身都是文身！怎么回事啊，不是很酷吗？从头到脚都是文身，却不知道玉米卷饼和玉米煎饼有啥区别？"

"今天的事儿……"我开口。

"哦，对，"她说，"和你一起的是不是有个'烦人精'，盖乐街的？"

"苏－琳是我们组新的行政，"我说，"她儿子和比伊同班。"

"哦，天哪，"伯纳黛特说，"我算是完了。"

"什么完了？"我问。

"那些'烦人精'一直很讨厌我。她会策反你的，叫你也不喜欢我。"

"你这说的什么话，"我说，"没有人讨厌你——"

"嘘！"她说，"服务员过来给他们点菜了。"她向后靠着身子，向左斜过去，越靠越近，她的整个身体就像长颈鹿的脖子，一直伸到椅子都从她身下滑出去了，她一屁股坐在地上。全餐厅的人都扭头看过来。我跳起来去扶她，她站起来，把椅子摆正，又开始了，"你看到没，有个人胳膊内侧的文身，像一卷胶带似的。"

我喝了很大一口玛格丽特，准备执行我的备用方案，就是等她说完。

"你知不知道我在星巴克外面看到一个人，胳膊上文的什么？"伯纳黛特说，"一个回形针！以前可是很前卫大胆的人才会文身的啊。现在的人啊，连办公用品都往身上文。你知道我怎么想的吗？"这个问题当然是不需要我回答的。"要我说，要是胆子大，就别去文身。"她又转了下身，然后看着我倒抽一口凉气，"天哪，还不是什么一般的胶带，是一卷苏格兰胶带，绿黑条纹的。这个真是太好笑了。要往胳膊上文个胶带，至少文个传统老式的胶带座嘛！你觉得是怎么回事？是不是那天办公用品目录册被送到文身店去了？"她把薯片插进牛油果沙拉酱里，薯片被折断了。"天哪，真讨厌这里的薯片。"她拿起叉子插起断在酱里面的薯片，咬了一口。"你刚说什么？"

88

"我想知道，药店不开给你的那个药是怎么回事。"

"就是，"她说，"一个医生给我开了处方，上面写着要氟哌啶醇。"

"是因为你失眠吗？"我问，"你睡眠不好吗？"

"睡眠？"她说，"那是什么东西？"

"是为什么开的处方？"

"焦虑。"她说。

"你在看心理医生吗？"我问。

"没有！"

"你想看心理医生吗？"

"我的天，不想！"她说，"我只是想着要去旅行，有点儿焦虑。"

"你这么焦虑，具体是为了什么？"

"德雷克海峡，陌生人。你懂的。"

"其实吧，"我说，"我不懂。"

"会有很多人，我在人群里都不知道该怎么办。"

"我觉得，我们应该找个能倾诉的人。"

"我在跟你倾诉啊，对吧？"

"找个专业人士。"我说。

"那个我以前试过，完全瞎耽误工夫。"她凑过来小声说，"那什么，有个西装男正站在窗边。这是我三天内第四次看到他了。有件事情我可以肯定地告诉你，你现在转身看，他肯定不在了。"

我转过身，是有个西装男消失在人行道上的人群中。

"瞧瞧，我说什么了！"她说。

"你这是在跟我说，你被跟踪了吗？"

"还不确定。"

钓鱼背心，在公共场合睡觉，治疗精神病的药物，现在又说一个男人在跟踪她？

比伊两岁的时候，不知为什么喜欢上了一本奇怪的小书，是伯纳黛特和我多年前在罗马街头一个小摊贩那里买的。书名是"罗马的前世今生——古罗马纪念中心指南及纪念碑的重建"。

书里面收录了一些照片，是现在的废墟，上面直接画了图，来表现这些建筑全盛时期的样子。比伊坐在医院的病床上，身上连着监视器，来来回回地翻着这些照片。书有塑封，是红色的，她总爱去咬。

我发现，自己正在思考伯纳黛特的前世今生。我爱上的那个女人，和面前坐着的这个无法控制自己的女人之间，隔着一条可怕的鸿沟。

我们回了家。趁伯纳黛特睡着，我打开了她放药的柜子。里面摆满了处方药瓶，是很多医生开的，有赞安诺、克诺平、安必恩、海乐神、曲唑酮等；所有的药瓶都是空的。

库尔茨医生，我就不跟您装了，我实在不知道伯纳黛特是怎么了。她是抑郁症吗？躁狂症吗？妄想症吗？吃药上瘾吗？我也不知道怎样才叫精神崩溃。反正不管您觉得是什么，我觉得我爱人肯定是需要很仔细地看看病了。

汉娜·迪拉尔德对您评价很高，库尔茨医生，她讲述了您为了帮弗兰克渡过难关所做的努力。如果我没记错的话，一开始，弗兰克拒绝接受治疗，但他很快就主动配合您的治疗计划了。汉娜很欣赏您，都加入你们医院董事会了。

伯纳黛特、比伊和我准备在两个星期后去南极旅行；伯纳黛特显然是不想去的。我现在觉得，最好是比伊和我去南极，就我们父女俩，而与此同时伯纳黛特入住马德罗娜山。我不能确定伯纳黛特会同意这个主意，但我很清楚，她需要有人照看着去进行休养和恢复。我急切地期盼您的回信。

诚祝安好

艾尔吉·布朗奇

第二章

伯纳黛特的前世今生

PART 02

Bernadette Past and Present

即时发布：

美国绿色建筑者协会和透纳基金会共同发起：

20×20×20：20 英里屋

二十年后

未来二十年

截止日期：二月一日

伯纳黛特·福克斯的"20 英里屋"已经不复存在。这个建筑的照片也很少，据称福克斯女士已经把所有的图纸都毁掉了。然而，这个建筑的意义和重要性却逐年递增。为了纪念 20 英里屋的二十周年，美国绿色建筑者协会与透纳基金会联手，邀请建筑师、学生等建筑业同人踊跃提交设计，重新构想，重新修建 20 英里屋，并借此展开关于未来二十年"绿色建筑"意义的对话。

竞赛内容：上交的设计规划，是要在洛杉矶穆赫兰道 6528 号修建一个三居室，4 200 平方英尺 ① 家庭独栋住宅。

唯一的限制条件，就是福克斯女士之前给自己定的：用于修建的所有材料，必须来自建筑工地方圆 20 英里之内。

评选出的获胜者将在盖蒂艺术中心的绿建协／美建协晚会上公布，并获得 4 万美元的奖金。

---

① 4 200 平方英尺，约 390 平方米。

十二月十一日　周六

南加州大学建筑学教授保罗·杰利内克

写给妈妈在图书馆门口碰到的那个人

雅各布：

看你对伯纳黛特·福克斯感兴趣，我就先给你透露一下，还没出版的二月号《艺坛》上有她的人物小传，有点"圣徒传记"的味道哦。他们叫我先看一遍，挑挑错儿。你看完很可能想跟作者联系，告诉他你巧遇伯纳黛特·福克斯的事情。请别这么做。显然，伯纳黛特是想躲起来的，我觉得咱们应该尊重她的选择。

保罗

*

《艺坛》的文章，PDF 版

《圣伯纳黛特：影响最大的建筑师，相逢对面应不识》

美国建筑师与建筑者协会最近对三百名建筑系研究生进行了抽样调查，问他们最崇拜的建筑师是谁。最后的名单大家想也能想到：弗兰克·罗伊德·莱特、勒·柯布西耶、密斯·凡·德·罗、路易·康、理查德·诺伊特拉、鲁道夫·辛德勒。但有一个肯定谁都想不到，在这些伟大的男性建筑师当中，出现了一个完全名不见经传的女人。

伯纳黛特·福克斯的卓越杰出是有很多原因的。在这个男性一统天下的行业中，她作为一个年轻女子，"巾帼不让须眉"地上演着精彩的独奏：三十二岁，她便获得了"麦克阿瑟天才奖"；她手工制作的家具被美国民间艺术博物馆永久收藏；绿色建筑运动中，她是当之无愧的先驱；她只修了一栋房子，那房子现在也不复存在了；二十年前，她从建筑界隐退，从那之后没有设计过任何东西。

上述事件随便抽一条出来安在某位建筑师身上，就已经够值得注意的了。集这些条目于一身的她，便是毫无疑问的偶像。然而，伯纳黛特·福克斯到底是谁？她那时候有没有为以后的女性建筑师铺一条路？她是个天才吗？她是否在绿色建筑这个概念诞生之前，就已经做到了绿色环保？如今，她在何处？

《艺坛》采访了几个曾经与伯纳黛特·福克斯关系密切的人。我们希望能够解密这位建筑界曾经名副其实的神话。

二十世纪八十年代中期的普林斯顿大学，是为建筑界未来而战斗的前沿阵地。现代派建筑学院在坚实的基础上建立起来，其中的精英备受赞誉，影响力巨大。而以普林斯顿教员迈克尔·格雷夫斯为首的后现代主义者们，则在谋划着对现代派发起严肃的挑战。格雷夫斯刚刚设计修建了他的波特兰公共服务大楼，其中蕴含的机智、各种装饰和折中主义，全都大胆摒弃了现代派质朴的极简模式。与此同时，结构主义这个更具有对抗性的前卫派别，正在慢慢发展壮大。结构主义的代表人物是原普林斯顿教授皮特·艾森曼，他们既摈弃现代主义，也摈弃后现代主义，崇尚分裂和几何上的不可预测性。各学派都对普林斯顿的学生有着迫切的期望，一定要他们选择立场，拿起武器，流血"杀敌"。

艾丽·赛托当时就在普林斯顿，和伯纳黛特·福克斯同班。

艾丽·赛托：我的毕业设计是富士山游客中心的一个茶馆。基本设计理念是，用四射的粉色风帆组合成一朵飘散的樱花。班级答辩的时候，我阐述并捍卫自己的设计，承受着四面八方的质疑。伯纳黛特正低头织着毛衣，突然抬头问道："他们把鞋放哪儿呢？"在场的人都奇怪地看着她。"进茶馆不是要脱鞋的吗？"伯纳黛特说，"脱下来放哪儿呢？"

福克斯对这些琐碎之事的特别注意，吸引了迈克尔·格雷夫斯教授的目光，他把她招入了自己在纽约的事务所。

艾丽·赛托：伯纳黛特是全班唯一一个被他招录的人，在当时引起很大轰动。

迈克尔·格雷夫斯：我不想雇那种自我意识很强，总想着搞个大设计的建筑师。我自己自我意识已经很强了，脑子里的大设计已经很多了。我想要的，是那种有能力执行我的想法，解决我丢出的问题的人。伯纳黛特让我震惊之处在于，她能在很多别的学生瞧不起的任务中找到乐趣。那种没有自我只知道死干苦干的人，通常是不会选择建筑师这个职业的。所以，如果招人的时候发现了具有这项才能的人，就赶紧纳入麾下。

当时一个团队被分配去设计加州伯班克的迪士尼总部大厦，福克斯是里面资历最浅的，分配到的第一份工作也是很典型的苦活、累活，规划行政大楼的卫生间。

迈克尔·格雷夫斯：伯纳黛特把每个人都要逼疯了。她想知道行政人员每天在办公室待多长时间，开会是什么频率，什么时候开，会有多少人出席，男女比例。于是我打电话给她，问她在搞什么鬼。

她解释说："我得知道我的设计需要解决什么问题。"

我对她说："迈克尔·艾斯纳[①]想尿尿，又不想大家都来围观。"

_____

① 迈克尔·艾斯纳（Michael Eisner），从一九八四年到二〇〇五年，是沃尔特·迪士尼公司的首席执行官。

我很想说，把她留在公司，是因为我发现她有着终会发光的才华。但说实话，是因为我喜欢她织的毛衣。她织了四件送给我，我到现在还保留着。我的孩子们一直想偷来穿。我老婆想捐给慈善机构。但我舍不得。

由于许可流程出了问题，迪士尼总部大厦的工程总是延期。在一次事务所全体员工大会上，福克斯展示了一张如何搞定建筑部门的流程图。于是格雷夫斯便派她到洛杉矶的工地去现场办公。

迈克尔·格雷夫斯：她走的时候，只有我舍不得。

六个月以后，迪士尼总部大厦的工作结束了。格雷夫斯又为福克斯安排了纽约的工作。但她喜欢洛杉矶建筑界的自由。在格雷夫斯的推荐下，福克斯进入了理查德·迈耶的事务所，当时该事务所已经在设计盖蒂艺术中心了。团队从意大利进了一万六千吨石灰华来覆盖博物馆外部，一共有六名年轻建筑师来负责这种材料的选择、进口和质检。伯纳黛特就是其中之一。

一九八八年，福克斯邂逅了电脑动画制作者艾尔吉·布朗奇。第二年，他们结婚了。福克斯想建一栋房子，茱蒂·托尔是他们的房产经纪人。

茱蒂·托尔：那真是一对璧人。两个人都很聪明，很有魅力。我一直向他们推销圣塔莫尼卡和帕利塞兹的房子。但伯纳黛特很坚决，她要买块地，自己来设计。我带他们看了洛杉矶威尼斯海滩那边一个废弃工厂，按土地价格售卖。

她去看了一圈，说简直完美。我惊讶地发现，她指的是工厂大楼本身。唯一比我还要惊讶的是她丈夫。但他很信任她，反正总是老婆大人说了算的。

福克斯和布朗奇买下了过去的比伯双焦透镜工厂。之后不久，他们去参加了一个晚宴，遇到了福克斯职业生涯中影响最大的两个人：保罗·杰利内克和戴维·沃克尔。杰利内克是建筑师，也是南加州建筑学院的教授。

保罗·杰利内克：那天她和艾尔吉刚敲定了比伯双焦的买卖。她对这栋楼的热情点亮了整个聚会。她说工厂里还堆着一箱箱的双焦透镜和一些机器，她想用这些东西来"做点事情"。她说起这一切，天马行空、漫无边际，我根本看不出来她竟然是个受过专业教育的建筑师，更别说是格雷夫斯的爱徒了。

戴维·沃克尔是个承包商。

戴维·沃克尔：吃甜品的时候，伯纳黛特请我承包她的工程。我说要不先给她一些资料了解一下，她说："不用了，我就是挺喜欢你的。"然后她让我周六带些人过去。

保罗·杰利内克：伯纳黛特说她在负责盖蒂的石灰华，我完全明白。我有个朋友也是负责那个石灰华的。他们竟然让这些才华横溢的建筑师去组装生产线上做巡视员的工作。这真是摧毁精神和灵魂的一项工作。而"比伯楼"是伯纳黛特采取的措施，她要重新与自己所热爱的建筑事业联系起来，要去修建点什么。

比伯双焦工厂面积约 278 平方米，煤渣砖砌起来的方方正正的建筑，3 米高的天花板，上面开了个通风窗。屋顶上有一系列的天窗。把这个工业空间变成住家，占据了福克斯接下来的两年时间。承包商戴维·沃克尔每天都到现场。

戴维·沃克尔：从外面看感觉挺寒酸的，但一走进去，会发现里面采光十分充足。第一个周六，我按照伯纳黛特的要求，带了几个人去现场。她手里没有规划，也没有改建许可，只递给我们一些扫帚和滚轴拖把，让我们全都去扫地、擦窗户和天窗。我问她要不要订购一个垃圾桶，她当时真的是喊了出来："不要！"

接下来的一个星期，她收集了楼里所有的东西，一一摆放在地上。有几千个双焦镜框，很多箱镜片，一摞摞压平了的硬纸箱，还有全套用于切割和打磨镜片的机器。

每天早上我去的时候，她就已经在那儿了。她总是背着一个背包，能看到里面有棒针和毛线，这样站着的时候她也能织毛衣。她就站在那儿，边织边打量着一切。这让我想起小时候把一堆乐高积木撒在地毯上的场景。你就坐在那儿，盯着那些积木，想着到底该做个什么。

那个周五，她把一箱细镜框搬回了家。周一，她回到工地，已经用电线把所有的镜框都编到一起了。这是个很棒的连环锁子甲，里面嵌了玻璃。而且还十分牢固！伯纳黛特让工人们行动起来，有的拿剪刀，有的拿钳子，把几千个旧的双焦镜框连起来，她要用作室内的幕墙。

看着这些墨西哥的粗糙汉子坐在椅子里沐浴着阳光，细细编织着，真是好笑得很。但他们可喜欢干了。他们用收音机放着墨西哥的乡土音乐，像一群女人一样叽叽喳喳地东家长西家短。

保罗·杰利内克：比伯双焦楼就这么一步步"进化"成形了。伯纳黛特一开始并没有什么宏大的想法，一切就是从把眼镜编织在一起开始，简单直接。然后就是用镜片做成桌面，用机器零件组合成桌子基座。真是太棒了！我会带着学生过去，要是他们也帮上忙了，就给他们额外加分。

有个储藏室里堆满了商品目录册。伯纳黛特把它们粘在一起，变成很牢固的 4 英尺[①] 乘 4 英尺的大方块。一天晚上，我们都喝醉了，抄起一把锯子，把这些方块切割成我们坐的椅子，就变成了客厅的家具。

戴维·沃克尔：很快大家都明白了，这栋建筑的意义在于，坚决不去五金店，只用现场原有的东西。这渐渐成了一种游戏。我也不知道这能不能称为建筑设计，但肯定是充满乐趣的。

保罗·杰利内克：那时候，建筑就等同于科技。人人都弃用绘图板，改用 Auto CAD 绘图软件。业内开口必谈预制件。大家都是地界有多大，宅子就修多大。伯纳黛特做的事情，完全是超脱于主流之外的。从某些方面来说，比伯双焦楼是植根于流浪艺术的。这栋房子充满了灵巧的小聪明。我说出下面这句话，女权主义者肯定要对我口诛笔伐了，但我还是要说：伯纳黛特·福克斯是个很女性化的建筑师。走进比伯双焦楼，你会被倾注在里面的关怀与耐心所包围、所感染，就像走进了一个大大的拥抱之中。

福克斯继续做着盖蒂艺术中心的正职。她目睹一吨又一吨的石灰华

---

① 4 英尺，约 1.2 米。

从意大利运过来，却因为很微小的差错被上级们拒绝，这样的浪费让她越来越愤怒。

保罗·杰利内克：一天我跟她说，洛杉矶的文化事务部刚刚在华兹塔旁边买了块空地，正在面试建筑师，设计个游客中心。

福克斯花了一个月的时间，暗中设计了一个喷泉、博物馆和一系列观景台。设定的材料就是盖蒂中心弃置不用的石灰华。

保罗·杰利内克：她很巧妙地将两者联系起来，因为华兹塔也是用别人不要的垃圾修建起来的。伯纳黛特设计了一些鹦鹉螺形状的观景台，正像石灰华里面的化石，也像华兹塔的螺纹。

福克斯把设计方案交给盖蒂管理层，但被他们迅速而明确地否决了。

保罗·杰利内克：盖蒂集团只对一件事感兴趣——建成盖蒂中心。他们不需要某个资历很浅的员工来指导他们怎么利用多余的材料。另外，公关上该怎么说啊？盖蒂觉得不够好的东西，可以拿去给南区用？谁想自找这样的麻烦啊？

理查德·迈耶和合作伙伴们没有在盖蒂中心的档案中找到福克斯当时的图纸。

保罗·杰利内克：伯纳黛特肯定是直接扔掉了。她自己也清楚，这件事最重要的意义在于，她已经形成了一个很独特的建筑理念，很简单，就是什么都不要浪费。

一九九一年，福克斯和布朗奇搬进了比伯双焦楼。福克斯迫不及待地想再做一个项目。

茉蒂·托尔：伯纳黛特和她丈夫为了他们住的那个眼镜工厂几乎倾尽所有，她当时也没多少钱可花了。于是我帮她找了好莱坞穆赫兰道上一块长满了灌木的地，就在润宁峡谷附近。那块地上有一个高高的平台，视野很好。旁边的那块地也在挂牌出售。我们建议他们一起买下来，但他们没那么多钱。

福克斯决定，修建这个房子的材料只能来自方圆 20 英里的范围（但不是说要到 1 英里[①]以外的家得宝连锁店买从外国来的钢材）。所有的材料来源都必须是本地的。

戴维·沃克尔：她问我要不要接受这个挑战。我跟她说，当然。

保罗·杰利内克：伯纳黛特做得最聪明的一件事，就是跟戴维亲密合作。大多数的承包商没有图纸和规划是没法工作的，但戴维可以。20 英里屋表现得最鲜明的就是，她申请各种许可证的时候有多么天才。

说到伯纳黛特，所有的教授都会讲比伯楼和 20 英里屋。而我首先要讲的是她怎么去申请许可证。她交给规划检验处的规划，任谁看了都会忍俊不禁。一页一页的都是特别官方的公文，里面什么信息量都没有。那时

---

① 1 英里，约 1.6 千米。

候跟现在不一样，建筑热潮还没开始，地震还没发生。随便谁都可以直接去建筑管理部门跟部长聊聊。

那时候，洛杉矶建筑与安全部的部长是阿里·法赫德。

阿里·法赫德：伯纳黛特·福克斯，我当然记得啦。她魅力十足啊！她谁都不理，只找我。当时我妻子刚生了双胞胎，伯纳黛特给两个孩子带来了手织的毛毯和小帽子。她坐下来跟我一起喝茶，然后阐述想怎么来盖这个房子，我就告诉她具体该怎么实施，有什么规范流程。

保罗·杰利内克：看到没！这种事情只有女人做得到。

在建筑行业一直是男性称霸天下。在二〇〇五年扎哈·哈迪德崭露头角之前，人们很难说出有哪位著名的女建筑师。艾琳·格蕾和茱莉亚·摩根的名字偶尔会被提起，但女建筑师主要还是生活在她们那些著名男搭档的阴影之下：安·廷和路易·康；玛丽安·格里芬和弗兰克·罗伊德·莱特；丹尼斯·斯科特·布朗和罗伯特·文丘里。

艾丽·赛托：所以在普林斯顿的时候我特别看不惯伯纳黛特。整个建筑系就两个女生，你居然把时间都用来织毛线？这简直和答辩的时候被问哭了一样糟糕。我觉得，作为一个女人，一定要跟男人旗鼓相当地正面较量，这是很重要的。但每次我想跟伯纳黛特谈谈这个时，她都没兴趣。

戴维·沃克尔：如果需要焊接什么东西的话，我就找个人来，伯纳黛特就跟他说说自己的想法，但那个人都是对我回话。不过伯纳黛特从来不把这当回事儿。她只想把这个房子建好。如果为达目的，会遭到一些轻微的不敬，她也觉得没关系。

　　拿到修建三居室、4 000平方英尺①、玻璃和钢结构房屋以及分体车库和客房的许可证之后，福克斯就开始修建20英里屋了。加迪纳②一家水泥工厂供应了泥沙，福克斯就在工地现场亲自进行混凝。钢材方面，格兰岱尔市一个回收场会在收到钢梁的时候联系福克斯（垃圾场的材料，就算本身是从方圆20英里外来的，也可以）。街那头的一栋房子正在拆，堆放建筑渣滓的地方能找到好多宝贝。修剪树木的人会为她提供木材，用来搭棚子、做地板、做家具。

　　艾丽·赛托：我当时在洛杉矶，要去棕榈泉见几个预制房开发商。路上去了一趟20英里屋。伯纳黛特开心地大笑着，穿着连体工装，系着一条工具腰带，对一群工人说着蹩脚的西班牙语。这一幕太有感染力了。我捋起自己套装的袖子，帮她挖了条沟。

　　一个卡车队开到旁边那块地上。那里被奈吉尔·米尔斯－穆雷买下来了，他是来自英国的电视大亨，最著名的作品是爆款游戏节目《我抓我抓我抓我回家》。他雇了个英国建筑师，帮他设计一栋14 000平方英尺③的都铎风格白色大理石豪宅，福克斯称之为"白城堡"。一开始，两个工队之间的关系还是挺友好的。福克斯还能去白城堡借个电工用上一个小时。有个检察员本来想撤销白城堡的评级许可，福克斯劝他打消了这个念头。

---

① 4 000平方英尺，约371平方米。
② 加迪纳，美国加州西南部城市。
③ 14 000平方英尺，约1 300平方米。

戴维·沃克尔：白城堡的修建，就像电影在快进。几百名工人被派到现场，真的是二十四小时不停歇地工作，一共分为三个工队，每天八小时轮班。

据说，在电影《现代启示录》（*Apocalypse Now*）的拍摄过程中，导演弗朗西斯·福德·科波拉休息的房车上有条标语：快、省、好，三选其二。建房也是如此。我和伯纳黛特的选择肯定是"省"和"好"。但是，我们的工程进度真的很慢很慢。而白城堡呢，他们的选择是"快"和"快"。

福克斯和沃克尔还没给20英里屋封墙，白城堡已经可以入住了。

戴维·沃克尔：那个"我抓我抓我抓回家"的人开始现身了，跟室内装饰设计师走来走去。一天，他觉得那些黄铜五金件看不顺眼，就叫人把每一个把手、合页和浴室五金件全都拆了。

我们简直觉得是提前过圣诞节了。第二天，当那个英国人开着劳斯莱斯过来的时候，伯纳黛特简直像站在白城堡的垃圾堆里面。

我们发出了好几次采访的邀请，但奈吉尔·米尔斯－穆雷都没有回应。他的业务经理接受了采访。

约翰·L.塞尔：谁愿意一开车过去就看到邻居在翻自己的垃圾啊，是个人都会不高兴吧。如果对方提出用合理的价格买下这些东西，我的客户会很高兴的。但那个女人问都没问一句，就跑到人家的地盘偷东西。我当时专门查了一下，那是违法的。

米尔斯－穆雷连夜架了一圈铁丝网，派了个二十四小时的保安守在通往车道的门口（白城堡和20英里屋共用一条车道。从技术上来说，那是20英里屋转让给白城堡的部分地役权。未来一年，这变成了一个重要因素）。

福克斯很固执地想拿到那些被扔掉的五金件。一辆卡车开到白城堡来清运垃圾，她连忙开着车跟到一个红绿灯，然后给了卡车司机100美元，从米尔斯－穆雷的垃圾堆里挑走了她看中的五金件。

戴维·沃克尔：她觉得用在房子里太俗气了，决定和之前一样，拿电线缠在一起，变成房子的正门。

米尔斯－穆雷报了警，但那边没有做什么处理。第二天，那扇门就不见了。福克斯坚信是米尔斯－穆雷偷的，但没有证据。福克斯在盖蒂的工作也收尾了，她索性辞了职，把所有的精力都投入到20英里屋当中。

保罗·杰利内克：伯纳黛特辞职之后，我发现她的气质和感觉有点儿不一样了。我带着学生去的时候，她一直滔滔不绝地说着白城堡，说那房子有多丑，有多浪费。她说得都对，但跟建筑学没关系啊。

白城堡完工了。整座房子最引人注目的地方，是花了100万美元，在两家共有的车道旁种的两排加州扇形棕榈。每一棵都是用直升机运到现场的。自家的入口变得跟丽嘉酒店似的，福克斯特别生气。她提出抗议，但是米尔斯－穆雷送来一份产权报告，上面说得很清楚，他对她地产的部分地役权包含了"进出"和"景观决策与维护"。

戴维·沃克尔：都二十年了，现在听到什么"部分地役权""进出"之类的字眼，我胃里还是直犯恶心。伯纳黛特当时一直咆哮着、唠叨着这些，我就开始戴随身听听音乐，这样就不用听她讲话了。

米尔斯－穆雷决定在新居举行一次奢华的奥斯卡颁奖典礼庆功派对，作为温居。他请来著名歌手"王子"（Prince）在后院表演。穆赫兰道一直有个问题，就是停车位很少，所以米尔斯－穆雷专门雇了人来帮客人停车。派对的前一天，米尔斯－穆雷的助手和泊车队队长一起走在车道上，商量哪里能停下一百辆车，碰巧被福克斯听到了。福克斯通知了十几家拖车公司，说有车非法停在她家车道上。

派对期间，泊车小哥们溜进后院看王子表演《躁起来》，福克斯就招手让早就在一旁待命的拖吊车队开进去，一瞬间就有二十辆车被拖走。暴跳如雷的米尔斯－穆雷找到福克斯当面问罪。她很冷静地拿出产权书，上面写着，车道是用于"进出"的，不能停车。

保罗·杰利内克：艾尔吉和伯纳黛特当时住在比伯双焦楼，打算以后就搬进 20 英里屋，生孩子，建立家庭。但和邻居的不和与争执对伯纳黛特产生了非常不好的影响，艾尔吉越来越心烦意乱，他绝对不愿意搬进那栋房子了。我告诉他耐心等等，情况可能会好转。

一九九二年四月的一天上午，福克斯接到一个电话。"你是伯纳黛特·福克斯吗？"电话里的人问，"你旁边没别人吧？"

对方说，她被授予了"麦克阿瑟天才奖"。这个奖项以前从未授予过建筑师。奖金金额是 50 万美元，旨在表彰"在持续进行创造性工作方面显示出非凡能力和前途的优秀人才"。

保罗·杰利内克：我有个朋友在芝加哥，跟麦克阿瑟基金会关系很密切。我也不知道到底是什么关系，反正整件事情都很神秘。他问我，我觉得建筑界最令人激动的事情是什么。我实话实说，是伯纳黛特·福克斯的房子。谁他妈的知道她到底是个什么身份啊，建筑师？非主流艺术家？喜欢亲手干活的女人？优秀的垃圾挑选人？我确定的只有一件事，走进她的房子，就会觉得舒服。

当时是一九九二年，也有一些号召"绿色建筑"的声音，但那时还没有能源与环境设计先锋奖，没有绿色建筑委员会。创意家居杂志《建筑设计》（Dwell）也是十年后的事儿了。当然，环保建筑已经有几十年的历史了，但对美感没有什么追求。

我那个芝加哥的朋友领着一大群人来了洛杉矶。他们心里想的肯定是用车牌和轮胎做的那种丑到爆的棚子。但一走进20英里屋，他们就开始大笑起来。这房子就是这么棒、这么美！那是一个闪闪发光的玻璃盒子，干净的线条，看不到一寸石膏板墙和油漆。地是水泥地；墙和天花板是木制的；吧台是露骨混凝土，贴上小块的玻璃碎片，有了半透明的颜色。就算包了很多保暖材料，室内也比室外感觉明亮清爽。

那天，伯纳黛特在盖车库，她把水泥倒进模子里做墙面。麦克阿瑟基金会的那些人脱下西装外套，卷起袖子来帮她的忙。那个时候我就知道，她赢定了。

得到了这个认可，拿到奖金，福克斯就能够把20英里屋挂牌出售了。

茉蒂·托尔：伯纳黛特告诉我，她想把房子卖了，再另外找个不用和别家共享车道的地方。隔壁邻居是奈吉尔·米尔斯－穆雷，让她的房子升值不少。我拍了些照片，跟她说我来走程序。

我的办公室电话收到一条留言，是我经常合作的一个业务经理，他听说那个房子要卖。我告诉他，要等两个月后才挂牌。但他是个建筑发烧友，希望能够买下这栋获了"天才奖"的房子。

我和伯纳黛特以及她亲爱的丈夫在膳朵餐厅吃饭庆祝。这俩人你真应该见见的。他是那么以她为荣。她刚刚获得大奖，房子也卖出了好价钱。换谁不会为有这样的妻子而骄傲呢？吃甜点的时候，他拿出一个小盒子，送给伯纳黛特。里面是个银盒吊坠，打开是一张发黄的照片，是个满脸严肃，看上去很烦恼的女孩。

"这是圣伯纳黛特，"艾尔吉说，"就是露德圣母。她曾经十八次显灵。你第一次显灵，创造了比伯双焦楼。第二次显灵，创造了 20 英里屋。咱们干一杯，祝你接下来的十六次显灵顺利。"

伯纳黛特哭了起来。我也哭了起来。他也哭了起来。服务员拿着账单过来的时候，我们三个都哭作一团了。

那顿午饭时，他俩商量好去欧洲旅行。他们想去圣伯纳黛特的故乡露德看一看。真是特别甜蜜啊！他们有那么广阔而光明的前途。

伯纳黛特还需要到 20 英里屋去拍些照片，作为履历资料。如果等一个月，花园里的植物会更茂盛。所以她决定从欧洲回来再去。我打电话问买家可不可以。他说，当然可以。

保罗·杰利内克：大家都以为我跟伯纳黛特走得很近。其实我俩没怎么深谈过。那个秋天我有了一批新生，想带他们去看看 20 英里屋。我知道伯纳黛特去欧洲旅行了。但反正无所谓，我按之前的规矩，给她留了言，说我想带学生去看看 20 英里屋。我有钥匙的。

我转到穆赫兰道上，看到伯纳黛特家的门是开着的，这本身就很奇怪了。我开到门口，下了车。过了一会儿才反应过来眼前是什么情况：一辆推土机在拆房子！其实是三辆推土机，拆毁了墙，砸破了玻璃，折断了房梁，简单粗暴地把家具、灯、窗户和柜子全部压扁铲平。真他妈的大声，弄得人更想不明白了。

我完全不知道是怎么回事。我甚至都不知道她已经把这房子卖了。我跑到一架推土机下面，完全是把驾驶员硬拽下来的，我朝他尖叫道："你他妈的在干吗？"但他不会英语。

当时还没有手机。我让学生们站成一排，拦住推土机。然后开车飞奔到好莱坞大道上，找到最近的电话亭。我给伯纳黛特打了电话，没人接，只能留言。"你他妈的在干什么？"我朝话筒里尖叫，"真不敢相信，你都没跟我说。你不能就这么把你的房子毁了，还跑去欧洲！"

两个星期后，杰利内克不在办公室的时候，福克斯给他的电话留言，他现在还保留着，就给笔者播放了一遍。"保罗，"一个女人的声音说，"怎么了？你在说什么啊？我们回来了。给我打电话。"然后福克斯给地产代理人打了电话。

茱蒂·托尔：她问我，房子是不是出了什么问题。我对她说，不知道是不是奈吉尔搞了什么鬼。她说："谁？"我说："奈吉尔。"她又问："谁？！"但这次是尖叫着问出来的。我说："就是那个买了你房子的人。你的邻居，奈吉尔，他有个电视节目，从梯子上扔贵的东西，如果抓住了就带回家。他是英国人。"

"等等，"伯纳黛特说，"买我房子的是你的一个朋友，叫约翰·塞尔。"

然后我突然意识到，啊，她当然不知道了！她在欧洲的时候，那个业务经理让我把所有权转到奈吉尔·米尔斯－穆雷名下。我当时也没想明白,原来这个业务经理是帮他的客户奈吉尔·米尔斯－穆雷买的这个房子。这也是常有的事。名流以业务经理的名义买下房子,然后进行产权转让,主要是为了保护自己的隐私。

"背后的买主一直是奈吉尔·米尔斯－穆雷。"我对伯纳黛特说。

一阵沉默,然后她挂了电话。

花了三年建成的 20 英里屋,只用了一天就拆掉了。唯一留下的影像是地产经纪人茉蒂·托尔用她的傻瓜相机拍的;唯一的规划资料,是福克斯上交给建筑部门的那些,不仅很不完整,还很好笑。

保罗·杰利内克:我知道,在这整个事件中,大家认为她是最大的受害者。但 20 英里屋被毁,别人都没错,错都在伯纳黛特。

那个房子被拆的事情传开了,建筑圈弥漫着悲痛和惋惜。

保罗·杰利内克:伯纳黛特当了逃兵。我请了好多建筑师签了封抗议信,登在报纸上。尼古拉·欧罗索夫[①]写了一篇很棒的社论。地标建筑委员会开始更为严肃地对待现代建筑的保护。所以总算是坏事出了点好结果。

我给她打电话,但她和艾尔吉卖掉了比伯双焦楼,离开了洛杉矶。我真是没想到!完全想不到!一想到这个我就觉得恶心。到现在我还开车经过那里,却什么都没有。

---

① 尼古拉·欧罗索夫(Nicolai Ouroussoff),《纽约时报》著名的建筑批评家。

伯纳黛特·福克斯再也没有修建过一栋房子。她丈夫找了份微软的工作，他们俩一起搬去了西雅图。美国建筑师协会将福克斯纳为会员，她也没有出席仪式。

保罗·杰利内克：在伯纳黛特的问题上，我的处境比较尴尬。人人都指望我透露点儿什么。因为我一直在，也从来没给她机会让我置身事外。但她只做了两个房子，都是自己住的。当然，都是很伟大的建筑。我不是说这个。我的重点是，你修个没有客户、没有预算，也没有时间限制的房子是一回事。万一她必须要为别人设计一个写字楼或者住宅呢？那又是另外一回事。我觉得以她的脾气秉性，根本做不来。她和大多数人都相处得不好。这样怎么能做建筑师呢？

大家把她推上神坛，只是因为她作品太少。啊！圣伯纳黛特！在男人世界里崭露头角的年轻女子！在还没有"绿色建筑"这个概念之前，她就做了绿色建筑！她是家具制造大师！她是个雕刻家！她敢因为浪费问题跟盖蒂正面硬扛！她是 DIY 运动的发起人！你想说什么随便说去，也拿不出什么否认的证据。

那时候，她抽身而退，可能是保住自己一世英名的最明智的决定。大家都说，奈吉尔·米尔斯－穆雷毁掉了 20 英里屋，也让伯纳黛特疯掉了。我心想，是啊，疯掉了，跟个狐狸①一样疯掉了。

互联网上搜不到任何福克斯的近况。五年前，西雅图一所私立学校盖乐街的宣传册上有一条拍卖物品，"个性化树屋：三年级学生家长伯纳

---

① "福克斯"（Fox）在英文里也有"狐狸"的意思。

黛特·福克斯将会为您的孩子设计一座树屋，她将提供所有的材料，并自己亲手修建"。我就这条拍卖物品联系了该校校长，她回复邮件说："根据我校记录，这件物品无人出价，没有卖出。"

十二月十三日　星期一
妈妈致保罗·杰利内克

保罗：

我在阳光灿烂的西雅图问候你。这里的女人叫"妹子"，逢人就喊"伙计"，一点点要说"一杂宁"，累了的话，会说自己"像块木头"，什么事儿稍微有点儿不对劲，就小题大做地"值得注意"。盘腿席地而坐可以，但不能说这是"印度式坐法"。太阳出来了，从来没人简单说那是"太阳"，永远要说"太阳光"。男女朋友就称作"伴侣"。大家都一副不会说脏话的样子，但偶尔有人可能会"带脏字"。可以咳嗽，但必须用手紧紧捂住嘴。你提出的要求，无论有道理还是没道理，对方都会回应"没问题"。

我还没跟你说我有多讨厌这儿吧？

但这是全世界的科技之都，这里有所谓的"互联网"这个东西，我们可以"谷歌一下"。所以，要是我们在公共图书馆外面遇到一个不认识的路人，他说起洛杉矶的某个建筑竞赛，哎呀，是以谁为灵感的呢？啊，是他自己呢，那么我们可以把关键词像之前说的那样搜索一下，去了解更多信息。

你这个小无赖，保罗。那个20英里屋里沾满了你的指纹。你为什么这么偏爱我？我一直没弄明白，你到底欣赏我哪一点，你是个大傻瓜。

按道理说，我要么感到很荣幸，要么很生气。但说真的，我的感觉是"发怔"（我刚翻字典查了查，你猜怎么着，太好玩儿了。这个词的第一条定义是"非常惊讶和尴尬，不知如何应对"。第二条定义是"一点儿也不烦"。难怪我从来都不知道怎么用这个词！这里，我的感觉应该是符合第二条定义的）。

保罗·杰利内克，你这个老家伙到底怎么样了？你在生我的气吗？还是我走了之后一切都变了，所以很想我？还是说你也在"发怔"，不管是第一条还是第二条定义？

我想，我那时候应该回你电话的，这是我欠你的。

你可能在想，这二十年我都在干吗？我一直在很努力地解决家庭住宅中公共与私人空间的冲突。

哈哈，我开玩笑的！我一直在网上订购乱七八糟的东西！

你现在肯定知道我们搬到西雅图来了。艾尔吉去了微软，他们内部都说"MS"；再也找不到比微软更喜欢用首字母缩写的公司了。

我从来没想过，要在美国本土左上角这个沉闷枯燥的地方终老。我当时气疯了，只想逃离洛杉矶，舔舔自己自尊心上巨大的伤口，等到确定大家都为我感到特别遗憾的时候，再威风凛凛地展开披风凯旋，再次行动，让那些浑蛋看看，到底谁才是建筑界真正的强悍女神。

但我们搬来以后，艾尔吉很喜欢这里。那时候谁看得出来，我们艾尔吉竟然还隐藏着一个爱骑单车、爱开斯巴鲁、爱穿运动装的人格呢。在微软，他这种人格完全爆发了，因为这里简直就是智商爆表的天才们最完美的乌托邦。啊，我怎么能说微软很棒、很乌托邦呢。我是想说，这里很凶险、很邪恶。

到处都是会议室，会议室比办公室还多，而且办公室都是那种微型的。我第一次去艾尔吉的办公室时，都出不来气，里面也就只能放下一张办公桌。现在他也算是那边的大佬了吧，办公室还是小得很，连那种能躺平打个盹儿的沙发都很难放得下。所以我就问，这算什么办公室！还有个怪事儿：没有个人助理。艾尔吉管着一个二百五十人的团队，所有人共用一个助理，哦，他们称为"行政"。洛杉矶那种级别还不到艾尔吉一半的人都可能配两个助理呢，这些助理还会有助理，反正要让所有能干的年轻男女都有工资拿才好。但微软不这样。他们都有专门加了密的门户网站，自己的事情自己干。

好啦好啦，冷静。我多跟你讲讲会议室吧。每间会议室的墙上都有地图，这个乍看很正常，对吧，公司的墙上挂个地图，把业务版图或者发行路线标出来，正常吧。但是，微软的墙上都是世界地图。还生怕你不明白公司的业务版图有多大，在地图下面还有三个大字：全世界。有一天我去雷德蒙德跟艾尔吉吃午饭，才明白他们的目标是占领全世界。

"微软的使命究竟是什么啊？"我吞下一块好事多的生日蛋糕，问道。那天是微软园区的"好事多超市日"，他们在登记折扣会员，登记后成为会员就可以拿到一大块蛋糕。好吧，也难怪有时候我会脑筋不清楚，错把这个地方当成个完美的乌托邦了。

"长期来说，"艾尔吉没有吃蛋糕，因为他是个自律的人，"我们的使命是让全世界每栋房子里都有台式电脑。但是多年前这个使命就基本完成了。"

"所以你们现在的使命呢？"我说。

"这个……"他很警惕地看着我。"嗯，"他四下看了看，"我们都不谈这种事儿的。"

你看吧，跟微软的任意一个人聊天，结局就两种。刚才是第一种：没有由来的猜疑。他们连自己的爱人都防着！因为，用他们的话说，这个公司是建立在信息之上的，隔墙有耳，信息要保密。

那么，和 MS 的员工聊天，第二种结局是什么呢？（哎呀，我也说MS 了，都被他们带跑偏了！）比如，我跟女儿在操场上玩儿，睡眼惺忪地给她推着秋千，而旁边一个秋千是个感觉很有户外风的爸爸在推。好吧，这里的爸爸只有一种风格，就是户外风。他看见我手里拿着个袋子，以为里面装的是尿不湿。但其实不是。艾尔吉拿了很多这种带有微软标志的礼物袋回家。

户外风爸爸："你在微软工作？"

我："哦，我没有，我爱人在（我预想到他要问的下一个问题，就先答了）。在研究机器人。"

户外风爸爸："我也在微软。"

我：（装出一副感兴趣的样子。我本来不用理他的，但是这个男的太爱聊天了。）"哦？你哪块儿的？"

户外风爸爸："我做 Messenger 的。"

我："那是啥？"

户外风爸爸："那个，你知道 Windows Live 吧？"

我："嗯……"

户外风爸爸："你知道 MSN[①] 主页吧？"

我："算知道吧……"

户外风爸爸：（没有耐心了。）"你一打开电脑，最先出来的是什么？"

我：《纽约时报》。"

户外风爸爸："那个，有个总是先弹出来的 Windows 主页。"

我："你说 PC 预装的那个啊？不好意思，我用的是苹果 Mac。"

---

① MSN，微软公司旗下的门户网站，其中包括了必应搜索等各个方面的服务。此人提到的 MSN 即 Messenger，是微软开发的一款即时通信软件，可以加好友进行文字聊天、语音对话、视频会议等即时交流。该软件已经于二〇一四年彻底退出全球市场，取而代之的是 Skype 聊天软件。

户外风爸爸：（一副生气的样子，因为，虽然微软的每个人都很想用iPhone，但听说要是被鲍尔默看到你在用，会被骂得狗血淋头。这暂时只是传说，我没看到事实证明，但也没有反例来证明不属实。）"我说的是Windows Live，全世界访问量最大的主页。"

我："这个我信。"

户外风爸爸："你用什么搜索引擎？"

我："谷歌。"

户外风爸爸："必应更好。"

我："谁说不是呢。"

户外风爸爸："你哪怕上一次 Hotmail、Windows Live、必应或者MSN，你就会看到主页最上面有个标签，写着'Messenger'，那就是我们团队。"

我："真棒！你们具体都做什么？"

户外风爸爸："我们在做终端用户，用 C Sharp 语言编写界面，做HTML5……"

然后他说着说着就不说了，因为只要发生这样的对话，就会这样。对方开始说一些超级复杂的术语，就算是全世界最聪明的人，也没法用通俗易懂的话来解释。

原来在洛杉矶的时候，艾尔吉就是个爱穿袜子、不爱穿鞋的男人，只想找个铺了地毯、安了日光灯的走廊，以便晚上随便什么时候都能在那儿散散步，想想问题。而在微软，他找到了理想的归宿。他就像又回到了麻省理工，通宵开夜车，往天花板扔铅笔，和那些操着外国口音的"程序猿"一起玩怀旧的《太空入侵者》游戏。微软修最新的园区时，完全是在为艾尔吉的团队造一个家。新大楼的中庭有个卖三明治的店，上面挂着个牌子，写着"此处供应野猪头连锁最好的熟肉"。我一看到那个牌子，就知道艾尔吉肯定要以公司为家了。

所以呢，我们就这么在西雅图待了下来。

这里有个最大的槽点，就是规划这个城市的人，但凡遇到十字路口，就要改成五岔路；遇到双行道，就要毫无理由地突然改成单行道；遇到风景好的地方，就要修个毫无建筑美感可言的二十层养老院挡住，等等。这应该是第一次有人在说起西雅图的时候同时提到"建筑"和"美感"这两个词吧。

这里的司机很讨厌。讨厌的意思，就是他们根本不知道我在赶时间。他们简直是全世界开得最慢的司机了。比如，在五岔路口等红灯，感觉等几轮下来头发都白了，然后终于绿灯了，可以走了，你猜他们会干吗？先发动车子，开到路中央再慢慢踩刹车。你还以为他们是掉了一半三明治在座位底下，弯下身子去捡了还是怎么着。但是并非如此。他们减速，只是因为这是个岔路口。

有时候这些车的牌照是爱达荷州的。我就很奇怪，爱达荷州的车到这儿来干什么啊？然后才想起来，对哦，爱达荷州跟我们是邻居呢。我竟然来到一个和爱达荷州毗邻的州。想到这个，我体内仅剩的一点儿生机就这么"噗"的一下，消失啦！

我女儿做了个艺术设计，叫"层层书"。打开后先是宇宙，然后是太阳系，接着是地球、美国、华盛顿州、西雅图。我看了以后真的在想，它跟华盛顿州有什么关系呀？然后才反应过来，对哦，我们住在这儿呢。"噗！"

西雅图。有这么多流浪汉、嗑药的和乞丐的城市我没见过第二个。派克市场里面到处都是，先锋广场简直就是他们的老巢，在诺德斯特龙百货旗舰店进门的时候得抬脚从他们身上跨过去。全球第一家星巴克里会看到他们一直霸占着接牛奶的地方，还在往头上撒免费的肉桂粉。对了，他们还都养了斗牛犬，还会拿个手写的牌子，写些自以为是的俏皮话，比如"我赌一块钱你会看这句话"。为什么每个乞讨的都要养只斗牛犬？你真不知道啊？因为要用这种恶狗来强调他们不好惹，让全西雅图的人都别忘了这茬儿。

有一天，我很早就到了市中心，发现街上全是拉着行李箱的人。我心想，哇，这个城市全是闯天下的能干人儿啊。过了一会儿我才反应过来，啊，不是，这些都是无家可归的流浪汉，昨天晚上在别人家的门厅过了一夜，在被赶出来之前自己收拾好东西走人了。只有在西雅图踩到屎的时候，你才会祈求上苍："神啊，求求你，这一定要是狗屎啊！"

这里是全国拥有百万资产以上的富翁人数最多的城市，每当你震惊地问，这样一个城市怎么能允许流浪汉横行呢，总会得到同样的答案：西雅图是个富有同情心的城市。

有个外号"大号男"[①]的人，曾经在西雅图水手队打棒球的时候演奏助兴，大家都很爱他，结果在盖茨基金会附近，他被一群街头混混残忍地杀害了。大家有什么反应呢？如果说"不要去惹小混混之类的人"，那可就太不符合西雅图人所标榜的同情心了。与此相反，他们又加倍努力地"从源头上防止街头暴力"，还组织了一次"源头比赛"，来为这个愚蠢的活动筹款。想也想得到，这个比赛的内容肯定是铁人三项啦。哎哟，这些爱运动的好心人，星期天怎么可能只参加一项运动呢？

连市长都行动了。我家附近有家漫画书店，很有勇气地在橱窗里放了个标志，大致意思是裤子拉到屁股下面的人禁止入内。市长就说，他想

---

① "大号男"，此人原名爱德华·斯科特·麦克迈克尔（Edward Scott McMichael），从1990年到2000年经常在西雅图的一些重大体育比赛及表演场所外面吹大号卖艺，演奏一些和场馆举行的活动非常应景的歌曲，加上穿着滑稽，头上的帽子总是色彩鲜亮缤纷，从此走红。

探究一下孩子们为什么穿那么松松垮垮的裤子，根源究竟在哪里。这他妈的鬼市长。

还有加拿大人，你可千万别让我说他们，一说又是一大篇抱怨。

你记不记得几年前，联邦调查局端了得克萨斯州的一个多配偶摩门邪教？当时那几十个老婆就在摄像机前排着队走过去？她们都留着长长的鼠灰色与灰色相间的头发，没有任何发型可言，也不化妆，脸色苍白，面部毛发浓密得像弗里达·卡罗①，穿的衣服真是让人不敢恭维。当时奥普拉②的节目上放了这个视频，镜头转到观众那里去的时候，他们都是一副震惊不已又怕得要死的样子。好吧，他们肯定是从没来过西雅图。

这里只有两种发型：灰色短发和灰色长发。如果你去理发店说要染发，小哥们就会兴奋地卷起袖子大喊："太好啦，我们很少染发呢！"

还是说正经的吧，我来到这儿以后，经历了四次流产。无论我多努力，也很难把这事儿怪在奈吉尔·米尔斯－穆雷身上。

哎，保罗啊，我在洛杉矶最后的那一年真是太可怕了！我对自己的行为感到无比愧疚，直到今天还无法释怀。我厌恶自己怎么为了个鬼房子，就变得那么卑鄙。这件事成了我放不下的执念。但是在彻底地自我毁灭之前，我也会想到奈吉尔·米尔斯－穆雷，我真的坏到了这个地步，活该让个有钱人搞个恶作剧毁掉我三年的心血吗？我确实叫人来拖走了他那边的几辆车，这个不假，我还用垃圾堆里拣来的门把手做了扇门。但我是个艺术家，我他妈的还得了"麦克阿瑟天才奖"啊，我难道不能突破一下吗？我有时候看电视，会看到最后出现奈吉尔·米尔斯－穆雷的名字，我心里犹如狂风暴雨般地咆哮着，他竟然还在继续创作，而我呢，怎么还

① 弗里达·卡罗（Frida Kahlo），墨西哥知名女画家，女权主义的代表人物。作品经常使用明亮的热带色彩，采用写实主义和象征主义的风格。画家本人长了一张非常特别、非常引人注目的脸，眉毛特别浓密，左右眉互相连在一起。她创作了很多"自画像"。
② 奥普拉，奥普拉·温弗瑞（Oprah Winfrey），美国著名脱口秀节目主持人。

是支离破碎的鬼样子?

那就来清点一下我这个玩具箱里的东西好啦: 羞愧、愤怒、嫉妒、幼稚、自责、自怜。

多年以前, 建筑师协会给了我很大的荣誉。现在还举行了什么20×20×20的比赛,《艺坛》有个记者还想跟我谈什么文章的事。你知道吗, 这些事情反而让我感觉更糟糕。这些简直就是给弱者的鼓励奖, 因为人人都知道我是个无法面对失败的艺术家。

就在昨晚, 我起夜去方便。半梦半醒的没什么意识, 脑海里一片空白。然而突然间就像数据重载一样想起来了: 伯纳黛特·福克斯——20英里屋被毁——我活该——我是个废物。失败就像头怪兽, 用尖利的牙齿紧紧地咬住我, 还不停地甩来甩去。

如果现在有人问我20英里屋的事, 我完全是一副漠不关心的样子。那个老东西? 谁在乎啊? 这是我的伪装, 我要坚持下去。

一开始流产的时候, 艾尔吉很关心我, 总是积极地鼓励我。

"都是我的错。"我会说。

"不是的, 伯纳黛特,"他会说,"不是你的错。"

"我活该。"我会说。

"没人活该遭受这样的事情。"

"我无论做了什么, 都会被毁掉。"我会说。

"求求你别这么说, 伯纳黛特, 不是这样的。"

"我是个怪物,"我会说,"你怎么可能爱我呢?"

"因为我了解你。"

艾尔吉不了解的是, 我在用他这些话来疗愈比流产更深的悲痛, 那是我不愿承认的悲痛: 对20英里屋的悲痛。艾尔吉到现在也不知道。这更加剧了我那旋涡般深不见底的羞愧, 面对我生命中最优秀、最高尚的男人，我竟然如此癫狂，如此不诚实。

艾尔吉唯一可以指摘的一点是，他的为人处世竟然显得生活是如此简单：爱什么就做什么。他爱做的事就是工作、陪伴家人和读总统传记。

是的，我也垂头丧气地去找了心理医生。我找的是西雅图最好的一个医生。不过也就去了三次，就把这个倒霉鬼给弄得束手无策了。他为没帮到我而感到很抱歉。"对不起了，"他说，"但是这里的心理医生不太好。"

刚来西雅图的时候，我买了个房子。这个房子很特别，过去是个女子学校，建筑条例上的限制超级多，要进行改建，就需要哈利·胡迪尼变魔术的那种心灵手巧。当然啦，也正是这一点吸引了我。我当时是真的想为自己、艾尔吉和总是怀在肚子里的孩子创造一个家，也借此从20英里屋的创伤中恢复。然后呢，我坐在马桶上，上身弯成一个大写的"C"，往下一看，内裤上全是血。然后我又变成躲在艾尔吉怀里哭个不停的可怜女人。

终于顺利保住胎之后，女儿的心脏又发育得不完全，必须要进行一系列的重建手术。特别是那个时候医学还不如现在发达，她的生存概率很小很小。在出生的那一刻，这个不安分地扭动着的蓝色孔雀鱼一样的小东西就被迅速送往手术室，我连碰都没能碰一下。

五个小时后，护士来了，给我打了止奶针。手术失败了。我们的孩子身体不够强壮，没法再做手术。

伤心欲绝的情况不过如此：在儿童医院的停车场，我坐在车里，所有的车窗都关得死死的。我还穿着病号服，双腿之间还有十几英寸长的护垫，肩膀上披着艾尔吉的皮大衣。艾尔吉站在外面，漆黑一片。车窗上全是雾。他想让我出来。我肾上腺素飙升，我扭曲地拷问着一切。我没有任何思想、任何感情。我心中翻腾着非常可怕的东西，上帝一定知道，他必须让我的孩子活下来，不然我心中这股汹涌的恶流会奔涌而出，全宇宙都要遭殃。

上午十点，我听到有人敲窗户。"我们可以去看她了。"艾尔吉说。于是我终于看见了比伊。她在保温箱里睡得好熟啊！小小的一只，浑身有点发蓝，戴着个小黄帽子，小毯子平平整整地盖在她身上。她身上连着线和管子，一点儿空地都没了。她身边堆了十三个监控器，每一个都连在她的身上。"你女儿，"护士说，"受了大苦了。"

那个时候我就知道，比伊是与众不同的，她是神托付给我的孩子。你见过小克利须那神的海报吧，所谓的"巴拉克利须那"——毗湿奴的转世，既是创造者，又是破坏者。这个跳舞的小孩，胖胖的，很开心，浑身都是蓝色的。比伊就是那个样子，既是创造者，又是破坏者。当时，这一切不言自明。

"她不会死的，"我对护士们说，仿佛她们是世界上最愚蠢的人，"她是巴拉克利须那。"这个名字就这样上了她的出生证。艾尔吉也顺从了我的意思，只因为他知道一个小时后，心理咨询顾问就要过来见我们，安慰我们失去孩子的悲痛了。

我请他们让我和女儿单独待着。艾尔吉曾经送过我一个圣伯纳黛特的小坠子，她有十八次显灵。他说，比伯双焦楼和20英里屋是我的头两次显灵。我跪在比伊的保温箱面前，紧紧抓着小吊坠。"我再也不造房子了，"我对上帝说，"你让我孩子活下来，我就放弃另外十六次显灵。"这许愿变成了现实。

西雅图没人喜欢我。到那儿的第一天，我去梅西百货买垫子，找售货员帮忙。"你不是这儿的人吧？"那个女的说，"看你的气质就知道。"到底是什么样的气质啊？是在卖垫子的地方找卖垫子的售货员帮忙的气质吗？

有时候跟别人敷衍地聊聊天儿，对方也会突然说"给我们讲讲你真实的想法"或者"你可能得喝不含咖啡因的饮料"。这种情况不知道发生多少次了。我想可能是因为这里离加拿大太近了。说到这儿咱就别说了，不然我就要开始吐槽加拿大人了。说真的你应该没那个时间听我唠叨。

不过，我最近倒是交了个朋友。一个女的，叫曼尤拉。她远在印度，但帮我处理了很多杂事儿。她是个虚拟人，但至少我开始交朋友了。

这个城市的座右铭，应该是塞瓦斯托波尔战役中那个法国陆军元帅留下的不朽名言：既来之，则安之。这里的人都是土生土长，上的是华盛顿大学，找的是当地工作，死也死在这儿。没人想过离开。你要是问他们："怎么这么爱西雅图啊？"他们就会回答："这里什么都有。有山，有海。"他们的解释就这么简单，有山，有海。

一般情况下，我在商店买了东西，结账的时候是不会跟人随便搭话的，但有一天我实在忍不住了，因为无意中听到有个人说西雅图是个"国际化的大都会"。我鼓起勇气问道："你说的是真的吗？"她说，当然啦，西雅图到处都是四面八方来的人。"比如从哪儿来？"我继续问。她回答："阿拉斯加。我好多朋友是阿拉斯加的。"哈哈，很会搞笑呢。

我们玩个游戏吧。我说一个词，你说你联想到的第一个词，准备好了吗？

我：西雅图。

你：下雨。

你肯定听说过西雅图的雨，那是真实的传说。这雨下得，感觉就要渗进这城市的一砖一瓦，成为一种专门的建筑材料而永久保存下来了。但每次下雨时，你要是跟谁搭个话聊个天，对方都会说："这天气啊，你能相信吗？"你想说："天气我是能相信的啊。不能相信的是，我竟然在跟人聊天气。"但我肯定不会说出来的，不然就跟别人吵起来了。而我正在尽力避免跟人起冲突，有时候能成功，有时候不能。

我一跟别人吵架吧，心跳就加速。不跟人吵架呢，我心跳还是加速。就连睡觉，我心跳都要加速！我躺在床上，心突然就开始"咚咚咚"地狂跳，像突然遭遇了外敌入侵。它是一种可怕的暗物质，就像《2001，太空漫游》里面的那些大黑石，自发地出现，而人类对其一无所知。这些大黑石进入了我的身体，让我肾上腺素飙升。它就像个黑洞，吸走了我脑子里所有温良美好的想法，再在上面附加了发自肺腑的恐慌。比如，白天的时候我可能想："啊，给比伊准备午餐时，应该多加点新鲜水果。"到了晚上，心开始"咚咚咚"，这想法就变成了："比！伊！的！午！餐！应！该！多！点！新！鲜！水！果！"我都能感觉到那种荒谬与焦虑抽干了我的能量，好像电动赛车从街angular风驰电掣地消失了。而没有这样的能量，我根本熬不过第二天。但我就这么躺在床上，眼睁睁看着它消耗，对充实美好的明天的希望也随之一起消失。明天我不会洗碗，不会去买东西；不会锻炼，不会扔垃圾。生而为人基本的善良也没有了。我早上起来经常浑身虚汗淋漓，只能每天晚上在床边放一大壶水，不然可能会脱水而死。

哎，保罗啊，你还记不记得20英里屋那条街附近，拉布雷亚大道上有个地方卖玫瑰水冰激凌，还允许我们在那儿开会，用他们的电话？真想让你见见比伊啊。

我知道你在想什么：我什么时候有时间洗澡呢？我不洗澡！我经常很多天不洗澡。我完全一团糟，也不知道自己到底有什么毛病。我跟一个邻居起了争端。（是啊，又是跟邻居！）这一次，为了报复她，我竖了块大牌子，结果无意之中把她的房子毁了。你肯定不信吧，但是就出了这档子事儿！

这悲惨的故事要先从幼儿园说起。是比伊上的那个学校，简直拼了命要让家长也参与进学校的事情，总是希望我们加入什么委员会啊之类的。我当然是从来不掺和的。有一天，有个叫奥黛丽·格里芬的家长在学校大厅里找我说话。

"我发现你一个委员会都没加入。"她说，一副笑里藏刀的样子。

"我对委员会不感兴趣。"我说。

"那你丈夫呢？"她问。

"他啊，比我还不感兴趣。"

"所以你们俩觉得社区互助没什么意义咯？"她问。

我们正聊着，好几个妈妈纷纷围拢过来，她们早就想跟这个患病孩子的反社会妈妈来一次正面交锋了。"我觉得社区互助这个事儿，没必要讨论有没有意义。"我回答。

几个星期后，我到比伊的教室里去，教室里有一面墙叫"我想问"。孩子们在上面写自己的问题，比如，"俄罗斯的孩子都吃什么早餐？"或者"苹果为什么有的红、有的绿？"。我正沉迷于孩子们的可爱之中，突然看到一个问题："为什么只有一个家长不主动到教室来帮忙？"提问的是凯尔·格里芬，就是之前那个女人的儿子。

我一直不喜欢凯尔这个孩子。幼儿园的时候，比伊因为动手术，胸口有一道很长很长的伤疤（她慢慢长大，伤疤也渐渐淡了，但那时候还挺显眼的）。有一天，凯尔看到了比伊的伤疤，说她是只"毛毛虫"。比伊跟我说的时候，我肯定不高兴啊。但小孩子有时候都挺残忍的，比伊也没生气。我就没去管。不过校长了解凯尔这孩子，知道他家教不怎么样，就以比伊这件事情为由头，召集了一个反校园霸凌的论坛。

一年以后，还在为"我想问"这件事情生气的我，克服了自私自利，参加了第一个志愿活动——开车送学校孩子们去微软参观。我负责四个孩子：比伊和另外三个。其中有一个就是凯尔·格里芬。我带着他们走过几个糖果机（微软到处都是这种糖果机，不用付钱，按个按钮就有糖出来），咱们这个好小伙子凯尔，大概"出厂默认设置"就是"低级破坏"，他直接捶打其中一台，出来一块糖，然后他就开始狂捶所有的机器。另外三个孩子都被他带坏了，包括比伊。糖和苏打水撒到地上，孩子们尖叫起来，高兴得上蹿下跳的。就在那个时候，校长本人带着几个孩子走过来，目睹了这场小小的闹剧。"是谁带头的？"她问。

"没人带头，"我说，"是我的错。"

结果凯尔干吗了呢？他举手把自己给卖了："是我。"他妈妈奥黛丽从此就恨上了我，还把其他的妈妈也拉入了伙。

那我为什么不干脆让比伊转学呢？倒也有些好学校，不过嘛……要去别的学校，我就得开车经过一家烂大街的"意美餐"。我已经够讨厌这狗屁人生了，还要我每天四过"意美餐"？不敢想象！

你烦了没？我都快被自己烦死了。

长话短说吧。我小时候，乡村俱乐部里搞了一次复活节彩蛋寻宝游戏。我找到一个金蛋，拿到一只小兔子。我爸妈不太高兴，但还是皱着眉头买了个笼子。从此，我们那套帕克大道的公寓里就有了个兔子窝。我给兔子取名叫"水手"。那年暑假，我去参加夏令营了，爸妈就去了长岛散心。水手被留在了家里，他们交代了保姆要按时喂它。八月底，我们回到家时，发现保姆格洛丽亚两个月前就跑路了，带走了我们家的银器和妈妈的珠宝。我赶紧跑到水手的笼子那里，看它有没有撑下来。它已经缩到角落里了，浑身发抖，样子特别可怜。这么久没怎么吃东西，一定营养不良。毛长得可怕，这是身体在试图弥补它缓慢的新陈代谢和很低的体温。它的趾甲都快有一寸长了，更糟糕的是，门牙已经长过了下嘴唇，使得它张嘴都很困难。是啊，兔子得时不时地咬咬胡萝卜，不然牙齿就会长很长。我心痛不得了，赶紧打开笼子，想抱抱我的小水手。但是它痉挛一样地发了疯，抓破了我的脸和脖子，到现在伤疤还没消失。没人照顾的水手，已经完全变成了一只凶猛的野兔子。

我在西雅图的遭遇也是如此。就算有人是怀着怜爱来接近我，都会被我疯狂地抓得遍体鳞伤。一个"麦克阿瑟天才"遭遇这样的命运，真是可怜可叹啊！你一定会这样说吧？噗。

但我真的爱你

伯纳黛特

十二月十四日　星期二
保罗·杰利内克回信

伯纳黛特：

你说够了没？这些混账话肯定不可能出自你的真心。你这样的人一定要创造。伯纳黛特，你不创造的话，就会危害社会。

保罗

第三章

危害社会

PART 03

Menace to Society

十二月十四日　星期二

格里芬一家圣诞贺信

圣诞节的前一周，
　我家偏发愁；
污泥袭来如洪水，
　财物安可留。

举家搬到威斯汀，
　心中仍存幸；
举目一望此酒店，
　舒适无可比。

沃伦穿上好浴袍，
　我亦戴浴帽；
午后池景在眼前，
　暖冬好睡眠。

入夜一家更乐活，
　床铺把被裹；
脑中思考吃何所食，
　美食搬上桌。

流言纷纷不可听，
　惊恐更不必；

格里芬家没问题，

圣诞同欢庆！

*

发件人：苏－琳·李－西格尔

收件人：奥黛丽·格里芬

奥黛丽：

听说泥石流的事之后，我一直在找你，真让人担心！但刚刚收到了你的圣诞贺信，写得好棒啊！原来你没闲着呢，忙着把生活给你的酸柠檬做成美味的柠檬汁！

威斯汀竟然那么豪华舒适啊？肯定是我上次去过之后重新翻修了。要是你在那儿住烦了，一定要搬到我家来哦。离婚以后，我把巴里原来的办公室改成了客房，安了张活动折叠床，你和沃伦可以睡在那儿。不过我新买了一台跑步机放在了里面，所以难免有点儿挤。凯尔可以先跟林肯和亚历珊德拉挤一挤。不过先提醒一下，家里只有一个卫生间。

萨曼莎二代三个月内就要发布了，艾尔吉·布朗奇居然决定这个时候去南极，地球上唯一一个没联网的地方，他当然搞得出这种幺蛾子。他休假的时候，我要负责让一切顺利运转。不过我得承认，面对他那些各种各样、变化无常的要求，我完全冷静地去应对、去完成，还让人觉得挺激动、挺充实呢。

你真应该看看他今天早上做的事儿。他把市场部那边几个女的训了一顿。我自己也不是很喜欢市场部这些女的，她们整天满世界闲逛，拿公司的钱住五星级酒店。不过，之后我还是把艾尔吉叫到了一边。

"这周末你家里的事情肯定挺烦人的，"我说，"但你要记住，我们所有人都在为共同的目标努力。"天哪，他那个哑口无言的样子啊！我们赢了一局，奥黛丽！

十二月十五日　星期三

发件人：奥黛丽·格里芬

收件人：苏－琳·李－西格尔

　　啊，苏－琳啊！

　　跟你我就说实话了，威斯汀完全不是我贺信中说的那样。该从何说起呢？

　　门是自动闭合式的，整夜整夜地开来关去砰砰响。只要冲厕所，水管就"咔嗒咔嗒"的。有人洗澡的时候更可怕，听起来就像水壶在耳朵里煮沸的声音。那些拖家带口的外国游客，也不知道为什么不在房间里把话说完，就喜欢站在门外大聊特聊。小冰箱那个嗡鸣的声音啊，就像马上要修炼成人形似的。凌晨一点，垃圾车嘎吱嘎吱地来收垃圾，垃圾箱里的瓶瓶罐罐叮当作响。到了深夜酒吧打烊，街上满是用醉醺醺的哑嗓子互相咆哮的声音，几乎都在说跟车有关的事儿。"上车。""我才不上车呢。""闭嘴，不然别上车。""这是我的车，我想上就上，轮不到你来命令我。"

　　跟闹钟相比，这些吵架已经算是动听的摇篮曲了。阿姨打扫的时候，一定是用抹布擦了闹钟顶端，所以每天晚上闹钟都不定时地会响，最后我们忍无可忍，把那个鬼东西的开关给拔了。

　　然后，今天凌晨三点四十五分，烟雾报警器居然又开始叽叽作响，但是维修人员没有值班。然而，当我们刚刚开始适应这种令人痛苦的噪声的时候，隔壁的收音机闹钟又响了！声音巨大，有点儿电波干扰，"嗡嗡嗡"的，播报人带着墨西哥口音。你猜威斯汀的墙是用什么做的？我告诉你：卫生纸。沃伦倒睡得死死的，一点儿用场都派不上。

　　我穿好衣服，去找人帮忙，什么人都行。电梯门开了。踉踉跄跄走出来的是怎样一群人渣败类，你根本想都想不到。看着就像西湖中心那边集体跑到这边来的流浪汉，有六七个吧，在身上最不可描述的部位打了

133

洞，穿了环。头发都是五颜六色的，那发型真是不敢恭维。浑身上下都是脏兮兮的文身。有个家伙脖子上文了一条线，下面写着"朝这儿割"。有个姑娘，穿着皮夹克，背上别了只泰迪熊，卫生棉条的线飘在外面，血淋淋的。这种场景我可编不出来。

终于，我找到了夜班经理，对他们放任那些令人讨厌的家伙随意进入饭店这件事表达了强烈不满。

跟我隔了两个房间的凯尔，他也挺可怜的，压力很大，眼睛总是因为缺乏睡眠而充血。真想多给他买点儿眼药水！

最糟心的是，格温·古德伊尔又想让我和沃伦去学校，谈什么凯尔的问题。想想我们现在的情况，还以为他会先宽限我们一段时间，再拿那些说滥了的话来烦我们。我知道，凯尔不是什么学习的料，但从"糖果门"之后，格温就跟他杠上了，老是故意找碴儿。

哎，苏－琳啊，光是写写这些，就让我万分怀念那些宁静美好的日子，我们总是一起发泄对伯纳黛特的愤怒！那时候过得多简单、多开心啊。

*

发件人：苏－琳·李－西格尔
收件人：奥黛丽·格里芬

你想回到过去？好嘞，奥黛丽，系好安全带哦。我刚刚和艾尔吉·布朗奇进行了一场特别具有颠覆性的谈话。我做的事情肯定会让你大吃一惊。

我之前帮艾尔吉预定了一个上午十一点的会议室，开团队全体会议。然后，我就忙得不可开交，帮大家申请笔记本电脑，处理办公设施调换，批准电池订单什么的。我还找到了桌面足球丢了的一颗球呢。说实话，在微软工作就是这样：一下雨就是倾盆大雨，一忙就是不可开交。等到终于能回办公室歇个脚了，（我说过没，我终于有了带窗户的办公室了！）至少有六个同事告诉我，艾尔吉来找过我，亲自来的。他在我门上贴了张便条，大家都看见了。他问我能不能一起吃个午饭。他在下面签了名字缩写"EB"，结果被人改成"E狗"，这是他的众多绰号之一。

我刚要出去，他就出现在我办公室门口，鞋也穿好了。

"我们要不骑单车吧。"他说。天气挺好的，我们决定在楼下熟食店买几个三明治，骑着车到园区外面找个地方吃。

我是萨曼莎二代团队的新人，所以不知道这边还储备了很多很棒的单车。艾尔吉可以去当杂技演员了。他一只脚踩在踏板上，另一只脚向前滑着，然后把一只脚抬起绕过车座，一气呵成。我很多年没骑过车了，肯定是露怯了。

"怎么了？"艾尔吉问我。我骑着骑着就偏了，从单车道上拐到草坪上去了。

"我觉得车把有点松。"真讨厌！我连车把都掌不好，不能一直向前。我还在重新调整位置呢，艾尔吉却双脚撑在踏板上站起来了，还轻轻扭动身躯保持平衡。你觉得不难？有空自己试试就知道了。

我终于骑稳了，跟着他一起往前。啊，都忘了骑单车是怎样一种自由飞翔的感觉了。清新的风迎面吹着，灿烂阳光照在身上，暴风雨之后的树上还滴着雨水。我们骑着车经过康芒斯大楼①，很多人就在大楼外面吃午饭，享受着阳光，欣赏足球场上西雅图海鹰啦啦队的表演。我都能感觉到那些好奇的目光。她是谁啊？跟艾尔吉·布朗奇一起在干吗呢？

我们骑了一英里之后，找到个教堂，有个带喷泉的漂亮院子，还有几条长椅。我们坐下来，打开盒子拿出三明治。

---

① 康芒斯，即 the Commons，微软总部园区西边的一栋大楼，是个集美食、娱乐、健身于一体的商场，应有尽有。

"我邀请你一起吃午饭，"他说，"是想聊聊你今天早上跟我说的我们家的烦人事儿。你说的是伯纳黛特，对吧？"

"啊——"我吃了一惊。工作上的事情一码归一码。现在突然说起私事，我还真是猝不及防。

"我想问一下，你最近有没有发现她有什么不一样？"艾尔吉都双眼泛泪了。

"怎么了？"我握住他的手。好吧，你可能觉得我太出格了。但我完全是出于同情。他低头看了看，然后轻轻把手抽走。没关系，真的。

"要是真有什么，"他说，"她有错，我也有错。我没有好好陪她。我一直在工作。真的，她是个很好的妈妈。"

我不喜欢听艾尔吉这么说。多谢"受反受"，我已经是探察精神虐待受害者迹象的行家了：困惑、回避、不愿承认现实、自我责备。在"受反受"，新来的人不会喝到什么温情的鸡汤，我们采取的是"CRUSH"战略。

C（Confirm）：帮他们认清现实。

R（Reveal）：坦白我们自己承受的精神虐待。

U（Unite）：让他们成为"受反受"的一分子。

S（Say）：和虐待说拜拜。

H（Have）：过上幸福生活！

我开始倾诉自己的遭遇。巴里做生意失败，总是去拉斯韦加斯发泄，他的间歇性狂暴症（虽然没有确诊，但我肯定他是有的），我最终鼓起勇气和他离婚，但在那之前他把我们一辈子的积蓄花了个精光。

"关于伯纳黛特……"艾尔吉说。

我脸红了。刚才我一直都在说自己的事和"受反受"。好吧，大家都知道我有这个毛病。"不好意思，"我说，"我能帮上什么忙吗？"

"你在学校碰见她的时候，她是什么样子？你注意到有什么不对吗？"

"好吧，说实话，"我很小心地字斟句酌，"从一开始……伯纳黛特好像就不怎么注重社区关系。"

"这有什么关系吗？"

"盖乐街最重要的原则就是社区互助。倒也没有什么书面规定让父母一定要参与学校的事情。但很多不成文的规定，其实是学校的基石。比如，我是负责登记教室活动志愿者的。伯纳黛特从来没报过名。还有，她从来不下车送比伊进教室。"

"那是因为开车到学校把孩子放下就好了呀。"艾尔吉说。

"这样也无可厚非啦。但大多数妈妈喜欢把孩子一直送进教室，特别是全职妈妈。"

"我不太懂。"他说。

"盖乐街的基石，是家长的参与。"我指出。

"但我们每年都会在学费之外，再签张支票捐给学校。这还参与得不够吗？"

"这只是金钱参与。但还有别的形式的参与，比金钱更有意义。比如志愿去疏导指挥交通，为孩子们的汇报演出做点儿健康的小零食，拍集体照的时候主动来帮孩子们梳头。"

"不好意思，"他说，"但在这一点上，我是支持伯纳黛特的——"

"我只是想——"我发现自己不由自主地大声起来，于是停下来，深呼吸了一下。"我只是想告诉你这周末的悲剧的大背景。"

"什么悲剧？"他说。

奥黛丽，我真的以为他在开玩笑呢。"你没收到邮件吗？"

"什么邮件？"艾尔吉说。

"盖乐街发的邮件！"

"天哪，没收到啊！"他说，"很多年前我就叫他们把我从通信录上撤下来了……等等，你到底在说什么啊？"

我索性跟他全说了。伯纳黛特竖了个牌子，把你的家给毁了。我对天发誓，他真的一无所知！他就坐在那儿，消化着我说的这一切。听着听着，他的三明治都掉了，却没有弯腰去捡。

我的手机闹钟响了，已经两点十五分了，他两点半还有个一对一的谈话。

我们骑车回去。天空灰黑灰黑的，只飘着一朵漂亮的白云，几束阳光从中间穿透洒了下来。我们骑车进入一个漂亮的社区，小小的平房挨在一块儿。相较于光秃秃没几片叶子的樱桃树和日本枫，墙上那种灰绿色的颜色衬着枝条，更让我觉得赏心悦目。我能感觉到地下埋着番红花、水仙花和郁金香的球茎，在冬天里耐心地积聚着力量，等着迎来西雅图又一个美丽的春天，然后盛大绽放。

我往前伸着头，在浓郁而健康的空气中飞驰。美国还有哪个城市，能够催生大型喷气式客机、网上超市、个人电脑、便携手机、网上旅行、油渍摇滚①、仓储超市和好喝的咖啡呢？美国还有什么地方，能让我跟一个 TED 演讲点阅量第四的男人一起骑自行车呢？我哈哈大笑起来。

"怎么了？"艾尔吉问。

"哦，没事。"我想起那时候我爸没钱供我读南加州，我就只好去了华盛顿大学。我都没怎么出过这个州。（而且到现在还没去过纽约！）在那一瞬间，我突然释怀了。世界那么大，让别人去看好啦。他们在洛杉矶、在纽约、在别的远方寻找的东西，我在西雅图已经拥有啦。愿这一切一直都属于我一个人。

———————————

① 油渍摇滚，重金属摇滚的一种。

发件人：奥黛丽·格里芬

收件人：苏－琳·李－西格尔

你是觉得我今早一睁眼就喝了一大杯"愚蠢"吗？艾尔吉·布朗奇不知道他老婆搞的那么大的破坏，这个借口还真聪明啊。我跟沃伦转述了你的邮件，他和我的怀疑是一样的：艾尔吉·布朗奇是故意这么跟你说的，这样当我们要把他告得倾家荡产的时候，他一摊手说不知情就行了。好吧，他可别想耍花招。你为什么不告诉"E狗"，人在做，天在看。他什么邮件都没收到？还真说得出来！

＊

发件人：奥黛丽·格里芬

收件人：格温·古德伊尔

请您看看家校通信录，确认一下艾尔吉·布朗奇在名单上。我说的不是伯纳黛特，一定要是艾尔吉·布朗奇本人。

＊

那天晚上肯尼迪过生日，她妈妈却要上夜班。于是我和妈妈像往常一样带肯尼迪出去吃顿生日大餐。那天早上上学的时候，肯尼迪站在路边等我和妈妈停车。

"晚上去哪儿，去哪儿呀？"肯尼迪说。

妈妈摇下车窗："太空针餐厅。"

肯尼迪高兴得欢呼着跳跃起来。

先是丹尼尔烤肉店，现在又来这个？"妈，"我说，"你什么时候这么喜欢那种酷炫的餐厅啦？"

"从现在开始。"

去大教室的路上，肯尼迪根本抑制不住内心的激动。

"还没人去过太空针呢！"她的声音很尖。这话很对，这家餐厅在太空针塔顶端，会旋转。光凭这一点，就该成为你必去的餐厅之一了。但话说回来，这明显是针对游客的，价格也很贵。然后肯尼迪像平常那样低低咆哮一声，扑在我身上。

我至少有十年没去过太空针了，都忘了那里有多酷炫了。我们点了菜，妈妈从包里变出一支铅笔和一张白卡纸。她在卡纸上用不同颜色的马克笔写了字："小女名叫肯尼迪，迎接精彩十五岁。"

"干吗啊？"肯尼迪说。

"你没来过这儿，是吧？"妈妈问肯尼迪，然后就转身看着我，"你也不记得了，是吧？"我摇摇头。"我们把这个放在窗台上，"她把卡片按在窗玻璃上，"然后在旁边放支铅笔。餐厅旋转的时候，所有的客人都可以在上面写点什么。再转回来的时候，就是一张写满生日祝福的贺卡了。"

"这也太酷了吧！"肯尼迪欢呼起来，而我几乎同时脱口而出："这不公平！"

"明年你过生日的时候我们再来嘛，我保证。"妈妈说。

那张生日卡慢慢地转开了，啊，真是好开心的一顿饭！肯尼迪和我一直想跟妈妈聊青年团的事，于是我们就说了。妈妈出生在天主教家庭，上大学以后成了无神论者。所以我刚开始去青年团的时候，她很抓狂。但我去完全是因为肯尼迪想去。肯尼迪的妈妈小半辈子都在好事多工作，所以她们家总有大袋的巧克力棒和甘草糖。另外，肯尼迪家里还有个大电视，每个有线台都能收到。于是我就经常在肯尼迪家里吃糖，看《老友记》。但有一天肯尼迪突然觉得自己太胖了，要节食减肥。她就说："比伊，你不能再吃糖了，我不想再长胖了。"肯尼迪就是这么不可理喻。我们之间说的也都是些疯话。然后她就郑重其事地宣布，我们不能再在她家玩儿了，免得她长胖。要玩儿就去青年团。她说这叫"青年团节食计划"。

这事我对妈妈是能瞒多久就瞒了多久。她发现的时候暴跳如雷，觉得我会变成那种信奉耶稣的狂热分子。但是管理青年团的卢克和他老婆梅，其实对耶稣啊、基督什么的一点儿也不狂热。好吧好吧，他们是有一点儿狂热啦。但每次他们讲《圣经》，也就差不多十五分钟吧。讲完之后，剩下的两个小时，我们都是看电视，玩游戏。我对卢克和梅是有点儿歉意的，因为他们很开心每周五能有一半的盖乐街学生来，但他们根本不知道，我们只是因为没地方去才来的，因为只有周五晚上没有运动项目，也没有课外活动。我们来的目的也只有一个，就是看电视。

不过，妈妈还是很讨厌青年团。肯尼迪觉得这简直是天下最好笑的事情。"那啥，比伊妈妈，"肯尼迪说，对，她就是这么喊我妈妈的，"你听说过加了便便的炖菜吗？"

"加了便便的炖菜？"妈妈说。

"我们是在青年团听说的。"肯尼迪说，"卢克和梅演了个远离毒品的木偶剧。里面那头驴说：'抽一点大麻又不会怎样。'但是小羊就说啦：'人生是一锅炖菜，大麻就是一坨便便。如果有人在炖菜里拌入了哪怕一丁点儿大便，你还真能吃得下去吗？'"

"那些蠢货还在奇怪大家为什么对教堂避之唯恐不及？还给十几岁的孩子演木偶剧——"妈妈还来不及说出更难听的话，我抓住了肯尼迪的手。

"我们再去下洗手间吧。"我说。餐厅的洗手间是不旋转的，所以出了洗手间，餐桌已经不在原地了。那次我们从厕所回来，就有一种"我们的餐桌去哪儿了"的感觉，后来终于看到妈妈。

爸爸也来了。他穿着牛仔裤、登山靴，还有件御寒的皮大衣。脖子上还围着有微软标志的三角巾。有时候你只需要看一眼，就明白怎么回事。我当时一下子就明白，爸爸知道泥石流的事了。

"你爸也来啦！"肯尼迪说，"不敢相信啊，他也来参加我的生日大餐，也太棒了吧。"我想拦住肯尼迪，但她挣脱我跑过去了。

"山坡完全是靠那些黑莓藤保持水土的啊，"爸爸说，"你也知道的，伯纳黛特。你究竟怎么想的，史上降雨最多的冬天，你还给整个山坡除藤？"

"你怎么知道的？"妈妈说，"我猜，是你那个行政在给你乱说吧。"

"这事儿跟苏－琳没关系，"爸爸说，"多亏了她，我才可能请三个星期的假。"

"如果你想听真相，"妈妈说，"我找人除藤，是完全按照疯狂米尼的说明进行的。"

"《百科全书小布朗》[①]里面的疯狂米尼？！"肯尼迪说，"太赞了！"

"你能不能别开玩笑了？"爸爸对妈妈说，"我看着你都觉得害怕，伯纳黛特。你不跟我沟通，也不愿意去看医生。你不该是这个样子。"

"爸，"我说，"别抓狂啦。"

"是啊，真的别，"肯尼迪说，"祝我生日快乐吧。"

一瞬的安静过后，我和肯尼迪突然咯咯笑起来。"我居然说，祝我生日快乐。"肯尼迪说，我们俩又是一阵狂笑。

"格里芬家的房子变成大坑了，"爸爸对妈妈说，"他们现在住在酒

---

① 《百科全书小布朗》（*Encyclopedia Brown*），是美国的一套青少年益智启蒙读物，还曾被改编成电视系列片和连载漫画，深受孩子们欢迎。"疯狂米尼"（Bugs Meany）是里面的主要反派，一个坏男孩。

店里。有没有什么是我们必须赔付的？"

"泥石流是不可抗力，所以格里芬家的保险全赔了。"

爸爸跟个疯子似的，吃了枪药，闯到太空针来。他朝我开火了："比伊，你为什么不告诉我呢？"

"我不知道。"我默默地说。

"太好啦，太好啦！"肯尼迪说，"我的生日卡回来啦！"她紧紧抓住我的胳膊，狠狠捏了一下。

"请问你能不能吃点利他林①，闭个嘴？"我对肯尼迪说。

"比伊！"爸爸凶了起来，"你刚说什么？你怎么能对别人这么说话！"

"没事儿的，"妈妈对爸爸说，"她俩就这么说话。"

"不，不行！"他转身看着肯尼迪。"肯尼迪，我为我女儿向你道歉。"

"道什么歉？"她问，"我的贺卡来啦！"

"爸，"我说，"你这么在意干吗？你都不喜欢肯尼迪。"

"他不喜欢我？"肯尼迪说。

"我当然喜欢你啦，肯尼迪。比伊，你怎么能这么说呢？咱们这个家怎么了？我只是来谈一谈的。"

"你不能冲过来就朝妈妈吼，"我说，"奥黛丽·格里芬已经吼过她了。你当时都不在场，很可怕！"

"来啦，来啦！"肯尼迪推开我，抓住那张生日贺卡。

"不是朝妈妈吼——"爸爸慌得结巴起来，"这是我和你妈妈在谈话。打扰了肯尼迪的生日聚餐，是我的错。但我不知道另外还能不能

---

① 利他林（Ritalin），是俗称的"聪明药"的一种，作用比较温和的神经中枢兴奋药物。

找到时间。"

"因为你总在工作。"我小声嘟囔。

"你说什么？"爸爸问。

"没什么。"

"我工作，是为了你，为了你妈。还有，我的工作也许能帮到百万千万的人。现在，我特别辛苦地加班，就为了能带你去南极。"

"我的天，不要！"肯尼迪说，"烦死了！"她说完就要撕掉贺卡。我眼疾手快地抢了过来。上面写满了各种各样的留言。有几句是"生日快乐！"，但更多的是什么"耶稣是我们的救世主。请牢记，耶稣基督为了我们的罪恶而死"之类的话，还有《圣经》金句摘抄。我哈哈大笑起来，结果肯尼迪哭了。她有时候就这个德行。说实在的，最好的办法，就是随她去啦。

妈妈一把夺过那张卡。"别怕，肯尼迪，"她说，"我去把这些耶稣狂给揪出来。"

"不行，你不能去。"爸爸对妈妈说。

"去，"肯尼迪突然又打起精神了，"我要亲眼看着。"

"是的，妈妈，去吧，我也想看！"

"我走了，"爸爸说，"没人在乎我，没人听我说话，没人愿意我在场。生日快乐，肯尼迪。再见，比伊。伯纳黛特，你去吧，去给自己找难堪吧，去攻击那些找到了人生意义的人吧。等你回家了，我们再继续谈。"

开车回家以后，妈妈直接就进了"小特里亚农宫"。我进了家门。头顶上的木板"嘎吱嘎吱"的。是爸爸，起了床，走到楼梯边上。

"姑娘们，"他朝下面喊，"是你们吗？"

我屏住呼吸。过了整整一分钟，爸爸转身回了卧室，然后进了卫生间。我听到冲厕所的声音。我抱住冰棍儿柔软的脖子睡着了。妈妈就一直在外面的"小特里亚农宫"。

在餐厅，妈妈也没去揪那些耶稣狂，但她在卡纸上写了："一个孩子过生日呢，你们这些人他妈的有什么毛病啊？"然后把卡片放在窗台上。我们起身离开了，卡片开始旋转。

十二月十六日　星期四

发件人：格温·古德伊尔

收件人：奥黛丽·格里芬

早上好，奥黛丽。我跟凯特·韦伯确认过了，她很清楚地记得，在比伊刚刚被录取时，伯纳黛特和艾尔吉·布朗奇就要求过，不想收到一切盖乐街的邮件。我自己也再次确认了一下，我们现在用的任何通信名单上，都没有他们两人的邮箱地址。

换个话题，很高兴看到你们安顿下来了，你也能上网了。我之前发了三封邮件都没得到回复，在这里再说一次，勒维先生觉得我们应该见面谈谈凯尔的事情，这很重要，很紧迫。看你们什么时候方便，我来安排。

祝好

格温

*

那天在教室，我们一起做"单词闪电"的游戏，就是勒维先生说一个词，指到谁，谁就必须用那个词造句。勒维先生说："覆盖。"然后指着凯尔。凯尔说："覆盖我的鸡鸡。"全班爆发出前所未有的笑声。所以勒维先生才想跟奥黛丽·格里芬聊一聊。好吧，尽管可笑至极，我也看得出来，这不是件好事儿。

*

发件人：苏－琳·李－西格尔

收件人：奥黛丽·格里芬

你之前那封邮件话也说得太重了吧，不过想想你现在的状况，也情有可原，我就不多追究了。奥黛丽，你真的完全误会艾尔吉啦。

今天早上，我照例在车站上了班车，在后面找了个座位坐下。过了几站，艾尔吉也上来了，看着像一夜没睡的样子。他看见了我，眼睛一下子亮了（我想他应该是忘了，我登记了和他坐同一辆班车的）。

他出身不俗，是费城一个显赫家庭，你还不知道吧？他也不会把这事到处拿去说啦。少年时代的他每个暑假都是去欧洲过的。我很尴尬地对他承认，我还从来没出过美国。

"那咱们要改变一下这个状况，对吧？"他说。

你先别急着多想，奥黛丽！他只是说说而已啦，又不是真的计划带我去欧洲旅行什么的。

他上过寄宿学校（在这个问题上嘛，好像你我都孤陋寡闻了。你我这样的人，生在西雅图，上的是华盛顿州立大学，我们就是缺乏……我也不想说是缺乏"世故"……反正就是缺一些什么，看不懂这更广阔的世界观）。

艾尔吉问我的情况，把我问得慌乱不堪，因为我这小半辈子也过得太乏味了。我唯一能想出来，能勉强算得上有趣的事，是我七岁的时候，爸爸的眼睛突然看不见了，我必须要照顾他。

"真想不到，"艾尔吉说，"所以你们用肢体语言交流吗？"

"如果我想残忍对待他的时候，就会这么做。"我讽刺他。艾尔吉没想明白。"注意，他是看不见了，"我说，"不是听不见了。"

我们两个都哈哈大笑起来。有人在旁边打趣我们："这车成什么了？

贝尔敦班车吗？"这是个只有自己人才听得懂的笑话。贝尔敦班车是出了名地闹腾，肯定是比安妮女王班车吵多了。所以，这个玩笑一方面是在说"你俩去开个房间好啦"；另一方面也表明了贝尔敦班车有多好玩。不知道我这么解释，你能不能明白其中的笑点。可能必须在场才会觉得好笑。

然后我们开始聊工作。艾尔吉圣诞节要休假那么久，他挺焦虑的。

"你一直说是一个月，"我说，"其实是二十七天而已啦。其中有十二天都是圣诞假期，那个时候微软反正也没人。还有六天是周末。你在途中的那五天都住在能上网的酒店，我专门确认过的。这样不能联系你的时间也就只有九天，就像只得了一场严重的感冒。"

"哇，"他说，"听你这么一说，我还真是好受多了。"

"你唯一的错误，就是告诉团队你要休假。我本来可以替你掩护的，本来可以做得神不知鬼不觉的。"

"你进组之前我就跟他们说了。"他说。

"那就原谅你啦。"

最棒的是，班车到了，艾尔吉的精神也振奋高昂起来。这样我也很开心呢。

*

古德伊尔校长差人送到威斯汀酒店的便条

奥黛丽，沃伦：

有人来我这里做出一项令人不安的指控，和凯尔有关。一个月前，一位家长来找我，说凯尔一直在学校走廊里向学生兜售违禁药品。出于对你们和凯尔的信任，我没有相信对方的话。

然而，昨天，另一位家长在她孩子的书包里发现了二十个药片。后来确认这些药片是奥施康定①。询问之下，该学生说药是从凯尔那儿来的。

---

① 奥施康定，一种止痛药。

学校批准这位学生下周继续上课，不过寒假时必须要接受相关的戒瘾治疗。我需要马上和你以及沃伦谈谈。

祝好

格温·古德伊尔

*

发件人：奥黛丽·格里芬

收件人：格温·古德伊尔

您要是想说，凯尔是盖乐街"贩毒小集团"的一员，拜托您用高明点的办法好不好。沃伦也一直好奇，为什么医生开给我的合理合法的维柯丁的处方，会跟二十片奥施康定扯上什么关系？当初让凯尔帮我拿着，是因为我在你们学校的地盘上出了事儿，不得不拄着拐杖走路（虽然根据法定时效，我还有很多时间可以找盖乐街追责，但我都没有），那些药片上也写着我的名字吗？

提到沃伦，他还在调查让一个众所周知滥用药品成瘾的学生继续读完本学期的合法性。那样会对其他学生产生威胁吗？我只是好奇想问问。

所以，您要是非常固执地想把事情怪到别人头上，那我建议您先照照镜子。

*

发件人：奥黛丽·格里芬

收件人：苏－琳·李－西格尔

不好意思，没有早点回复你。但我下巴都掉到地上了，花了一个小时才恢复原样。我要在酒店过圣诞节了，你竟然在赞美那个把我害到这步田地的人？上一次我看过日历，现在应是十二月中旬，不是四月一日。

*

发件人：苏－琳·李－西格尔

收件人：奥黛丽·格里芬

　　我还是说得更清楚一点儿吧。艾尔吉·布朗奇走在微软班车的过道上，就像我们上次在拉斯韦加斯看到戴安娜·罗斯在粉丝的包围下走过去一样，真的有人伸出手来想摸他。我也不知道艾尔吉认不认识他们，但他主持了那么多大会，参与了那么多团队，微软这些人，熟悉他这张脸的，没有几千个也得有几百个了。去年他得了杰出技术领导奖，十万人的公司，这个奖每年只颁给最有远见卓识的人。他们在三十三号楼挂的举行条幅上就是他的头像。在全公司的募捐活动上，他玩深水炸弹，募来的款比所有参加游戏的人都要多。他的 TED 演讲就更不用说了，是 TED 史上点阅量第四。难怪他戴着消音耳机，不然的话，人们肯定要争前恐后地来跟他打招呼啊。坦白说，他竟然还坐班车上班，让我很震惊。

　　我想说的是，大家都在竖起耳朵听呢，我们不能在班车上提伯纳黛特做的那些事儿，不然就显得太不专业了。

*

发件人：奥黛丽·格里芬

收件人：苏－琳·李－西格尔

　　我根本不在乎什么鬼 TED。我不知道他是何方神圣，也不关心他在这个你一直叨叨个不停的什么演讲上到底说了什么。

*

发件人：苏－琳·李－西格尔

收件人：奥黛丽·格里芬

　　TED，就是技术（technology）、娱乐（entertainment）和设计（design）。TED 大会召集众多世界上最聪明、最杰出的人共聚一堂，一年

149

一度在长滩举行。能够被选为演讲人，是巨大的荣耀。给你个链接，是艾尔吉的 TED 演讲。

＊

爸爸的 TED 演讲的确是件大事，学校的所有同学都知道。古德伊尔校长还请爸爸来给全校师生现场演示了一遍。很难相信奥黛丽·格里芬竟然从来都没听说过。

＊

博主"蒙面酶"对爸爸的 TED 演讲进行的文字直播

下午 4：30　下午场休息

还有半小时，就是第十场演讲：代码与人脑。也是今天最后一个。孚日山巧克力柜台那边的妹子们尽情利用这次休息，不断地把配了松露巧克力的培根递给与会人员。现场直击：第九个演讲的尾声，马克·扎克伯格[①]唠叨着完全没人在意的一个什么教育方面的倡议，那时候这些孚日山的妹子就开始煎培根了，香味飘散到会场。大家都在兴奋地窃窃私语："你闻到培根的香味没？我闻到了呢。"克里斯[②]第一个冲出去，肯定跟这些妹子迎面撞了个正着，美女们的脸颊上沾满了花掉的睫毛膏。克里斯这个人嘛，外界对他一向褒贬不一，批评是必不可少的。他这个举动，也并不能对此有益多少。

下午 4：45　人们开始陆续进入会场

第十场

● 本·阿弗莱克[③]与默里·盖尔曼[④]合影。盖尔曼博士是今天早上

[①]　马克·扎克伯格（Mark Zuckerberg），著名社交网站脸书（Facebook）的创始人。

[②]　这里应该指的是克里斯·安德森（Chris Anderson），TED 大会的创始人。

[③]　本·阿弗莱克（Ben Affleck），美国著名男演员，代表作有《心灵捕手》《珍珠港》《消失的爱人》《逃离德黑兰》等。

[④]　默里·盖尔曼（Murray Gell-Mann），美国物理学家，提出了质子和中子是由三个夸克组成的理论，因此获得了一九六九年"诺贝尔物理学奖"。

到的。他开着车去找人帮忙泊车，那辆雷克萨斯上的是新墨西哥的车牌，上面写着"夸克"。很妙的车牌，很妙的人。

● 休息的时候，舞台被布置成一个客厅，或者说，更像个大学宿舍，有一张懒人休闲椅，放了台电视，还有微波炉、吸尘器。居然还有个机器人！

● 天哪天哪，台上有个机器人。看着挺可爱的，高一米二左右，和真人长得挺像。整个身体是个沙漏的形状。我很想说，这是个性感的机器人哦。嗯，看节目单，上面说下一个演讲的是马达加斯加一位舞蹈家，聊的是自己的创作过程。那这机器人是干吗的啊？她们会不会表演什么非洲女同机器人客厅剧？这倒是成功吸引了大家的注意，说不定是场好戏。

● 阿尔·戈尔①经常坐的那个位子上，已经坐了个戴独眼眼罩，穿尼赫鲁式外套的人，哦，他去年上过台的，一副精神错乱的样子，讲的是漂浮的城市。TED 的确不会专门给谁预留座位，这是自然。但阿尔·戈尔一向都是坐第三排靠右边过道的位子啊，从蒙特利的第一次大会开始就是这样。每个人都知道啊。你不能就这么大摇大摆地一屁股坐了阿尔·戈尔的位子吧。

● 简在提醒大家注意会场清洁卫生，并通知大家今晚最后的事项是领赠品礼袋。还有最后一次机会可以试驾特斯拉。明天会和（伟大的）E.O. 威尔逊②一起开个午餐会，他会阐述自己对 TED 最新的期待。他可是活的生命科学界百科全书啊。

● 阿尔·戈尔刚刚进场，跟谢尔盖·布林③的爸妈在聊天。两位老人身材瘦小，非常可爱，说着一口不太流利的英语。

---

① 阿尔·戈尔（Al Gore），美国前副总统。
② E.O. 威尔逊（Edward Osborne Wilson），美国生物学家、博物学家、教授，也是社会生物学的主要开创者。
③ 谢尔盖·布林（Sergey Brin），俄罗斯裔美国籍企业家，是谷歌公司的联合创始人之一。

● 　全场所有的目光都集中在副总统身上。大家拭目以待，想看看他发现自己的位子被占了会是什么反应。那个尼赫鲁大衣作势想换位子，但阿尔·戈尔表示谦让。尼赫鲁递给阿尔·戈尔一张名片！这手段，真狡猾。观众席都在冲他"嘘"，但没人承认自己其实对这事儿挺感兴趣的。阿尔·戈尔微笑着接过名片。我真欣赏阿尔·戈尔。

下午5：00　克里斯上台了

　　他宣布，在那位非洲女士上台之前，有一个惊喜演讲。他保证，这将是人机界面领域一次颠覆性的演讲。还沉浸在松露巧克力培根美味中的人们迅速打起了精神。克里斯开始介绍，演讲者是艾尔吉·布朗奇，来自……稍等……来自微软研究院！嗯，说实在的，研究院也算是微软唯一比较拿得出手的机构了。不过，真的吗，要我们听微软的人讲？观众们一下子泄了气。大家都没了兴趣。

下午5：45　我五点钟发的那些个闲话，大家就当没看过吧。等等我……给我点时间……

傍晚7：00　萨曼莎二代

　　谢谢大家耐心等待。TED网页上要一个月之后才会发布这次演讲。那么这个时候就让我来尽量如实转述吧。万分感谢我的博主朋友"TED妹儿"把手机录的视频给我，方便我做文字记录。

　　下午5：00　布朗奇戴上耳机。屏幕上出现了几个大字：

艾尔吉·布朗奇

　　（在场的人都挺同情这些演讲时间只有五分钟的人。他们通常都很急地在赶，而且很紧张。）

下午5：01　布朗奇："二十五年前，我有了第一份工作，在杜克大学一个研究团队做代码测试。这个团队当时就在尝试融合人脑与电脑。"

下午5：02　点了遥控器没反应，布朗奇又点了一下，再一下。布朗奇四下看了看。"这个没反应。"他像是在对所有人说，又像是自言自语。

下午5：03　在没有视频的情况下，艾尔吉像个战士一样，勇敢地继续讲下去。"他们找来两只恒河猕猴，让它坐在屏幕前。屏幕边有操纵杆，可以控制动画里面一个小小的球。每次猴子用操纵杆把球送进篮子的时候，就奖励它们吃的。"他一次又一次地按着遥控器，然后又四下看看。没人上来帮忙。这真是太荒谬了！不过这个人还挺有风度的。今天上午，大卫·拜恩①的音频出了问题，他直接就撂挑子气冲冲地下台了。

下午5：05　布朗奇："本来应该有段视频展示杜克大学这项先锋研究的。里面有两只猴子，脑部的皮质区植入了两百根电极。样子很像那种正在装头发的芭比娃娃，头盖骨被切开了，从里面垂落的不是头发，而是电线。挺恶心的画面，可能不放出来反而是好事。反正，这就算是人机界面，也叫 BCI 的一个雏形了。"他又按了下遥控器，"我做了一个很棒的PPT，来解释其中的原理。"

我个人觉得，这个人完全有理由发大火的啊！拜托，这可是科技大会啊，遥控器居然没法操作？！

下午5：08　"两只猕猴完全掌握了用操纵杆控制球的技能之后，研究人员把操纵杆断开连接。猴子们又玩了一会儿操纵杆，但几秒钟后就发现已经没用了。它们还想要好吃的，就坐在那儿，盯着屏幕，脑子里想着把球送进篮子里。这个时候，植入它们大脑皮质的电极就被激活了，把猴子的'思想'转化到电脑上，我们进行了编程，来解读它们的大脑信号，

———————

① 大卫·拜恩（David Byrne），苏格兰和美国的音乐艺术家，在世界音乐、电影制作和艺术表演等领域进行过不同的尝试，获得了很多音乐奖项。

并且按照它们的思想来行动。猴子发现，它们脑子里想着让球动起来，球就真的动起来了。然后就有好吃的。最让人吃惊的，大家看看视频——"布朗奇眯起眼睛看着追光的方向，"视频能放出来吗？如果能看视频就太棒了。反正，有一点特别非凡，就是猴子很快就掌握了用思维控制球的技能，大概就用了十五秒而已。"

下午5：10　布朗奇眯起眼睛看着观众："他们说我还剩下一分钟。"

下午5：10　克里斯跳到台上道歉。遥控器的事情，他也很生气。我们都很生气。这个布朗奇，人很好，很低调。对于台上的机器人，他也不予微词！

下午5：12　布朗奇："那份工作做完了。多年以后，种种机缘巧合之下，我进了微软。研究机器人。"观众们欢呼起来。布朗奇又眯了眯眼睛，"怎么了？"哈哈，他显然完全不知道我们对台上那个机器人有多感兴趣。

下午5：13　布朗奇："我研究的就是声控个人机器人，也就是大家面前这种。"观众一阵骚动。谁会在乎克莱格·文特尔[①]刚刚宣布的他在试管里合成了靠砷存在的生命，快点给我们一个"摩登原始人"一样的机器人！

下午5：13　"假设，我想吃点爆米花。我就说：'萨曼莎！'"机器人发光了。布朗奇继续讲，"我们给它取名叫萨曼莎，就是《家有仙妻》里面的仙妻。"众人哄笑。"萨曼莎，请你拿点爆米花给我。"这个叫布朗奇的人，你真应该亲眼见见的，很亲切、很谦逊，一点儿都不装，穿着牛仔裤、T恤衫、没穿鞋。看着就像刚被惊醒从床上滚下来似的。

下午5：14　萨曼莎滑着步，来到微波炉面前，打开门，拿出一袋

---

① 克莱格·文特尔（Craig Venter），美国生物学家及企业家，致力于研究基因技术。

爆米花。布朗奇："这个是我们提前准备好的道具，就像那种烹饪示范一样。"机器人又滑步到布朗奇身边，递给他一袋爆米花。观众鼓掌。布朗奇："谢谢你，萨曼莎。"机器人回答："不用谢。"众人大笑。布朗奇："这是巧妙又基础的声控技术。"

下午5：17　前排有观众说话了："我能试试吗？"是大卫·波格[①]。布朗奇："好啊，问它就是了。"波格："萨曼莎，给我拿点儿爆米花。"机器人没动。布朗奇："你要说'请'。"波格："不是吧？"众人大笑。布朗奇："我说真的。我女儿八岁的时候，我还在研究萨曼莎。女儿说我老欺负这个机器人。于是我就把'请'这个程序编进去了。真的，说了'请'，情况会大不同哦。"波格："萨曼莎……请给我拿点儿爆米花？"紧接着非常欢乐的一幕发生了！机器人滑步来到舞台边上，伸出手，但波格还没能抓住，那袋爆米花就掉在地上了，撒得舞台上到处都是。

下午5：19　布朗奇："我们是微软嘛，肯定有bug啦。"观众们大笑拍手，笑声如雷。布朗奇却有点儿生气，"没那么好笑吧。"

下午5：21　布朗奇："我们教萨曼莎掌握了五百个命令。本来可以再教五百个的，但我们遇到个难题，就是它身上有几千个可以活动的零件，这个发明缺乏市场灵活性，量产的话造价太高了。最终，萨曼莎项目被取消了。"每个观众都惋惜地"唉"了一声。布朗奇："你们干吗啊？一群极客哦？"哈哈，这句话可以称为TED金句了！

下午5：23　台上慢悠悠走上来一个人，手里拿着个新的遥控器。走到半路，他停下来拉了拉裤子。布朗奇："不着急，不着急。"大家哈哈哈地笑着停不下来。

下午5：24　布朗奇："所以，萨曼莎项目就这么取消了。但我突然

---

① 　大卫·波格（David Pogue），《纽约时报》科技专栏作家。

想起杜克大学的猴子。就想啊，嗯，造一台个人机器人，最复杂的元素就是机器人这个硬件本身。也许，我们可以不要这个硬件呢？"

下午5：25　布朗奇的遥控器终于能用了。他开始放PPT了。第一张图片就是脑子里伸出电线的猴子。观众惊讶得倒抽一口凉气，还有的尖叫起来。布朗奇："不好意思，不好意思！"然后关掉了PPT。

下午5：26　布朗奇："根据摩尔定律，集成界面上可容纳的晶体管数量，每两年就能翻倍。所以，二十年之内，曾经那么可怕的画面，就会变成这样……"他按了一下遥控器，切换到另一张幻灯片，出现了一个光头，头皮下面有个看起来很像电脑芯片的东西。

下午5：26　布朗奇："又变成这样……"他拿起一个橄榄球头盔，上面贴了张海鹰队的标志。里面有很多电极管，电线从头盔缝隙伸出来。他继续说："你可以只戴这个头盔，不用往脑子里连任何的线。"

下午5：27　布朗奇放下头盔，伸手去摸衣兜。"再变成这样。"他举起一个小东西，很像一片创可贴，继续说道，"TED客们，这就是萨曼莎二代。"

下午5：27　布朗奇把那块创可贴贴在额头上，就在发际线下面。他坐在懒人椅上。布朗奇："为了那些质疑者，我将加入一些实况展示。"他拉了拉扳手，椅背倒下去了。

下午5：29　现场响起了奇怪的声音。吸尘器启动了！是自己在动，走到相应的位置把刚才撒落的爆米花吸干净了。布朗奇躺在椅子上，眯着眼睛，集中精神想着爆米花。吸尘器自动关了。布朗奇转身面对电视。

下午5：31　电视自动打开了。又自动换台。换到湖人队的篮球比赛就不换了。

下午5：31　大屏幕变成了Outlook的界面，自动打开一个空白邮件。光标移动到"收件人"那一栏！自己写了起来！"伯纳黛特"。然后光标跳到正文那一栏：TED演讲挺顺利。遥控器出了问题。这里没人会操作PPT，真讨厌。大卫·波格肢体动作有点儿不协调。对了，湖人队中场领先三分。

全场观众都站起来了。大家的欢呼只能用"山呼海啸"来形容。布朗奇站起来，把那块"邦迪"从额头上扯下来，高高地举起来。

下午5:32　布朗奇："三月，我们把萨曼莎二代送去了沃尔特·里德医院。今天你们可以上微软的网站，看最新的视频，就是瘫痪的老兵用萨曼莎二代在智能厨房里自己做饭。我们的目标是帮助那些受伤的退伍军人过上独立的生活。这其中有无限可能性。谢谢大家。"

观众都疯了。克里斯上了台，拥抱布朗奇。没人能相信刚刚看到的这一切。

＊

瞧，就是这个，萨曼莎二代。

＊

发件人：奥黛丽·格里芬

收件人：苏-琳·李-西格尔

我受够你了。听得懂吗？受够了！

＊

詹妮尔·库尔茨医生的回信

尊敬的布朗奇先生：

您关于尊夫人的来信已经收悉。可能我误会了您的意思，但您在信中委婉地说，伯纳黛特"需要有人照看着去进行休养和恢复"，而且她"肯定不会赞成"的，这实际上是在说，要在违背她个人意愿的情况下，将她软禁在马德罗娜山。

这种极端行动的规章和流程，详见《非自愿治疗法》第七十一编第五章第一百五十条，华盛顿州相关法典。根据相关条款，州县认可的心理健康专家如果想要在违背当事人个人意愿的情况下，将其收住入院，则该专家必须对该当事人进行全面的评估，看是否因为心理疾病对他们自身、他人或财产安全造成直接威胁。

如果您认为您的妻子存在这样的威胁，一定要立刻拨打911，将她送往急诊室。那里的医生将对她进行评估。如果专业意见确认伯纳黛特的确表现出这样的威胁，则相关人员会要求她自愿接受适当的治疗。如果您的妻子拒绝配合，有关方面将会暂时限制她的公民自由，并将她转到有州牌照的精神病医院，进行最多七十二小时的强制住院。那之后，就要看法院如何判了。

奥卡斯岛上的马德罗娜山医院，在业内是非常特别的存在，我们有声望很高的住院部，还运营着整个华盛顿州唯一一个私人的心理急诊室。因此，我每天都会见证病人非自愿前来所造成的严重后果。好好的家庭破裂了。有的还叫来了警察、律师，闹上了法庭。而且这会记入公共档案，未来的雇主与金融机构都会看到。无论是从金钱还是感情上来说，这都需要很高的成本，有时候甚至需要付出血的代价。所以，非自愿入院，应该是在所有其他方案都宣告无效之后，不得已而为之的选择。

根据您的描述，尊夫人的行为的确令人担忧。看到她竟然没有进行心理治疗，我也很惊讶。这本应该是很合理的第一步。我强烈建议，在你们那边找比较好的心理医生，见见伯纳黛特，问些专业的问题，让她接受对症下药的治疗。如果你选择照我说的做，需要帮忙的地方，不要犹豫，尽管给我打电话。

诚祝安好

詹妮尔·库尔茨医生

*

员工大会时爸爸和苏 - 琳互相发的短信

苏－琳·L-S：还好吗？你看着有点心不在焉啊。

艾尔吉·B：有点儿怀疑我自己精神不正常了。家务事。

苏－琳·L-S：如果你去"受反受"聚会上分享关于伯纳黛特的故事，肯定刚刚讲两句就会被"火烧幻想"。就是说：暂停！先来认清现实！

苏－琳·L-S：只要谁发言的时候不知不觉从施虐者的角度去讲述，比如，我可能会说什么"我知道我总是很累，滔滔不绝谈的都是工作"，这就是巴里以前老责备我的，就会有人站起来"火烧幻想"，大喊："暂停！先来认清现实！"

苏－琳·L-S：通过这个，我们将自己的现实和施虐者的视角分割开来。这是停止虐待恶性循环的第一步。

苏－琳·L-S：我知道有些"受反受"的术语你肯定看不习惯。我也是啦。我以前总觉得，巴里没有虐待我呀。

苏－琳·L-S：但是在"受反受"，我们故意放大了虐待的定义，也有意地往自尊上靠。我们肯定是受害者，这一点谁都不否认。但我们想要超越受害者这个身份。这是很微妙，但又很重要的本能。

苏－琳·L-S：艾尔吉，你是世界上最成功的公司的高层人士。破格升职就有三次。你的女儿，虽然经历了好几次心脏手术，但在学校的表现却那么好。

苏－琳·L-S：你的 TED 演讲，是整个 TED 史上点阅量的第四名。然而，你老婆，她没有朋友，破坏别人的住家，在药店里呼呼大睡。你竟然和这样一个女人生活在一起？

苏－琳·L-S：不好意思，艾尔吉，我现在要冲你大吼一声："暂停！先来认清现实！"

艾尔吉·B：谢谢你发的这些。但我现在得集中精神。散会之后我再认真看看。

十二月十七日　星期五

发件人：伯纳黛特·福克斯

收件人：曼尤拉·卡普尔

我又回来啦！你想我没？还记不记得我之前说，要想个办法不去南极？

万一我做了紧急手术呢？

我的牙医尼尔加德一直催我把四颗智齿都拔了。我呢一直没急着拔。

但我是不是可以在旅行的前一天去找尼尔加德医生，请他把那四颗智齿一口气都拔了呢？（我说我是不是可以在旅行的前一天去找尼尔加德医生，请他把那四颗智齿一口气都拔了，其实是说，你是不是可以在旅行的前一天打电话找一下尼尔加德医生，请他把那四颗智齿一口气都拔了？）

这个我就可以说是紧急情况，不能去旅行了我很伤心，但医生不准我坐飞机。这样的话，老公和女儿就两个人去旅行，也不会怪我。

尼尔加德医生的电话号码在下面。把这个手术安排在十二月二十三日，上午十点以后都行（那天上午学校有场表演，有个节目是比伊编的舞。那个小浑蛋，不许我去。但是我上网查了一下，找到了时间和地点）。我的计划是这样：先去学校送比伊，然后假装我要去为圣诞节大采购。

大家再见到我的时候，我的脸已经肿得像花栗鼠了。我就说突然牙痛，尼尔加德医生给我检查，我还没反应过来，他就把我四颗智齿都拔了，搞得现在我没法去南极了。这种情况，我们美国人称之为"双赢"。

十二月二十日　星期一
联邦调查局马卡斯·斯特朗的来信

尊敬的布朗奇先生：

我是网络犯罪投诉中心（IC3）的区域主管，主要跟国土安全部合作。我在 IC3 的部门，具体是负责追踪预付金诈骗和身份信息欺诈的。

我们注意到您，是因为十月十三日，您的信用卡上产生了一笔付款，金额是 40 美元，收款方是一家自称"德里国际虚拟助理"的公司。这家公司并不存在，应该是俄罗斯一个犯罪集团的皮包公司。过去六个月我们一直在收集针对这个集团的证据，准备立案。一个月前，上面签发了令状，允许我们追踪尊夫人伯纳黛特·福克斯和一个叫"曼尤拉"的人之间的邮件往来。

两个人的通信中，尊夫人向对方透露了您、她自己以及令爱的信用卡信息、银行转账信息、社保账号、驾照号、地址、护照号和照片。

您显然对此是不知情的。尊夫人写给"曼尤拉"的一封邮件里提到，您不允许她使用德里国际虚拟助理的服务。

此事非常棘手且紧急。昨天"曼尤拉"要求尊夫人委托她，在你们一家去南极期间，全权代理一切事务。我们赶在这封邮件被尊夫人收到之前将其成功拦截。根据尊夫人之前的行为判断，我们很有理由相信，她会毫不犹豫地签署授权书。

在您读到这封信的时候，我应该已经飞到了西雅图。今天中午我会到微软访客中心，希望我俩能见个面，您能全力支持和配合我们的工作。

接下来的三个小时内，您一定不能跟任何人透露相关信息，尤其是尊夫人。她的演技显然不是很好。

上面签署的令状内容，是允许我们追踪过去三个月来尊夫人邮件中所有包含"曼尤拉"这个词的内容。毫不夸张地说，这样的邮件有几百封。我选了二十封信息量最大的，再加上一封她写给保罗·杰利内克的。请您在我到达之前，先读一遍，熟悉一下。我建议您把今天一整天和这个星期的时间安排都空出来。

期待和您在访客中心见面。有您的全力支持和配合，我们希望不把微软牵扯进来。

祝好

马卡斯·斯特朗

另：我们都很喜欢您的 TED 演讲。如果时间允许，我很想看看萨曼莎二代的最新进展。

第四章

入侵者

PART 04

Invaders

<h1>十二月二十日　星期一</h1>
<h2>威斯汀酒店夜班经理报案</h2>

华盛顿州

巡回法院

国王县

华盛顿州诉奥黛丽·菲斯·格里芬

本人，菲尔·布兰德斯多克，西雅图警察局警察，在此庄严宣誓，以下陈述完全属实：

十二月二十日，上述案件被告在华盛顿州西雅图市一个公共场合，确实参与了不体、谩骂、狂暴或称制造混乱的行为。在当时的情况下，该行为引起或激发的混乱，违反了《华盛顿州法典》（以下简称《法典》）的 9A.84.030 c2 条款，并构成《法典》9A.36.041 中定义的四级侵犯人身罪。两项都是轻罪，将处以一千美元（含）以下的罚款，或三十（含）以下的监禁，或两项并罚。

以上信息根据投诉者史蒂文·科尼格的证词整理。他是西雅图市中心威斯汀酒店的夜班经理。我认为史蒂文·科尼格的证词真实可信。

一、十二月二十日星期一，凌晨两点左右，史蒂文·科尼格报告说，他正作为西雅图威斯汀酒店的夜班经理在值班，接到住在酒店 1601 号客房的客人奥黛丽·格里芬的电话，投诉 1602 号客房噪声太大。

二、科尼格先生报告说，他查看了登记表，发现 1602 号客房没住人。

三、科尼格先生报告，他将上述信息告知格里芬女士时，对方很生气，要求他亲自去看看。

四、科尼格先生报告，走出十六楼电梯的时候，就听到很大的人声、笑声、饶舌音乐，根据他的描述，是有人在"聚会"。

五、科尼格先生报告，他发现走廊里有烟雾，还有一股说不出的味道。他个人认为是"大麻"。

六、科尼格先生报告，他发现声音和味道都是从 1605 号客房传出来的。

七、科尼格先生报告，他敲了门，并说明身份，一瞬间音乐就被关掉，也听不到任何声音了。短暂的沉默过后，有人发出窃笑。

八、科尼格先生报告，格里芬女士穿着酒店的浴袍，从走廊里向他走来，坚称他敲错了门，因为 1605 号客房住的是她已经入睡的儿子凯尔。

九、科尼格先生报告，他向格里芬女士解释，声音是从 1605 号房间传出来的，对方就开始辱骂他，用了一些不雅词汇，比如"白痴""弱智"和"无能蠢蛋"。

十、科尼格先生报告，他向格里芬女士说明了威斯汀酒店对待言语侮辱的政策。格里芬女士继而开始谩骂威斯汀酒店的设施，用了一些不雅词汇，比如"垃圾堆""狗窝""猪窝"等。

十一、科尼格先生报告，格里芬女士正在进行辱骂时，其丈夫沃伦·格里芬出现在走廊上，眯着眼睛，穿着四角短裤。

十二、科尼格先生报告，格里芬先生企图阻止妻子，遭到对方的反抗和言语辱骂。

十三、科尼格先生报告，在试图阻止夫妻争吵的过程中，格里芬先生打了个嗝儿，发出一阵"恶臭"。

十四、科尼格先生报告，格里芬女士"指着丈夫的脸"开骂，说他酗酒，吃起牛排来就暴饮暴食，没完没了。

十五、科尼格先生报告，格里芬先生回到 1601 号房间里，重重地关上了门。

十六、科尼格先生报告，格里芬女士开始面对1601号房间紧闭的门表达对"酒精发明者"的极端不满，此时他将万能钥匙插进1605号房间的门锁里。

十七、科尼格先生报告，"突然之间，我的头被猛地向后一拽"，因为那个"疯婆子"（格里芬女士）抓住了他的头发往后扯，让他心情不安，身体疼痛。

十八、科尼格先生报告，他用对讲机呼叫西雅图警察局，正在呼叫时，格里芬女士进入1065号房间，发出一声尖叫。

十九、科尼格先生报告，他进入1605号房间，发现有九个人：格里芬女士之子凯尔·格里芬及一些西雅图街头的小混混。

二十、科尼格先生报告，他发现现场有一些吸毒设备，包括但不限于"水烟筒、毒品包、大麻烟卷纸、处方药品、大麻烟夹、水烟斗、小夹子、辅助装备、勺子和一支大麻口味的液体烟"。肉眼扫视一下这个房间，没有发现除"小冰箱上的大麻"之外的管控药品。

二十一、科尼格先生报告，格里芬女士开始长达五分钟歇斯底里的吼叫，表示对儿子选择朋友的眼光很失望。

二十二、科尼格先生报告，凯尔·格里芬和同伴们对此反应很颓废，没有怎么反驳，说明他们当时"嗑药已经嗑废了"。

二十三、科尼格先生报告，格里芬女士突然扑向夹克后背上别了泰迪熊的女孩。

警员的补充叙述：

我一到现场，就亮明西雅图警察局警员身份。格里芬女士一直紧紧抱着那只泰迪熊。我想拉开她，结果似乎让她陷入极度痛苦当中。我告知格里芬女士，要是她还继续大声喊叫，且拒绝和我一起到走廊上的话，我只能给她戴手铐了。格里芬女士开始朝我尖叫，态度很不配合："我是个模范市民。都怪这些嗑药的，自己犯法，还拉我儿子下水。"我抓住她的左臂。格里芬女士想挣脱开，还说，"你他妈别碰我，你不能碰我。我又没做什么错事。"她威胁说，她丈夫是个地方检察官，她后面会去调出酒店的监控录像，证明我毫无理由地限制了她的人身自由。她还会确保录像内容"在晚间新闻疯传"。我解释说只是暂时押住她，我要先弄清楚到底什么情况。两个增援的安全警员来了。在我的同事斯丹顿警员的协助下，他们把非酒店工作人员都护送离开了事发酒店。当时，报警人提到了拽头发事件，格里芬女士极力否认。我问科尼格先生想不想起诉。格里芬女士突然插嘴，语带讽刺："哎哟，反正就我们两个当事人。法官会相信谁的话啊？是地方检察官的老婆，还是这个猪窝的窝主啊？"科尼格先生明确表示，他不想起诉。

　　根据以上信息，本人，菲尔·布兰德斯多克警员，请有关部门强制被告接受相关的质询。

*

发件人：奥黛丽·格里芬
收件人：苏－琳·李－西格尔

　　你好呀，陌生人！被你说中啦，在酒店里住太久，都腻了。你之前说，请我们入住李－西格尔家宅，我就却之不恭啦。别担心！我知道你正忙于你那重要的新工作，我肯定不会给你添任何麻烦的。

　　今天送孩子上学的时候，我还找了找你在哪儿呢。林肯告诉我，你经常加班加点，居然忙得连圣诞树都没准备！我要去一趟家里的车库，把我那一箱箱的圣诞装饰都拿过来。你回来的时候，家里肯定是旧貌换新颜，布置得漂漂亮亮的啦。你可别说不要。你知道的嘛，圣诞节是我最爱的节日啊!

你说讽刺不讽刺? 还记不记得你跟巴里离婚的时候, 沃伦全程都是免费帮你代理, 给你省了 3 万美元? 记不记得当时你几乎感激得哭了, 拍胸脯保证一定会报答我们? 你的机会来啦! 我知道你们家门垫下面有钥匙, 我就自己进去啦。

问个问题。你晚饭想吃什么? 等你回家, 我会做顿大餐等着你哦。

祝福你, 感谢你!

*

发件人: 艾尔吉·布朗奇

收件人: 苏－琳·李－西格尔

我知道, 刚刚和斯特朗探员见面, 给你讲的那些事情, 对你来说实在是太大的压力, 也远远超出了你的职责范围。但我实在太不知所措了, 无法独自一个人去见他。我当时很震惊, 直到现在依旧震惊到不敢相信, 但也很感激斯特朗探员最终允许你也在场。我更感激你能陪在我身边。

*

苏－琳的手写便条

艾尔吉:

我的职责就是, 确保萨曼莎二代项目顺利运行。熟知你的情况, 才能让我更好地开展工作。你信任我, 我很荣幸。我保证, 不会让你失望。从此时此刻开始, 我们不要用电子邮件沟通伯纳黛特的问题了。

苏－琳

*

爸爸回的手写便条

苏－琳:

我刚刚跟库尔茨医生通了电话。如果需要有"伤害别人"的证据,

169

那这一点是完全具备的，奥黛丽·格里芬的脚和泥石流，都是。伯纳黛特说自己服药过量，这肯定符合"伤害自己"。库尔茨医生明天会过来，商量让伯纳黛特入院的事宜。

艾尔吉

*

发件人：苏－琳·李－西格尔

收件人：萨曼莎二代团队（收件人具体信息未知）

艾尔吉·布朗奇要将全部精力放在一件重要的个人事务上。所有会议按安排照常进行。请用电子邮件形式告知布朗奇所有进展。

感谢！

*

发件人：苏－琳·李－西格尔

收件人：奥黛丽·格里芬

现在你住进我家，时间上不太合适。因为我工作上遇到一个紧急情况。我已经付钱请了莫拉，让她去学校接林肯和亚历珊德拉，并且她这个星期都会住在我家。她就住在客房。真的非常非常抱歉。要不然你们换家酒店？或者找家短租房？我帮你们找。

*

发件人：奥黛丽·格里芬

收件人：苏－琳·李－西格尔

我给莫拉打了电话，跟她说她不用来了。她已经回自己公寓去了。

你家现在的样子棒极啦！充气的圣诞老人在门口向路人挥手问好，窗台上也布满了"雪"。约瑟夫、玛利亚和小耶稣站在草坪上，举着我写的牌子——"祝您圣诞快乐"。不用谢我，该我谢你才对啦！

*

爸爸致乔特高中招生主任

尊敬的杰赛普先生：

　　您知道，我之前收到希拉里·郎迪思的来信，提到比伊明年秋天到乔特入学的事宜。一开始，我看到郎迪思女士建议比伊跳级，本能地拒绝了。不过，我心里一直在考虑郎迪思女士那些中肯的建议。现在我想清楚了，让比伊立刻融入乔特丰富的学术生活中，这是对她最好的选择。现在比伊的学习能力已经远超九年级水平了，我建议贵校一月（是的，一个月后）就录取她入读十年级。

　　如果我没记错的话，艾克赛特总有在学年中途离开的学生，然后就有别的人来补位。如果此事能够进行，我想尽快开始办理相关文件，这样比伊能顺利转学。感谢。

诚祝安好
艾尔吉·布朗奇

*

爸爸致他的亲弟弟

发件人：艾尔吉·布朗奇

收件人：范·布朗奇

范：

　　阅信安。我知道我们很久没联系了，但我家遇到点紧急情况，不知道你能不能星期三赶到西雅图来待上两天。机票我订好寄给你，酒店房间也帮你订好。期待回音。

感谢
艾尔吉

十二月二十一日　星期二
范叔叔和爸爸之间的一系列电邮

艾尔吉：

　　吃了吗您嘞，陌生人。不好意思啦，我可能没法去你那儿哦。圣诞节我很忙的。要不我们下次未雨绸缪吧（哈哈，西雅图肯定常听到这个成语吧）。

回见
范

*

范：

　　可能我没说清楚。我家出了点急事。所有的花费和你的误工费都由我来出。就是十二月二十二日到十二月二十五日这几天。

*

哥：

　　可能是我没说清楚吧。我在夏威夷是正儿八经过日子的。我也有自己的责任。我不可能看到你五年来给我发的第一封邮件，邀请我去酒店过圣诞节，就忙不迭地跳上飞机去吧。

*

范：

　　你他妈就是个帮别人看管房子的。伯纳黛特生病了，比伊还不知道。我要帮伯纳黛特找医生，希望你能陪着比伊。我知道，我们一直疏于联系，但我希望比伊身边能有家人陪着。邀请你住酒店可能很无礼，我道歉。但是我住的房子破旧得不行了。客房废置多年了，因为地上有个大洞，也没人想着去修一修。这全跟伯纳黛特的病有关。别跟我抬杠行吗？

艾尔吉：

为了比伊我来。帮我订从大岛直飞西雅图的机票。只剩了一张头等舱的票，你要是能抢到就好了。你那边有一家四季酒店，临水的高级套房好像还有空的。有人付钱，所以就别急着让我飞回去啦。

*

詹妮尔·库尔茨上交的授权请求

关于岛外预约送交账单的请求

相关人员：伯纳黛特·福克斯／艾尔吉·布朗奇

十二月十二日，我得知了伯纳黛特·福克斯的情况。她的丈夫——董事会成员汉娜·迪拉尔德的朋友艾尔吉·布朗奇，给我写了一封语气相当激动的长信，询问非自愿入院的相关事宜（见附件1）。

从布朗奇先生对妻子状况的描述，可以推断她有一定的社交焦虑症，有主动寻找药物的行为，有陌生环境恐惧症，很难克制情绪，产后抑郁没有得到及时治疗，可能还有躁狂症。如果布朗奇反映的情况完全属实，那么可以初步诊断，伯纳黛特有药物滥用和第二型躁郁症的症状。

我给布朗奇先生回了信，解释了相关法规，并建议其妻接受心理治疗（见附件2）。

昨天，布朗奇先生给我打了电话，要求见面。他又说他妻子出了新状况，包括有自杀的念头。

我觉得布朗奇先生的电话有点蹊跷，甚至比较可疑。原因如下：

1. 时间：我在给布朗奇先生的回信里说明，如果想实现他妻子的非自愿入院，则需要证明她对自己或别人的安全有直接的威胁。短短几天，他就说已经掌握了相关证据。

2. 不愿意寻求心理治疗：布朗奇先生好像下定决心要将福克斯女士送

进马德罗娜山。他为什么不先为妻子寻求门诊治疗呢？

3. 保密：布朗奇先生电话里拒绝透露具体的信息，坚持要跟我见面。

4. 急迫：今天打电话的时候，布朗奇先生请求我立刻见他，最好是在他的办公室。

以上种种综合在一起，我有理由质疑布朗奇先生的动机和可信度。不过，我也觉得自己必须继续关心这件事。马德罗娜山已经两次收到关于福克斯女士行为的报告，里面明确提到了自杀的问题，现在就需要去查证。另外，从布朗奇先生的固执程度来看，我必须要跟他见个面，不然他还会继续联系我。

我会到西雅图的华盛顿大学去做个讲座。并安排今天傍晚去布朗奇先生的办公室会面。我明白这样安排不太符合常规，但这是董事会成员的朋友，我也乐意额外效劳。我希望能够说服布朗奇先生到别处去寻找更适合其妻的治疗手段。

我给他报了咨询的价格，每小时275美元，路上也需要相当于平时一倍半的工资。他已经明确我们的账单保险不会承担，我去他办公室的车费医院也应该不予报销。

*

发件人：奥黛丽·格里芬

收件人：苏－琳·李－西格尔

啦啦啦！我做好了姜饼屋，放学后跟孩子们一起装饰。你什么时候回家？给我个大概时间，我好送吐司进烤箱。

*

发件人：苏－琳·李－西格尔

收件人：奥黛丽·格里芬

我说过了，工作超级忙，所以晚饭就不回来吃了。但是光想想你拿手的吐司，我就要流口水啦。

*

发件人：奥黛丽·格里芬

收件人：苏-琳·李-西格尔

　　别以为我没点儿眼力见儿哦。要不然我开车亲自给你送一盘来？

*

发件人：苏-琳·李-西格尔

收件人：奥黛丽·格里芬

　　你还是别来了吧？不过谢啦！

*

　　那天是周二，我在房间里写作业，电话响了两声。有人上门来了，是送晚饭的。我按了"7"，这是开门键。我下了楼，从外卖小哥手里接过晚饭，竟然是蒂尔斯餐厅的袋子，我开心死了。我拿着吃的走进厨房。爸爸站在里面，摸着下巴。

　　"我还以为你在上班呢。"我说。他好几个晚上都没回家了。我想他应该是为了能去南极通宵熬夜吧。

　　"我就想看看你好不好。"他说。

　　"我？"我说，"我很好呀。"

　　妈妈出了"小特里亚农宫"，进了家门，踢掉雨靴。"嘿，这是谁回家了呀！真开心呀！我点了很多外卖，还担心吃不完呢。"

　　"嗨，伯纳黛特。"爸爸没有上去拥抱妈妈。

　　我打开外卖盒子，放在我们前面椅子旁边的餐桌上。

　　"今晚用盘子吧。"妈妈从橱柜里拿了瓷盘，我把那些外卖倒到漂亮的盘子上。

　　但爸爸就那么站在那儿，防风外套拉链拉得紧紧的。"我要跟你们

175

说件事，明天范就要来了。"

　　我只有这么一个叔叔，所以他是我最喜欢的叔叔。妈妈给他取了个外号，"饭扫光"布朗奇。（因为他总是问："剩下这些你不吃吧，不吃我就打扫了？"）他住在夏威夷的一个看门人小屋里，这个小屋属于很大的一片地产，主人是一个好莱坞电影制作人。这个制作人很少出现，但肯定有强迫症，因为他付钱让范叔叔每天都要进他的大宅子冲厕所。这个好莱坞制作人在阿斯彭也有房子。有一年冬天，管道冻住了，马桶漏水，毁掉了一堆古董。所以他是"一朝被蛇咬，十年怕井绳"，总担心旧事重演，就算夏威夷的管道是不可能封冻的。所以，就像妈妈总爱说的，范叔叔就是靠冲厕所谋生。之前我们去夏威夷的时候，范叔叔带我参观了一下大宅子，还让我冲厕所。挺好玩儿的。

　　"范来干什么？"我问。

　　"问得好。"妈妈现在也站着一动不动了，和爸爸一样。

　　"来看看，"爸爸说，"我想，我们出门了，他也帮我们看看家。伯纳黛特，怎么了，你有意见吗？"

　　"他住哪儿？"妈妈问。

　　"四季酒店。我明天去机场接他。比伊，我想带你一起去。"

　　"我去不了，"我说，"我要跟青年团一起去看火箭舞蹈团的圣诞表演。"

　　"他的飞机四点就到了，"爸爸说，"我去学校接你。"

　　"肯尼迪能来吗？"我问，随即补了一个大大的微笑。

　　"不能，"他说，"我不喜欢和肯尼迪一起坐车。你也知道。"

　　"你真没意思。"我对着他做了一个最最不高兴的"库布里克脸"，低头吃起东西来。

　　爸爸"咚咚咚"地走进客厅，厨房门碰在吧台上。一秒钟以后，听到一声闷响，接着传出他骂人的声音。我和妈妈跑进去，打开灯。爸爸碰倒了一堆纸箱子和旅行箱。"这他妈的都是些什么鬼东西？"他跳起来，问道。

"是去南极要用的。"我说。

UPS 的包裹一个接一个地来，要疯了。妈妈在墙上贴了三张物品清单，我们三个一人一张。所有的箱子都半开着，冒出防寒大衣、靴子、手套、滑雪裤。有的包装都拆了，有的还没拆，都从箱子里探出来，跟一条条舌头似的。

"我们基本上把所有东西都准备好啦。"妈妈煞有介事地站在一堆箱子中间，"还在等给你用的荧光棒。"说着又指着脚边一件巨大的黑色粗呢大衣说，"我还想给比伊找个防风面罩，要她喜欢的颜色——"

"我看到了我的行李箱，"爸爸说，"也看到了比伊的行李箱。你的行李箱呢，伯纳黛特？"

"就在那儿啊。"妈妈说。

爸爸走过去，拿起来。那箱子像个瘪掉的气球一样挂在他手上。"里面怎么什么都没有？"他问。

"你回家里到底要干吗？"妈妈说。

"我回我自己家，你说干吗？"

"刚才要吃晚饭，"她说，"你不坐下来，也不脱大衣。"

"我要回办公室去见人。我没空吃晚饭。"

"至少让我帮你找件干净衣服换上吧。"

"办公室有衣服。"

"那你跑这么远回家干吗？"妈妈说，"只是为了告诉我们范要来？"

"有时候还是当面聊聊天比较好。"

"那就留下吃晚饭啊，"妈妈说，"真是搞不懂你。"

"我也搞不懂。"我说。

"我按我的方式做事，"爸爸说，"你按你的。"说完他出了门。

妈妈和我站在那儿，等着他再羞红了脸转身进门。但他没有，我们听到他的普锐斯轧过院子里的碎石，上了路。

"我猜他真的是专门回家一趟跟我们讲范要来。"我说。

"奇了怪了。"妈妈说。

十二月二十二日　星期三
库尔茨医生的报告

病人：伯纳黛特·福克斯

背景：根据我十二月二十一日申请后取得的授权，我安排了和艾尔吉·布朗奇在微软园区见面。我在申请中表达了对布朗奇先生的种种怀疑，但之后，我对他和他动机的看法，发生了巨大的改观。为了阐明这种巨大的改变，我将详细叙述一下我们见面的过程。

会面过程记录：我在华盛顿大学的讲座比预想的结束得早。我提前了半个小时到码头，赶上了十点零五分的渡轮。到了地方以后，有人把我带到布朗奇先生行政助理的办公室。办公桌旁边坐着的女人穿着雨衣，膝盖上放着个盖了锡纸的盘子。我问布朗奇先生在哪里。这个女人说，她是行政助理的朋友，拿着晚饭过来，想给该助理一个惊喜。她说大家都在楼下的大剧场开会。

我说我也是来办私事的。她注意到我公文包上有马德罗娜山的工作牌，嘟囔了两句，大概是："马德罗娜山？好吧，那肯定得是私事儿啦！"

行政助理来了，她看见我正在跟她这位端着盘子的朋友说话，尖叫（我绝对没夸张）起来。她假装我只是微软的一个员工。我向她使眼色想说这位朋友已经知道我的身份了，但她迅速把我拉进一间会议室，关上百叶窗。行政助理递给我一个绝密的联邦调查局档案袋后，离开了。我不能泄露档案中的内容，只能阐述一下有关福克斯女士精神状况的显著事实：

她在学校开车撞伤了一位母亲；

她在这位母亲的家门外竖了一块广告牌，主要是为了奚落她；

她囤积处方药；

她常常极度焦虑、夸张幻想，还有自杀倾向。

布朗奇先生来了，很焦躁。因为楼下还有很多人在等他。在他上来之前，大家刚好发现了一个程序漏洞。我保证说会很快，递给他一份西雅图周边优秀心理医生的名单。布朗奇先生对此表示怀疑。他坚信，联调局的文件已经充分证明，他的妻子需要住院治疗。

我说不明白他为何这么坚决要让自己的妻子非自愿入院，并表达自己对此的忧虑。他向我保证，只是想给她最好的治疗和照顾。

布朗奇先生的行政助理敲门，问布朗奇先生有没有看到修正后的代码。布朗奇先生看了一眼手机，突然浑身发抖。我们谈话的这一会儿，已经来了四十五封邮件。他说："要是伯纳黛特折磨不死我，'回复全部'一定会。"他浏览了一些邮件，吼出一些代码术语，说要更改列表什么的。行政在一边手忙脚乱地记下来，然后冲了出去。

接下来我们唇枪舌剑了一番，布朗奇先生指责我不负责任。我指出，他的妻子也许有适应障碍症。我进一步解释，这是面对某个应激源时产生的心理反应，通常会引起焦虑或抑郁。他妻子的情况，应激源应该是南极旅行计划。在极端情况下，人可能会相当缺乏应对机制，应激源因此导致心理崩溃。

我终于明确地说了布朗奇先生的妻子有精神问题，他像是得到了极大的解脱，都要倒了。

行政又进来了，这次还有另外两个男人。又是一连串的术语，还是说修正代码的事。

他们离开以后，我告诉布朗奇先生，对于适应障碍症，比较推荐的疗法就是心理治疗，不用住院。我直截了当地指出，心理医生不提前见见当事人就将其强制入院，是很不符合职业道德，而且闻所未闻的。布朗奇先生向我保证，他绝不希望医院派人来给她穿个束身衣就强行带走，还问能不能有什么比较温和的中间步骤。

行政第三次敲门。显然，布朗奇先生给出的修正方案起作用了，会开完了。更多的人进入我们所在的会议室，布朗奇先生看了一下明天的主次日程表。

这种紧张而上进的气氛让我震惊。我从没见过这么一群干劲十足、工作起来如此忘我的人。他们压力很大，这显而易见。但同事之间的友爱互助和他们对工作的热情也呼之欲出。最让我震惊的，是大家对布朗奇先生都非常尊敬，还有他即使在极端的压力下，也不改幽默亲切，对所有人平等相待的天性。

我突然注意到布朗奇先生穿着长袜，没穿鞋，一下子想起来了：他就是 TED 大会上的那个人！就是他说弄个电脑芯片贴在额头上，然后身体再也不用动一下，什么都能做成。我当时觉得这将会导致回避现实的危险趋势，而且是很极端的情况。

大家都出去了，只剩下我、布朗奇先生和那位行政。我说，福克斯女士应该是在自行用药对抗焦虑症，那么我就给他介绍一位很得力的同事，是药物干预的专家。布朗奇先生表示感谢。但由于除我之外不能有人再看到联调局的档案，他问我，能不能亲自进行干预。我答应了。

我强调说，布朗奇先生应该睡个觉好好休息一下，这很重要。行政说她为他预订了一个酒店房间，会亲自开车送他过去。

*

第二天下午，爸爸到学校来接我，我们开车去了机场。

"要去上乔特啦，现在想起这个事儿你还激不激动？"他问。

"激动啊。"我说。

"那真是太好了，我太高兴了！"爸爸接着又说，"你知道'跛脚鸭总统[1]'吧？"

"知道啊。"

"我当时就是这种感觉。收到艾克赛特的录取之后，我就觉得自己在初中待着太没意思了。你现在肯定也是这种感觉吧。"

"没有啊。"

"'跛脚鸭总统'就是一个总统选举失败了——"

"我知道的啦，爸。这跟乔特有什么关系啊？所有同学都和我一样啊，秋天的时候会离开盖乐街，去别的学校。所以照你这么说，就好像是，一上八年级，整整一学年都是'跛脚鸭'了呢。或者说刚满十四岁，就一整年都'跛脚鸭'了，一直到满十五岁。"

我这话让他沉默了几分钟。然后他又开始了。"听说你喜欢青年团，我很高兴，"他说，"如果你在那里能汲取力量，我也向你明确表示，我完全支持。"

"我可以到肯尼迪家去过夜吗？"

"你经常跑到肯尼迪家。"他看着很忧虑的样子。

"可以吗？"

"当然可以啦。"

---

① 跛脚鸭（Lame-duck），是一个政治俚语。指的是快要接近任期尾声的选举官员，特别是继任者已经选好的情况。因为在任时间有限，这位官员通常影响力和支持率都在下滑。不过，"跛脚鸭"总统也可以尽情地做决定，并且继续行使手上的权力，不用太顾忌后果。"跛脚鸭"官员的诞生，主要是因为任期限制、计划退休或选举失败。

车子经过艾略特湾的铁路区，巨大的橘色吊臂仿佛鸵鸟低头喝水，又像哨兵放哨，下面叠放着成千上万的轮船集装箱。小时候，我问过妈妈，那些集装箱是什么东西。她说都是些鸵鸟蛋，蛋里面是芭比娃娃。我早就不玩儿芭比娃娃啦，但就算是现在，一想到有这么多芭比娃娃，心里还是有点儿小激动。

"对不起，我没有多陪陪你。"爸爸又开始了。

"你陪我了呀。"

"我想多陪陪你，"他说，"我也会多陪陪你的。南极就是个开始。我们俩会玩得很开心的。"

"我们仨。"我拿出长笛，一路吹着，一直到机场。

范叔叔晒得好黑啊，脸上坑坑洼洼的，很粗糙，嘴唇苍白，而且在脱皮。他穿着一件夏威夷风格的花衬衫，夹趾拖鞋，脖子上还绕着充气颈枕，头上一顶大草帽，绕了条印花大围巾，上面写着"宿醉"。

"哥！"范给了爸爸一个大大的拥抱，"比伊呢？你的小姑娘呢？"

我挥了挥手。

"你是个大姑娘。我的侄女比伊，她是个小姑娘哦。"

"我就是比伊。"我说。

"怎么可能！"他举起一只手，"都长这么大了，击个掌吧！"

我勉强跟他击了个掌。

"我带了礼物哦。"他摘下草帽，原来下面还藏着更多的草帽，每个上面都系着大围巾，写着"宿醉"。"一顶给你，"他在爸爸头上按了一顶，"一顶给你。"又在我头上戴了一顶。"一顶给伯纳黛特。"

我忙不迭地把他手上那顶夺过来。"我给她好了。"太丑了，只能送给肯尼迪了。

范就站在那儿往嘴唇上涂着唇膏，涂得光亮照人的。我心想，可千万别有谁看到我跟这个家伙一起逛动物园啊。

*

库尔茨医生向上级主管做的报告

病人：伯纳黛特·福克斯

干预方案：我将这位病人的背景介绍给专攻药物干预的明克医生和克拉布里特医生。他们也表示同意，由于病人滥用多种违禁药物，应该进行干预。我没有接受过药物干预方面的专业训练，但由于我在病人背景介绍中已经阐明的特殊状况，我决定自己主导这次干预。

约翰逊模式与动机干预：

过去十年来，马德罗娜山逐渐弃用了约翰逊模式的"伏击式"干预，而越来越偏向于更具有包容性的米勒和罗尔尼克"动机"干预法。研究发现，后者比较有效。然而，由于联调局特意要求对相关信息保密，本次干预选用了约翰逊模式。

筹备会：今天下午，布朗奇先生和我在明克医生的西雅图诊所见面。二十世纪八十年代和九十年代期间，明克医生进行过多次约翰逊模式的干预。他向我们阐述了详细的步骤。

1. 以强硬态度对病人"展示现实状况"。

2. 家庭成员用自己的语言对病人表达关爱之情。

3. 家庭成员详细诉说病人造成的伤害。

4. 家庭成员保证会全力支持病人的治疗。

5. 家庭成员和健康专家向病人解释，如果其拒绝治疗，将会出现什么消极后果。

6. 给病人主动寻求治疗的机会。

7. 立刻将病人送往治疗中心。

我们衷心希望，伯纳黛特·福克斯能承认自己的病情，自愿入住马德罗娜山。

*

那天晚上，我跟青年团一起去看了无线电城音乐厅的圣诞奇观。刚开始就是火箭舞蹈团的表演，一点儿也不好看，基本就是聒噪的音乐加美女们踢腿。我还以为她们至少能唱首歌，或者跳个别的舞吧。结果她们就一直排成一列，朝着一个方向不断地踢腿：一二三四，二二三四，换个方向，再踢一次。然后整列旋转起来，继续踢腿。配乐都是《处处都是圣诞景象》（*It's Beginning to Look a Lot Like Christmas*）和《妈妈在吻圣诞老人》（*I Saw Mommy Kissing Santa Claus*）之类的。整个表演就是垃圾，肯尼迪跟我都看得莫名其妙，这什么啊？

然后是中场休息。反正大家都没钱，我们也只能喝免费的水，所以也不用去大堂了。因此我们青年团的孩子全都在座位上没动。观众们出去了又陆陆续续回来，很多女人喷了厚厚的发胶，化了浓妆，别着闪闪发光的圣诞胸针，她们都满怀期待、躁动不安。就连陪着我们来的卢克和梅，都站在座位前，期待地盯着拉起的红幕。

剧场的灯光暗了，幕布上投射出一颗星星。观众们都夸张地"啊"了一声，热烈鼓掌。就这么一颗星星，也太夸张了吧！

"今天，是全人类最神圣的一天，"一个可怕的声音"轰隆隆"地说起话来，"就在今天啊，我的儿子出生了，他就是耶稣，万王之王。"

幕布拉开了。舞台上有个马槽，旁边是真人表演的婴儿耶稣、玛利亚和约瑟夫。"上帝"继续用那种威严到令人惧怕的声音讲述着耶稣诞生的故事。牧羊人上台了，牵着真的绵羊、山羊和驴子。只要有什么新的动物一上台亮相，观众席就是一连串的"哇""啊"。

"这些人没去过动物园啊？"肯尼迪说。

东方三贤人分别骑着骆驼、大象和鸵鸟出场了。这时候就连我都觉得，不错嘛，挺酷炫的。还没听说过鸵鸟也会让人骑。

走出来一个大个子黑人妇女，她的打扮稍微有点儿煞风景，穿着一件很紧的红色裙子，就梅西百货里常见的那种。

"哦，这神圣的夜。"她开口唱。

我周围的人都被她的歌声迷住，惊叹起来。

"星空璀璨，"她唱着，"亲爱的救世主，此夜降临。四海大世界，饱尝罪错。然神已出现，万事值得。"不知道怎的，听着这调子，我情不自禁地闭上眼睛。歌词与旋律让我浑身上下充满一种温暖的光辉。"希望如潮涌，举世欢腾。举目望远方，新晨荣光。"歌声停顿了，我睁开眼睛。

"凡人应落膝！"她声音里充满了惊人而强烈的愉悦。"听天使声！"

"哦，这神圣的夜。"响起了更多的歌声。台上已经聚集了一个合唱团，就站在婴儿耶稣的后面，一共五十个，都是黑人，穿着亮闪闪的衣服。我刚才闭着眼睛，都没看到他们上台。我体内那股光辉突然变得越来越硬，搞得我喉咙哽咽。

"哦，基督诞生夜。哦，神圣的夜！这夜啊，这神圣的夜！"

有那么一瞬间，我整个人魔怔了，不知道我是谁，我在哪儿。真是太奇怪了，也太夸张了！这歌唱完了，我几乎觉得是种解脱。但音乐没停，我知道，下一波又要来了，我得撑住。舞台上方的电子屏出现滚动的歌词，我觉得这就跟合唱团似的，是被谁用神力凭空变出来的。红色的歌词慢慢滚动出现……

他真诚教导

彼此相爱……

> 他遵爱之法条
>
> 他传和平福音

我周围响起一阵**窸窸窣窣**又蹑手蹑脚的声音，观众们都站了起来，全场大合唱。

> 他打破锁链
>
> 奴隶也是兄弟……
>
> 以他之名
>
> 一切压迫止息

前面的人站起来，我都看不到舞台上的歌词了，于是我也站了起来。

> 感激同唱
>
> 愉悦赞美诗篇
>
> 全心崇敬
>
> 他的神圣之名

每个观众都举起双臂，并张开十指，有节奏地舞动着。

肯尼迪围上我给她的"宿醉"大围巾。"咋啦？"她翻了个白眼。我推了她一把。

那个主唱的黑人歌手一直没有唱得很大声，把风光全都让给了合唱团。突然，她往前迈了一步。

"基督即我主！"她的声音高亢嘹亮，屏幕上闪现出歌词：

> 基督即我主！

这已经是个非常虔诚的宗教仪式了，但又充满了由衷的喜乐。我突然意识到，这些人，妈妈口中得了"教堂病"的人们，其实平时是饱受压抑的，只有在当下这个场合，他们才能完全放飞自我，因为大家都有"教堂病"，所有人都是安全的。专门做了发型、穿着圣诞毛衣的阿姨们，她们根本不在乎自己的声音难不难听，全都加入了合唱。有的尽情甩着头，甚至陶醉地闭上眼睛。我跟着他们举起手，想看看是什么感觉。我也甩着头，闭上眼睛。

吾辈亦飞升。

我就是圣婴耶稣。妈妈和爸爸就是玛利亚和约瑟夫。耶稣躺在稻草上，我躺在医院的病床上。我刚出生时，全身都发蓝发紫，周围全是内、外科医生和护士，他们正全力抢救我的生命。要是没有他们，我早已经死了。我甚至都不认识那些人，就算排成一列站在我面前我也认不出来，但他们努力了一辈子，学到了知识，最后救了我的命。因为他们，我才得以站在这样一群人中，听着这样高潮迭起的音乐，享受这壮丽时刻。

哦，神圣的夜！这夜啊，这神圣的夜！

有人在旁边杵我。是肯尼迪。

"给。"她递给我那条"宿醉"的围巾。因为泪水正从我脸颊滑落。"你可别给我变耶稣啊。"

我没理她，继续甩着头。也许这就是宗教吧，你可以放心地跳下悬崖，相信有更伟大的存在会在冥冥中护佑你，把你带到该去的地方。我还从来没感受过，人生竟然会如此百感交集，内心的感情如此充盈，仿佛快要爆炸了。我好爱好爱爸爸，在车里对他那么凶，真是抱歉。他只是想跟我聊聊，真不知道我怎么那么浑，就是不听他说。我当然知道他不怎么回家，已经很多年了。我想飞跑回家拥抱他，请他不要总是不回家，不要把我送去乔特，因为我好爱好爱他和妈妈。我爱我们的房子，爱冰棍儿，爱肯尼迪，爱勒维老师，我爱这一切，不愿意离开。我感觉心中充满对万事万物的爱。但同时我又觉得好孤独、好寂寞，仿佛没人能理解我。我觉得自己在这个世界孤身一人，但同时又享受着浓浓的爱。

第二天早上，肯尼迪的妈妈进来叫醒我们。"妈的，"她说，"你们要迟到了。"她塞给我们几条早餐包，又上床睡觉去了。

八点十五分了。世界欢庆日的活动是八点四十五分开始。我迅速穿好衣服，不停歇地跑下山，穿过天桥。肯尼迪上学总迟到，但她妈对此根本无所谓。所以她没走，留在家里吃麦片、看电视。

我径直跑进器材室，康佳那老师和一年级的小朋友们正在进行最后排练。"我来了，"我挥着尺八说，"不好意思。"小朋友们穿着日本和服，非常可爱。他们跑来抱着我，跟猴子一样上蹿下跳的。

墙那边响起古德伊尔校长报幕的声音，该我们了。我们走进体育馆，里面坐满了家长，很多都举着摄像机。"现在，"校长说，"让我们欢迎一年级的小朋友表演。伴奏，八年级学生比伊·布朗奇。"

小朋友们排好队。康佳那老师示意后，我吹了前奏的几个音符。孩子们开始用日语唱：

大象，大象

你的鼻子怎么那么长

妈妈说鼻子长

才会漂亮

他们做得非常好，唱得很整齐。只有那天早上刚掉了第一颗牙的克洛伊，站在那儿一动也不动，也不开口，只是伸着舌头盖住掉牙的地方。我们停顿了一下，该唱英语版了，还要表演我编的舞。孩子们开始模仿大象的声音和动作，拍着手，手臂垂着，像摇晃的大象鼻子。

大象，大象

你的鼻子怎么那么长

妈妈说鼻子长

才会漂亮

我突然有种感觉，妈妈来了。是的，她就在下面，站在门厅那里，戴着她那个巨大的墨镜。

大象，大象，

妈妈的话陪我成长

教我有爱心变得善良

我笑起来，我知道，妈妈肯定也会觉得这一幕超好笑，因为居然是我被感动哭了。我抬起头。但妈妈已经不见了。那是我最后一次见到她。

十二月二十四日　星期五

詹妮尔·库尔茨医生的邮件

尊敬的董事会：

在此敬告各位，本人辞去马德罗娜山议员心理科主任一职。我爱我的工作。同事就是我的家人。然而，作为伯纳黛特·福克斯的主任心理医生，在对她进行干预期间发生了如此神秘的悲剧事件，我不得不做出如此决定。感谢诸位给我多年的美好时光，给我服务病人和医院的机会。

诚祝安好

詹妮尔·库尔茨医生

*

库尔茨医生对妈妈干预行动的报告

病人：伯纳黛特·福克斯

福克斯女士计划上午十点去看牙医，我们决定就选在牙医的办公室与她对峙。尼尔加德医生事先得到了通知，专门为我们空出来一间诊室。

189

艾尔吉·布朗奇的弟弟范负责去学校接他们的女儿比伊，先带孩子去动物园玩儿，等待进一步的通知。

我们不想让福克斯女士到牙医诊所时看到她丈夫的车。因此，我们决定，布朗奇先生和我先在他家见面，开我的车去尼尔加德医生那里。

福克斯／布朗奇家宅：以前是直门女子学校，很大，但很破旧的砖房，周围是巨大的斜坡草坪，能远眺艾略特湾。房子内部年久失修的状况令人震惊。很多房间被废弃了。整个环境阴暗潮湿，有非常浓烈的发霉的味道，熏得嘴巴里都是霉味。这个家庭收入不菲，却住在如此恶劣的环境中，说明缺乏自尊，对自己较高的财务水平和社会地位存在一种矛盾心态，对现实状况认识不足。

早上九点，我来到布朗奇家，看到门口停了好几辆车，其中有辆警车，非常随意地停在车道上。我按响门铃。布朗奇先生的行政李－西格尔女士开了门。她说她和布朗奇先生也才刚到。联调局探员马卡斯·斯特朗正在跟他们通报"曼尤拉"的事情，就是那个虚拟助理。他说此人上周已经窃取了布朗奇先生美国航空的所有里程。

布朗奇先生很震惊，问斯特朗探员为什么现在才告诉他。斯特朗探员解释说，他们本来觉得没什么事儿，因为网络小偷总是待在自己那个不见天日的窝点，门都很少出，更不用说坐飞机了。但昨晚那边用这些里程买了一张从莫斯科到西雅图的单程票，明天到。同时，"曼尤拉"还在不断地向福克斯女士发邮件，问她是否确定布朗奇先生和女儿在南极的时候，她会一个人待在家里。

布朗奇先生震惊到站不稳，赶紧伸手扶墙。李－西格尔女士拍着他的背，安慰他说，在奥卡斯岛的马德罗娜山上，他的妻子会很安全。我反复重申，我们不能给出这个保证，而且在强迫入院之前，我必须要对福克斯女士的精神状况进行评估。

布朗奇先生开始将愤怒和无助都发泄在我身上，说我办事僵化，推卸责任。李－西格尔女士打断了他，说我们要赶紧去尼尔加德医生那里，快迟到了。我问斯特朗探员，根据"曼尤拉"这个新情况，干预会不会威胁到我们的人身安全。他保证说，我们一定是安全的，已经布置好足够的警力保护。我们惴惴不安地往门口走，突然后面响起一个女人的声音。

"艾尔吉，这些人都是干吗的？"

是伯纳黛特·福克斯，她刚从厨房进来。

初见福克斯女士，能看出她是个五十出头，风韵犹存的女人。身量中等，没有化妆，面色苍白，但还算健康。她穿着一件蓝色雨衣，下面是牛仔裤，白色的羊绒毛衣已经有点起球，脚上一双懒人鞋，没穿袜子。她的长发是梳理过的，拿手帕扎成马尾。光从外貌，一点儿也看不出她是那种不在乎自己形象的人。说实话，她的样子是精心打扮过的，而且很时髦。

我打开录音机。下面是现场对话实录文字稿：

福克斯："是比伊出事了吗？她没事啊。我才刚去学校看了她——"

布朗奇："没事，比伊没事。"

福克斯："那这些人是来干吗的？"

库尔茨医生："我是詹妮尔·库尔茨医生。"

布朗奇："你不是要去看牙医吗，伯纳黛特？"

福克斯："你怎么知道？"

库尔茨医生："咱们先坐下吧！"

福克斯："为什么啊？你是谁啊？艾尔吉——"

布朗奇："要不咱们就在这儿吧，医生？"

库尔茨医生："那就——"

福克斯："在这儿干什么？我感觉不太好，我要走了。"

库尔茨医生："伯纳黛特，我们来是因为关心你，希望你能得到需要的帮助。"

福克斯："具体是什么样的帮助？外面怎么有警察？这个'烦人精'又是干吗的？"

库尔茨医生："希望你坐下，咱们来说说你的现实情况。"

福克斯："艾尔吉，请你叫他们走。不管这是要干什么，咱俩私下谈就好了。我说真的。这些人就不应该出现在这里。"

布朗奇："我什么都知道了，伯纳黛特。他们也是。"

福克斯："是尼尔加德医生的事儿吗……如果是他跟你说的……或者是你自己发现的……我十分钟之前就取消了。我要去的。我要去南极的。"

布朗奇："伯纳黛特，我求你了，别撒谎了。"

福克斯："你看看我手机好啦。看见没，呼出电话。尼尔加德医生。你自己打给他。来——"

布朗奇："库尔茨医生，我们——"

库尔茨医生："伯纳黛特，我们担心你不能照顾好自己。"

福克斯："这是在开玩笑吗？我真的不懂。是曼尤拉的事吗？"

布朗奇："没有曼尤拉这个人。"

福克斯："什么？"

布朗奇："斯特朗探员，请您——"

福克斯："斯特朗探员？"

斯特朗探员："嗨，我是联调局的。"

布朗奇："斯特朗探员，既然你在这儿，就请向我老婆解释一下她的行为造成了多大损失吧。"

斯特朗探员："如果这整件事情突然变成了干预行动，我其实不应该参与进来的。"

布朗奇："我只是想——"

斯特朗探员："我拿钱不是为了办这样的事。"

布朗奇："曼尤拉是一个身份盗窃集团的某个化名，那个集团在俄罗斯。他们假扮成曼尤拉，就是想取得我们所有的个人银行信息。不仅如此，他们还要趁我和比伊去南极的时候，到西雅图来进行下一步行动。我说得对吗？斯特朗探员。"

斯特朗探员："差不多。"

福克斯："我不信。哦哦，我信。他们要怎么行动？"

布朗奇："这我怎么知道！取光我们银行账户、经济账户上的钱，拿走我们的房产。这些肯定都不难啊，因为你已经把我们所有的个人信息和密码都乖乖交给他们了！曼尤拉甚至还要求你授权给她做全权代理人。"

福克斯："没有的事。我已经好几天没有她的信儿了。我都准备炒她鱿鱼了。"

布朗奇："那是因为联调局一直在拦截她的邮件，以你的名义回信。你听懂了吗？"

库尔茨医生："好啦好啦，伯纳黛特，你最好坐下。咱们都坐下比较好。"

福克斯："别坐那儿——"

库尔茨医生："哎呀！"

福克斯："那儿是湿的。不好意思，漏水了。天哪，艾尔吉。我真是惹了大祸了。她已经把什么都拿走了吗？"

布朗奇："谢天谢地，还什么都没拿呢。"

李－西格尔：（低声说话，听不清。）

布朗奇："哦，谢谢提醒，我都忘了！她把我们的里程都兑换了！"

福克斯："我们的里程？啊，我听够了。不好意思，我真的是被惊到了。"

库尔茨："咱们还是舒舒服服地坐下来……不管舒不舒服吧。哎呀，我的裙子！"

福克斯："沙发也是湿的吗？不好意思。你裙子上沾了那种橘黄的颜色，是因为屋顶上的防水板生锈了，所以雨就滴下来了。用柠檬汁加盐就能洗干净了。对了，您是？"

库尔茨医生："詹妮尔·库尔茨医生。没关系的。伯纳黛特，我还是继续给你阐明一下现实吧。因为联调局进了你的邮箱账号，我们都看到，你以前考虑过自杀。你还囤了很多药片，准备以后尝试自杀。你还在学校里轧伤过一位母亲。"

福克斯："别在那儿胡说八道了。"

李－西格尔：（重重地叹了口气。）

福克斯："哦，闭嘴。你他妈的在这儿到底想干什么？谁能开个窗户，让这个'烦人精'出去？"

布朗奇："别这么叫她，伯纳黛特。"

福克斯："不好意思。谁把这个行政请出我家客厅？"

库尔茨医生："李－西格尔女士，你最好回避一下。"

布朗奇："她可以留下的。"

福克斯："真的吗？她可以留下？为啥啊？"

布朗奇："她是我的朋友——"

福克斯："什么样的朋友？她可不是咱俩这段婚姻的朋友，这个我可以打包票。"

布朗奇："现在轮不到你来拿主意，伯纳黛特。"

福克斯:"等等,那是什么?"

李-西格尔:"什么?"

福克斯:"你裤脚下面有什么东西。"

李-西格尔:"我?哪儿呀?"

福克斯:"是一条内裤。你牛仔裤下面是一条内裤!"

李-西格尔:"哎呀,不知道怎么回事——"

福克斯:"你是个西雅图秘书,这儿不是你待的地儿!"

库尔茨医生:"伯纳黛特说得对,这应该是家人之间的事儿。"

李-西格尔:"我走就是了。"

斯特朗探员:"要不我也走吧。我就在外面守着。"

(大家互相说了拜拜,门开了又关。)

福克斯:"继续吧,库尔茨长官——哦,不好意思,库尔茨医生。"

库尔茨医生:"伯纳黛特,你对邻居的攻击性行为,让她房子被毁,三十个孩子可能遭受创伤后应激障碍。你一点儿也不想去南极。你准备拔四颗智齿,以此作为借口,逃掉这次旅行。你自觉自愿地把个人信息完全透露给一个罪犯,造成财务上的损失。你连最基本的人际交流都做不到,而是靠网上的一个助手去买东西,安排个人事务,处理所有基本的家庭事宜。你的家都可以被建筑部门直接当成危房征用了。在我看来,这些都预示着严重的抑郁症症状。"

福克斯:"您还在向我'阐明现实'吗?我能说了吗?"

男人的声音:"行动!"

库尔茨/布朗奇:(发出慌张的声音。)

(我们转身,看到一个穿着长款大衣的男人,盯着自己的手机。)

布朗奇:"你谁啊?!"

德里斯科尔侦探:"我是侦探德里斯科尔,西雅图警局的。"

福克斯："他一直在这儿。我进来的时候看见他了。"

德里斯科尔侦探："不好意思，我激动过头了。克莱姆森还以为出了什么状况，叫我们行动了。你们就当我不在好了。"

库尔茨医生："伯纳黛特，艾尔吉想先向你表达一下自己的关爱。艾尔吉……"

布朗奇："你到底怎么回事啊，伯纳黛特？我还以为流产的事，你比我还要更伤心呢。结果呢，你这么久一直耿耿于怀的，竟然只有那鬼房子吗？你是认真的吗？你那个'20英里屋'？我在微软一天要遇到十件类似的糟心事儿，大家都是这么过来的，都会自我排解，调整心情，就是要重新振作起来。你可是得过'麦克阿瑟天才奖'的人啊！结果二十年以后，你还想着跟个什么英国浑蛋的争执，觉得不公平，心里过不去，而且那还是你自找的啊。你没觉得这有多自私、多可悲吗，嗯？"

库尔茨医生："好了。那么……承认受过巨大伤害也很重要，但我们应该聚焦于此时此刻吧。艾尔吉，你还是表达一下对伯纳黛特的爱，好吗？你之前说过她是一个很棒的妈妈——"

布朗奇："结果你躲在那个房车里面，跟我撒各种谎，还把你的生活，以及我们的生活，都外包给了印度人？这事儿难道不该问问我的意见吗？你害怕过德雷克海峡的时候会晕船？这是有解决办法的。有个东西叫'乐行晕船贴'。但你不能一次拔四颗智齿，然后跟我和比伊撒谎啊。有些人跑去拔智齿，结果死了。而你呢，你冒这么大的险，就是为了不跟陌生人聊天？要是比伊听到这些，会怎么想？而这一切都因为你是个失败者？那你作为妻子、作为母亲的责任呢？你为什么不来找你的丈夫求助？你为什么要对一个二十年没见面的鬼建筑师掏心掏肺？天哪，你有病！你让我觉得恶心，你真的有病！"

库尔茨医生："表达爱意的另一种方式，就是拥抱。"

196

布朗奇:"你疯了,伯纳黛特。就好像有外星人来了,换了另外一个你。样子虽然一样,但是根本就是个精神错乱的人假扮的,只是披了你的皮而已。我一直这么觉得,自己都要相信了。有天晚上我还伸手去摸了摸你的胳膊肘。我心想,不管他们把这个皮做得多好,那尖尖的胳膊肘肯定不可能做得一模一样。但是我摸到的还是你那尖尖的胳膊肘。我摸的时候你醒了,还记得吗?"

伯纳黛特:"嗯,我记得。"

布朗奇:"当时我一下子惊醒了,心想,我的天哪,她也要把我一起拉下水啊!伯纳黛特疯了,但是我不能让她影响我啊。我是个父亲,我是个丈夫。我是两百五十多人大团队的领导,他们都仰仗我,他们的家庭也都仰仗我。我不愿意跟你一起往万丈深渊下跳。"

福克斯:(哭声。)

布朗奇:"而你因为这个就讨厌我吗?你讽刺我,说我过得很简单,就因为我爱我的家人?爱我的工作?爱看书?伯纳黛特,你什么时候开始这么不待见我的?能不能具体到某月某日?你需不需要问问那个网上助理啊?你每个小时给她75美分,结果那边是俄罗斯的黑手党,兑换了我们所有的里程,要来西雅图杀了你?我的天哪,我说不下去了!"

库尔茨医生:"我们还是暂时不要表达爱意了。来说说伯纳黛特的行为造成的伤害吧。"

布朗奇:"你开玩笑吗?她造成的伤害?"

福克斯:"我自己很清楚有哪些伤害。"

库尔茨医生:"很好。下面……我忘记下面要干什么了。我们已经说完了现实、爱和伤害……"

德里斯科尔侦探:"你别看我啊。"

库尔茨医生:"我看看笔记哈。"

德里斯科尔侦探："刚好趁现在问问，这咖啡有谁喝过吗？我那杯不知道放哪儿了……"

库尔茨医生："保证会全力支持！"

布朗奇："我当然会支持你了。你是我的妻子。你是比伊的母亲。真是万幸，我们名下还剩下一点钱，我可以付钱提供这个支持。"

福克斯："我很抱歉，艾尔吉。我也不知道该怎么补偿你。你说得对，我需要帮助。让我做什么都可以。那我们就从去南极开始好吗？就我们三个。不带电脑，不做工作——"

布朗奇："你就别把这个怪到微软头上了好吗？"

福克斯："我只是说，就我们三个，我们的小家，不管其他的事。"

布朗奇："我不会跟你一起去南极的。不然我一有机会就会把你扔下船。"

福克斯："旅行取消了？"

布朗奇："我永远不会那样对比伊。这一年她一直都在读关于南极的书，还写读书报告。"

福克斯："这我就不明白了，那……"

库尔茨医生："伯纳黛特，我建议，接下来的几个星期我们好好合作。"

福克斯："你要跟我们一起去旅行吗？那也太奇怪了。"

库尔茨医生："我不去，不去。你要集中精力，好起来，伯纳黛特。"

福克斯："我还是搞不清楚你是干吗的？"

库尔茨医生："我是马德罗娜山医院的心理医生。"

福克斯："马德罗娜山？那个疯人院？我的天！你要把我送去疯人院？艾尔吉，你怎么能干得出这种事儿？"

德里斯科尔侦探："妈的，你真干得出来？"

布朗奇："伯纳黛特，你需要帮助。"

福克斯："所以你要带比伊去南极，然后把我关进马德罗娜山？你怎么能这样？！"

库尔茨医生："我们希望你能自愿接受治疗。"

福克斯："哦，天哪！所以才把范叫来的吗？让比伊去看看雪豹，玩玩旋转木马，你好把我关进去？"

布朗奇："你还不知道自己病得有多严重，是吧？"

福克斯："艾尔吉，看着我。我是过得一团糟，但我自己能解决。我们可以一起解决。为了我们，为了比伊。但我不能跟这些外人一起。不好意思，我刚才进来的时候就尿急了。还是我现在尿尿也得申请医生同意了？"

库尔茨医生："尽管去——"

福克斯："天哪，是你！就是他，艾尔吉！"

布朗奇："什么？"

福克斯："就是那天晚上在餐馆，我说有个人在跟踪我，还记得吗？就是他！你一直在跟踪我，是不是？"

德里斯科尔侦探："这个你本来不应该知道的。不过，是我。"

福克斯："本来我还以为我真的疯了呢。啊，真的有人跟踪我，这事儿还真是让我松了口气。至少我知道我没疯。"

（卫生间的门关上了。）

（长久的沉默。）

库尔茨医生："我早跟你说过哦，我不怎么擅长干预行动的。"

布朗奇："真的有人跟踪伯纳黛特。万一她真的给尼尔加德医生打电话取消了呢？我们是不是应该先确定一下？"

库尔茨医生："我们之前也说过了，产生疑问是很自然的，甚至还是干预行动的必要组成部分。你要记住，你妻子是不会自愿去寻求帮助的。我们的目的，是不要让她跌到最低谷。"

布朗奇："现在不就是最低谷吗？"

库尔茨医生："最低谷是死亡。这是要把伯纳黛特拉出深渊。"

布朗奇："这对比伊有什么好处呢？"

库尔茨医生："她妈妈在接受治疗，接受帮助。"

布朗奇："天哪！"

库尔茨医生："怎么了？"

布朗奇："她的行李。几天之前的晚上，我发现只有我和比伊的行李收拾好了。这个是伯纳黛特的行李，现在也收拾好了。"

德里斯科尔侦探："你什么意思呢？"

布朗奇："库尔茨医生，这说明她是要去的！可能她是过于依赖网络，被骗了。但很多人会遭遇这样的骗局啊。他们也不会因为这个就被送去疯人院——"

库尔茨医生："布朗奇先生——"

（敲卫生间的门。）

布朗奇："伯纳黛特，对不起。我们聊聊吧！"

（踢门。）

德里斯科尔侦探："需要支援。"

库尔茨医生："布朗奇先生——"

布朗奇："你放开我！伯纳黛特！她为什么不开门？长官——"

德里斯科尔侦探："好的，我在。"

布朗奇："万一她吃了药，或者打碎窗玻璃割腕了呢……伯纳黛特！"

（前门打开。）

斯特朗探员："出什么事了吗？"

德里斯科尔侦探："她在卫生间待了好几分钟了，现在叫她没反应。"

斯特朗探员："退后。福克斯女士！"

（猛烈踢门的声音。）

德里斯科尔侦探："她不在里面。水槽的水没关。"

布朗奇："她不见了？"

库尔茨医生："有窗户吗——"

斯特朗探员："是关着的（开窗的声音）。外面的院子是个大斜坡。她不可能这么跳下去又不受伤。也没什么台子可以躲。我就在前门守着。（对讲机静电的声音）凯文，你注意到什么情况没有？"

对讲机里的声音："没有人进出。"

布朗奇："她不可能消失的啊！你就站在卫生间门口的，对吧？"

德里斯科尔侦探："我离开了几秒钟，去看了看行李箱。"

斯特朗探员："天哪！"

德里斯科尔侦探："都怪他，把南极之旅说得那么爽。"

库尔茨医生："只有这扇门……通向哪里啊？"

布朗奇："地下室。我们从来没打开过那里。里面长满了黑莓藤。探长，你能帮个忙吗？"

（门和地板摩擦的声音。）

库尔茨医生："天哪，这什么味道！"

德里斯科尔侦探："呃，呃，呃……"

斯特朗探员："她肯定是没有跑下来——"

（发动机发动的声音。）

库尔茨医生："什么东西啊？"

布朗奇："除草机。如果她真的到了地下室——"

库尔茨医生："不可能——"

（很大的发动机声。）

库尔茨医生："布朗奇先生！"

布朗奇先生没在地下室里走多远，就被绊倒在一片黑莓藤里了。等他再站起来的时候，已经满脸是血，衣服都被刮烂了。他左边的眼睑被刮破了，左眼也受到很严重的挫伤。来了辆救护车，将布朗奇先生紧急送去了弗吉尼亚梅森的眼科。

警察拉来一队警犬，把整个房子和山坡都搜查了一遍。没有找到伯纳黛特·福克斯。

第五章

历尽艰险

PART 05

Dangers Passed

一月十四日　星期五

爸爸的信

比伊：

　　韦伯太太打电话来说你做的长颈鹿杯子上好釉了，可以去拿了。我去了盖乐街，一年级的老师给了我这张告别海报，是她们班孩子亲手给你做的。我觉得颜色很鲜艳，你会喜欢，就寄给你了，贴在宿舍墙上会很好看吧。（不过杯子我就自己留下了，找个借口好啦，我怕寄过来的路上会打碎！）盖乐街的大家都想你，亲爱的，从幼儿园的小朋友们到格温·古德伊尔，他们都想你。

　　西雅图和你走的时候没有什么两样。出了三天太阳，但现在又开始下雨了。妈妈还没信儿。我一直密切联系着电信和信用卡公司。只要发现什么状况，他们会马上通知我的。

　　记住，比伊，这一切跟你没有任何关系。只是你妈妈和我之间积累已久的问题。这很复杂，我自己好像都不能完全弄明白。最重要的是，你要知道，我们都很爱你，很疼惜你。

　　下周我要去特区开个会。要不我就顺便开车来乔特接你，我们就利用周末，在纽约过个小长假。我们可以住广场酒店，就是艾罗伊住的那家①。

　　我很想你。只要你回心转意了，我们随时可以打电话，或者上 Skype 聊天。

苏-琳的传真

亲爱的奥黛丽：

　　我希望你收到这封传真的时候，在亚利桑那一切安好。（还是犹他？

---

① 这里指的是儿童书籍或同名喜剧《小精灵艾罗伊》（*Eloise at the Plaza*），故事的主角艾罗伊是个爱幻想的六岁小女孩，她住在纽约的广场酒店里，观察来来往往的人，从中寻找乐趣，也由此引出很多趣事。

新墨西哥？沃伦只是告诉我，你在沙漠里的一家汽车旅馆，手机没信号，也收不了邮件，你真是可恶！）

不知道过去这一个月发生的事情你听说了多少。那我还是从头说起吧。

早在我自己搞清楚之前，你的怀疑就是对的，艾尔吉和我的确因为萨曼莎二代而建立了坚实的情感纽带。一开始，对我来说，只是担任他这位天才的行政助理；后来，就发展成他向我坦诚倾诉婚姻中的煎熬。

八年级的孩子们在读莎士比亚，林肯有个作业是要背一段独白。（跟凯尔说说，他肯定会很高兴没在盖乐街读书了！）林肯这段独白是《奥赛罗》里面的，男主角面对质疑，捍卫他和苔丝狄蒙娜之间似乎不容于世的爱。这恰恰是我和艾尔吉的写照。

> 她爱我，是爱我曾历尽艰险。
> 我也爱她，是爱她对我遭遇的怜恤。

莎翁总能一句话说到你心坎里去，是不是？

伯纳黛特在一场药物干预中途从家里消失了，这个你是知道的。大家最先想到的可能，都是俄罗斯黑手党闯了进来，绑架了她。但是，我们很快侦知，那些俄罗斯人在杜布罗夫尼克转机的时候就被捕了。一掌握这个消息，联调局和警察消失得差不多跟伯纳黛特一样快。

艾尔吉和比伊最终没去成南极。艾尔吉角膜擦伤，必须接受治疗，眼睑也缝了针。七十二小时后，他去警察局登记了失踪人口。直到今天，伯纳黛特还是一点消息都没有。

你要问我怎么想，我觉得她肯定是被直门中学那些女孩子的鬼魂给吞了。你知不知道，直门以前不仅收那些"不良少女"，还会管教那些未婚先孕的女孩子。地下室就经常做非法流产手术。伯纳黛特居然选了这么个地方来抚养自己的女儿？

我跑题了。

艾尔吉本来就做了应急预案，让比伊一月就去上寄宿学校。伯纳黛特消失以后，他本以为比伊肯定不愿意去上了，结果这孩子坚持要去。

艾尔吉说让我在安妮女王山周边看看更大的房子，他来买单。林肯被湖岸高中录取了。（啊，我还没跟你说过这事儿吧，我们可以读湖岸了！）接下来的四年，我们的生活重心肯定是湖岸高中啦，我就心想，干吗要待在安妮女王山呢？干吗不去麦迪逊公园那边看看？离湖岸更近，离微软也更近。艾尔吉说好，只要房子不用装修翻新之类的就行。

我看了套特别漂亮的房子，就在华盛顿湖对面，非常美丽的工匠风格建筑，以前还是科特·柯本和科特尼·洛芙①的爱巢呢。林肯在学校肯定进步飞速！

我从微软辞职了。辞得可真及时，因为又要来一次大重组。对，就是这么快！当然啦，萨曼莎二代是安全的，但现在的微软没有以前那么有趣了，生产力停滞，流言满天飞。

我读了一遍自己写的这些，想到你的状况，觉得好像不太好。说起来，你到底在哪儿啊？凯尔怎么样？希望你为我开心。

爱你

苏-琳

---

① 科特·柯本（Kurt Cobain），美国摇滚乐队涅槃的主唱兼吉他手，词曲创作人。科特尼·洛芙（Courtney Love）是他的妻子，也是美国歌手，组建过洞穴乐队。

一月十五日　星期六

奥黛丽·格里芬的传真

亲爱的苏-琳:

　　祝贺你找到新的幸福。你那么棒、那么优秀,值得拥有新生活的所有愉悦快乐。愿你幸福绵长。

　　我现在在犹他,心中十分平和安详。凯尔在荒野戒管所接受治疗。他嗑药上瘾,还被诊断出有多动症和边缘人格障碍。

　　我们参加了一个沉浸式戒毒课程,任务很艰巨,但是很棒。我们选择犹他,是因为美国只有这个州的法律允许你强制带走自己的孩子,让他们专注进行这些荒野课程。课程第一天,他们就给凯尔和一群孩子蒙上眼睛,开车三十多英里,带到沙漠中央去,把他们扔在那儿,没有睡袋、食物、牙刷、帐篷,然后跟他们说,一周以后再回来接他们。

　　这不是电视上那种真人秀,有摄像头,有人监控着。没有。这些孩子不得不互相合作,这样才活得下去。其中很多人跟凯尔一样,就这样突然之间,完全不能嗑药了。

　　当然啦,我肯定是担心死了。凯尔什么事儿都不会干。你还记得吧,我们闺密约会的时候,他打来的那些电话,"妈妈,遥控器没电了。"我就得离开,去店里给他买电池。他怎么可能在沙漠里生存七天呢?而且,我看着别的妈妈,心想,还有更糟糕的,我儿子可能会杀掉你们某个人的孩子。

　　一周后,他们开车去把孩子们接回了戒管中心。凯尔活着回来了,轻了十磅,浑身臭得没法闻。样子温顺了些。

　　沃伦回了西雅图,但我不能回去。我找了家汽车旅馆住下。相比之下,威斯汀都算是泰姬陵那种级别的豪华了。自动贩卖机上面都生锈了。床单特别糙,我开了将近两百英里的车,找了家最近的沃尔玛,自己买了纯棉的。

我自己也开始去互助会了，这个会里面都是孩子有嗑药毛病的家长。我也接受了现实，是的，我的生活的确变成了一个无法收拾的烂摊子。我总是去教堂，但现在的课程属于灵魂上的深度，是我以前从未经历过的。这个我就不多说了。

讲真心话，我很怕回到西雅图。格温·古德伊尔很大方地表示，春假以后凯尔可以回到盖乐街，夏天再把没修的学分补上，可以继续跟着原来的班上学。但我还不知道自己到底想不想回去。我再也不是原来那个我了，还写什么傻乎乎的圣诞打油诗。但是，我也不确定我到底是谁了。我把自己托付给上帝，让他指引我吧。

伯纳黛特的事情我很难过。我想她一定会出现的。她总会干那种让人意想不到的事儿，对吧？

爱你

奥黛丽

一月十六日　星期天

发件人：苏－琳·李－西格尔

收件人：奥黛丽·格里芬

奥黛丽！我就像做了个最可怕的噩梦！！这封邮件本来该写给"受反受"的朋友的。但是我的匹记本①电脑坏了，什么电邮地址都查不到，我就记得你有这么一个地址。我现在在南美，找了家网咖，这个键盘脏死了，还黏糊糊的，太难用了，打"P"出来的是"B"，打"B"出来的是"P"。逗号键一按下去就起不来，必须马上按下换行键，不然整封邮件就

---

① 根据邮件中苏－琳·李－西格尔所言，由于键盘原因，邮件中词汇的声母 P 和 B 混用，此处应为"笔记本"，另外还有不断输入的逗号。为还原邮件原貌，未做修正。该邮件中其余情况与此相同，不做另注。——编者注

都是逗号了！我本来想改一下 P 和 B 的错别字的，但他们这儿是按分钟收费，还不收信用卡，我身上只有 20 披索。这偏计时呢，这个垃圾电脑只能用两分钟。我不想让艾尔吉知道我溜出来了，所以我就尽量跟你多说点，说到钱花光吧。

他们找到她了！他们找到伯纳黛特了！昨天艾尔吉的信用卡上显示有一笔南极游轮公司 1 300 美元的收款。艾尔吉给旅行社打电话，对方确认了。伯纳黛特没带他们，自己一个人去了南极！！！她关联了信用卡，可以查到记录。计划的旅程快结束了，所以有些附带的消费也用她的信用卡结算了。于是，对方就提醒艾尔吉注意。旅行社说，就在打电话的时候，那艘船正从南极回来，驶向德雷克海峡，并且会在二十四小时内回到阿根廷的乌斯怀亚！艾尔吉给我打电话，我买了两张票，和他一起来了。

奥黛丽呀，我怀孕了！对，是艾尔吉的孩子。我本来不想告诉你，也不想告诉任何人，因为我都四十岁了，非常高龄的产妇了。当然艾尔吉是知道的，这也是我辞职的真正原因，这样压力没那么大。对，也是因为这个，艾尔吉才要买房子。我是希望我们俩从此幸福地生活在一起。哈哈哈，我想得可真美。这房子是为他的孩子买的！现在，伯纳黛特又搅和进来了，我会有什么下场啊？我怎么能从微软辞职呢！傻乎乎的！那个时候我眼前还全是梦幻的肥皂泡，傻傻地想着艾尔吉、我还有孩子们能像童话一样相伴一生，享受天伦之乐。我以后怎么挣钱啊？伯纳黛特恨死我了。你都不知道她用多恶毒的话咒骂我。她这个巫婆。一想到她我就怕死了。我特别心慌。艾尔吉根本不想让我跟他一起来，他发现我也要来的时候那副样子跟要死了似的。他根本没想到我自己也买了张票。他又能怎么办呢？拒绝肚里怀着他孩子的女人吗？哈哈，暴行。对，我现在就在乌斯怀亚，用这个糟糕的键盘写邮件！明天伯纳黛特下船的时候，我必须要站在艾尔吉身边。要是他不跟她说我怀孕了，我是肯定要说的，而且^①……

一月十八日　星期二
布鲁斯·杰赛普的来信

尊敬的布朗奇先生：

　　我给您的办公室打过电话，但答录机说您出国了。我写下这封信，心中充满遗憾，但也非常急迫。我和比伊的导师以及宿舍楼长开了个会，我们一致认为，比伊应该立刻从乔特·罗斯玛丽中学退学，不要等到本学年结束了。

　　如您所知，比伊突然来插班，我们都很高兴。校方把她安排在家园宿舍，是校园里比较舒适、条件比较好的宿舍。室友是萨拉·怀亚特，来自纽约，非常优秀，是得到校长嘉许的好学生。

　　然而，从比伊来这里的第一个星期开始，我就陆续接到报告，她似乎不太适应寄宿学校的环境。老师们说，比伊总是坐在教室后排，而且从来不记笔记。我也亲眼看见她把饭带回宿舍，不在食堂里和别的同学一起吃。

　　然后她的室友提出想要换宿舍。萨拉说，比伊把本该用来学习的时间花在上"油管"（Youtube）看乔许·葛洛班^②演唱《神圣之夜》上。我想这可能是能跟比伊交流的一个突破口，就派了牧师去她宿舍。但牧师说，比伊对宗教灵修的教义表现得相当无动于衷。

　　昨天上午，我发现比伊在校园里走路时脚步很轻快，又蹦又跳的。她这种状态让我大大地放心了。但很快萨拉就冲进我办公室，很是心烦意乱。她说几天前，她和比伊在学生活动中心取邮件，她看到比伊的邮箱里有个厚厚的大信封，没有写寄件人地址，盖的是西雅图的邮戳。比伊还说

---

① 计时时间到，电脑自动关闭。
② 乔许·葛洛班（Josh Groban），美国歌手，唱了一些著名的圣诞歌曲。

看字迹不太熟悉。信封里是一沓文件。

比伊看这些东西的时候很兴奋，上蹿下跳的。萨拉问都是些什么文件，但比伊就是不说。回到宿舍以后，比伊也不看Youtube了，跟萨拉说，她要写本"书"，就取材于那些文件。

昨天下午，比伊不在宿舍的时候，萨拉偷偷看了一眼比伊的"书"。里面的内容让她大吃一惊，特别是联邦调查局的文件，上面还标着"机密"。萨拉马上就来找我了。

根据萨拉的描述，比伊是在把信封里那些文件的内容串起来。文件里面有联调局对您妻子的监视文件，您和您的行政助理之间的电邮往来，一个女人和园丁之间的手写便条，同样一个女人的急救室账单，盖乐街学校一名筹款人关于一场可怕早午餐聚会的叙述，关于您妻子建筑师生涯的一篇文章，以及您和一名心理医生之间的通信。

对于比伊的状况，我感到十分忧虑。您可能知道，乔特是约翰·F. 肯尼迪的母校。他在校期间，时任校长西摩·约翰在某一次的开学典礼上致辞，说出了那句不朽名言："不要问乔特能为你做什么，而要问你能为乔特做什么。"①

我怀着要为乔特做贡献的心情，做出一个艰难的决定。我看得出来，即便是比伊这样富有天赋和才华的学生，也会有出差错的时候。她应该和家人在一起，现在并不是她来寄宿学校的时机。我希望您也能同意这个建议，并立即来瓦林福德，带女儿回家。

诚祝安好

布鲁斯·杰赛普

---

① 肯尼迪在一九六一年美国总统的就职演说上，有一句经典名言："不要问国家能为你做什么，而要问你能为国家做什么。"据说就是"偷师"自己的中学校长。

一月十九日　星期三
苏 - 琳的传真

奥黛丽：

真是太不好意思了，昨天我的脑子肯定是被外星人绑架了！我已经很久很久没怀孕了，完全忘了荷尔蒙激素飙升的时候，人能做出多么疯狂的事情来。比如，半夜跑到阿根廷的网咖，给家乡的朋友写些疯言疯语，弄得自己特别难堪，下不来台。

现在我的脑子又回来了，容我更理性地向你透露"伯纳黛特小剧场"的最新剧情吧。不过我先警告你，我之前那封（语无伦次的）邮件里说的那些，你可能已经觉得很震惊了，但比起过去四十八小时，那根本就是很平淡的剧情了。

艾尔吉和我是半夜到的，睡了一觉以后醒来，发现乌斯怀亚这个小镇既沉闷又潮湿。这里的季节是夏天，但我从来没见过这样的夏天。永远起着一层浓雾，空气比奥林匹克半岛的雨林还要潮湿。伯纳黛特的船还有一段时间才能到，我们就问酒店前台，有没有什么地方能去看的。他说这里最著名的一个游客景点就是监狱。对，他们觉得监狱很有趣。这个监狱之前被弃用了，现在是个画廊。好吧，你这么热心地介绍，谢谢。但我们不会去的，谢谢。艾尔吉和我直接去了码头，等着伯纳黛特的船。

一路上我倒是看到了些冰岛虞美人、鲁冰花和洋地黄，有点儿想家了。我拍了些照片，你要的话就传给你。

码头上一股鱼腥味，挤满了难看的渔船和糙汉子般的码头工人。西雅图的游轮都离渔船远远的，阿根廷可不是！

艾尔吉和我在所谓的"移民办"等着，也就是四面薄薄的墙壁，挂着迈克尔·杰克逊的照片和一台 X 光安检机，都没插电。还有三台付费电话，方方的，看着像古董。很多国际水手在排队，等着往家里打电话。这个地方简直就像"巴别塔"①。

我先简单给你讲讲这之前几个星期艾尔吉的状态吧。他一直很矛盾，一下觉得伯纳黛特可能会突然出现在门口，径直走进来；一下又觉得可能发生了什么不幸。结果伯纳黛特自己跑到南极去了，叫大家担心死了。艾尔吉知道了之后都要气疯了。实话跟你说，我觉得这样的他有点儿陌生。

"比如说，有人得了癌症，你肯定不能生那个人的气啊，"我说，"她肯定是生病了。"

"但又不是癌症，"他说，"她既自私又软弱。她不愿意面对现实，还喜欢逃避。她逃离洛杉矶，逃离家庭，躲进她的房车里面。她逃避所有的责任。你看，我们向她摆明这个事实的时候，她是怎么办的？还是逃！现在呢，我他妈的都瞎了。"

奥黛丽，别误会，他没瞎。我爸爸就是个盲人，所以我可不能容忍谁在这个问题上夸张。艾尔吉只是在角膜康复期，左边的眼镜上蒙了一层眼罩而已，很快就会好的。

"爱兰歌娜号"游轮终于进港了。我在西雅图随便看到的一艘游轮都比它大。但它胜在小巧漂亮，刷的油漆还很新。码头工人架起梯子，乘客纷纷下船，从移民办穿过。艾尔吉给船上的人传话，说我们是来接伯纳黛特的。乘客一个又一个地过去，还是没看到伯纳黛特的影子。

艾尔吉好可怜啊，像只狗狗在门口呜呜呜地叫着，召唤主人回家。"她来了……"他偶尔会说一句，然后又说，"哦，不是。啊，她来啦……"然后又变得特别沮丧，"哦，不是。"乘客越来越少，我们还在等。

---

① 巴别塔，出自《圣经·旧约》，里面记载，人类联合起来，希望能修建通往天堂的高塔。为了阻止人类的计划，上帝让他们说不同语言，相互之间不能沟通，计划因此失败，大家各奔东西。

214

已经很长时间没有乘客从游轮上下来了，搞得人提心吊胆的。接着船长和几个警官快步向我们走来，互相之间还在严肃地交谈。

"她怎么干得出来！"艾尔吉嘟囔着。

"怎么了？"我问。

"这他妈的是开玩笑吧！"他说。

"怎么了？"我又说。这时候船长那一群人进来了。

"布朗奇先生，"船长的英语有很重的德国口音，"好像出了点儿问题。我们找不到您的妻子。"

我可没说笑啊，奥黛丽。伯纳黛特又来了！不知道在中途哪个地方，她从船上消失了。

看得出来，船长吓坏了，浑身都在发抖。他已经把这件事报告给了航线的总裁，保证一定彻查。然后整件事情就变得特别荒诞。我们站在那儿，还在消化这个像原子弹爆炸一样的大新闻，船长就轻言细语地找了个借口要离开。"下一批乘客要来了，"他说，"我们要去船上准备一下。"

船上的事务长是个德国女人，淡金色头发，剪得很短很短。她把伯纳黛特的护照交给我们，脸上弱弱地笑着，好像在说："就这点儿东西，但我们能给的都给了。"

"等一下——"艾尔吉突然大声喊，"这是谁的责任？这事儿该谁管？"

结果，答案是，没有人管。伯纳黛特登上船以后，就离开阿根廷了（她护照上明明白白地盖着戳），所以阿根廷不管这事。南极呢，又不是一个国家，也没有管辖的政府。所以伯纳黛特离开阿根廷以后，来到南极，在官方意义上来说，没有入境任何地方。

"我能到船上找找吗？"艾尔吉求对方的人，"至少到她房间里去看看？"但有个阿根廷的官员就是不让我们上船，因为我们没有相关的许可文件。船长已经冒着大雨从码头回到船上了，抛下我们目瞪口呆地站在那儿。

"问问别的乘客。"艾尔吉说着往街上跑去。但末班车都已经开走了。接着艾尔吉发疯一样地往船上冲。没有冲多远就撞到一根杆子，被撞倒在地上（他不是有个眼睛戴了眼罩吗，所以深度感出了点问题）。不一会儿，阿根廷海关的探员就拿枪指着艾尔吉。我的尖叫声引起了一阵骚乱，至少让船长转身了。艾尔吉整个人趴在全是泥的码头上，低声咆哮着："我老婆，我老婆。"还有把枪指着他，我急得跳上跳下，就算船长是德国人也起了一点儿恻隐之心。他走回来，跟我们说他会派人到船上再搜一遍，叫我们耐心等等。

要我说，要是伯纳黛特穿越了南极的大海，那就是南极把她留下了。嗯，对，我就这么说了，怎么着吧。我之前就不怎么喜欢这个女人，现在我都怀了她老公的孩子了，真的更不喜欢她了！是的，我就是这么懦弱，这么自私，但是我能坦然承认，因为我很爱很爱艾尔吉，所以如果他想把老婆找回来，我也想把他老婆找回来。我已经全面开启行政助理模式。

十几个船员在岸上进行短暂的整修，也趁此机会排队给家里打个电话。我也过去排队。轮到我以后，我奇迹般地拨通了联调局的斯特朗探员。艾尔吉和我凑在听筒前，斯特朗探员把我们转接给他的朋友，一个退休的海事律师。我们说了一下目前的棘手状况，他在那边帮我们上网搜索。

我们沉默地等着，排在后面的水手本来就很不耐烦了，看我们不说话，就更加烦躁了。律师终于说话了，说"爱兰歌娜号"的注册国是利比里亚，肯定是船商为了获得某种经济或者法律利益（你就不用去地图上找了，利比里亚是西非一个总在打仗又穷得叮当响的国家）。这个信息既没给我们什么安慰，也帮不上什么忙。律师说，这艘船的所属公司哈姆森＆希思肯定是采取不合作态度的，我们不要有什么指望。这位律师先生过去也代理过那些有家人从游轮上失踪的案件，（这个竟然也算得上个产业？）他要花上很多年时间，申请很多次政府传唤，才仅仅能拿到乘客名单。然后他又说，要是国际公海上发生了犯罪事件，司法权属于受害者的政府。但是，大家恰恰就没有把南极作为国际公海，有个东西叫《南极公约》，管着这个地方。他说，我们好像掉进了一个法律黑洞，建议我们找利比里亚政府或者美国政府帮忙，但首先要找到一个法官，说服他援引"长臂法"①。他没有解释到底什么叫"长臂法"，因为他打壁球要迟到了。

斯特朗探员一直在电话那边听着，他说我们"真倒霉"什么的。他可能已经完全受不了艾尔吉，更受不了伯纳黛特了，他们给他找了多少麻烦啊！不知道为什么，他也不太喜欢我。

时间不等人。关于伯纳黛特，我们知道的唯一线索，就是那艘船，一个小时以后又要出海了。一辆辆巴士又开回来了，载着新的一批乘客。他们下了车，在周围闲逛拍照。

谢天谢地，船长说到做到，真的回来了。他们拿着那种专门搜查偷渡者的碳探测射线枪，把船上的角角落落都搜了个遍。但船上除了船员，没有别人。艾尔吉问船长，有没有别的船能带我们（他说的是"我们"！）去伯纳黛特去过的地方，我们自己去找她。然而所有能够破冰的船都是提前几年就预订了。另外，南极的夏天就要结束了，冰也越来越厚，这下就更不可能去找她了。就连"爱兰歌娜号"下一趟出海，都不可能像上一趟一样去得那么远了。

---

① "长臂法"（Long-Arm Statute），是美国某些州的立法，其中规定，对非本州居民或法人的被告，如果和本州存在某种联系（如在本州拥有财产、从事商业活动、实施了侵权行为等），则可通过传票的替代送达对之行使管辖权。通俗一点说，就是一个州的法院能够将居住地在本州之外的个人或者法人通过送达传票和起诉文书的方式"一把抓住"，捆到本州法院上作为被告应诉。

所以啊，我们什么也做不了，真的是什么也做不了。

"等一下，等一下！"是事务长。她穿着短裙，牛仔靴一直高到膝盖，手里挥着一个字条本朝我们跑过来。"我们在桌上找到了这个。"但是翻开本子，里面什么也没写。"还能看到模糊的笔迹。"

艾尔吉摘下眼镜，仔仔细细地看着本子。"上面还有印记——"他说，"我们可以找鉴定专家来辨认一下。谢谢你！太谢谢了！"现在这个本子已经在特拉华州一个实验室进行各种鉴定和测试了。哦，忘说了，花了一大笔钱。

他们都说，要往最好的方向去怀抱希望。但是现在，最好的方向就是伯纳黛特被留在南极的冰山上了，这让人怎么去希望啊？从西雅图消失是一回事，但你现在是从一片没有任何藏身之地，而且是地球上气温最低的土地上消失啊，这又完全是另外一回事了。

今天上午我们回了西雅图，仍然被震惊到回不过神。艾尔吉听了下电话录音，处理了乔特校长的几个来电。好像现在比伊那边又出了什么问题了。艾尔吉也不跟我说到底怎么回事。他现在已经上了飞机了，又要往东边飞，去见比伊。这个真是有点儿突然。

我呢，只好努力地活在当下，专心地怀孕，专心地为新房挑家具。新房有很多卧室，每间都配了浴室呢！我们要等到孕中期稳定了以后再跟亚历珊德拉和林肯宣布这个消息。比伊根本不知道我怀孕了，也不知道我们去了乌斯怀亚。艾尔吉想等船长把报告寄来以后，再坐下来跟比伊好好谈。比伊一直是个比较理性的孩子，所以艾尔吉觉得，给她展示点事实资料会有帮助。

好吧，我早跟你说过，这封邮件里都是猛料。哎，奥黛丽，我真想你啊！快点回家吧！

苏－琳

一月二十日　星期四
奥黛丽·格里芬的传真

苏-琳：

乌斯怀亚的那封邮件你就别放在心上啦。我之前的状态不知道比那个差了多少！你不信啊？我有天晚上都因为在威斯汀扰乱公共秩序被抓进去了！后来对方撤销了起诉。但是，我情绪上来的时候就会变成疯子，这事儿你肯定比不上我的。而且我还没怀孕，不能找荷尔蒙这种完全合情合理的理由。祝贺你！我会为你、艾尔吉和小宝宝祈祷的。

伯纳黛特的事情真是让人焦心啊！我绝对不相信她冻死在南极了。收到船长的报告之后请一定马上给我转发一份。我很想了解一下事情进展。

爱你

奥黛丽

一月二十五日　星期二
苏-琳的传真

亲爱的奥黛丽：

我的上一封信请你一定保存好，最好镶个框挂起来，因为那是属于我的真正的幸福时刻，却那么短暂，转瞬即逝。

我不是说，艾尔吉飞去东边见比伊了吗？我还说有点儿突然、有点儿奇怪嘛。结果，他帮比伊从乔特办了退学，刚刚带着这个女儿回西雅图了！

你还记得比伊是个多温柔、多安静的小姑娘吧？好吧，现在这孩子完全认不出来了，真的，整个人都充满了敌意。艾尔吉搬回直门那栋老房子去陪她了，但是比伊不愿意跟他睡在同一个屋檐下。她只想睡在伯纳黛特的房车里。哎哟，咱们这个伯纳黛特，真是圣人啊！

艾尔吉心里充满了内疚，所以比伊说什么他就做什么。她不想回盖乐街去读书？行！她不想踏进我家一步，不想周末一起吃晚饭？行！

你肯定猜不到这些乱子的起因。竟然是比伊写的一本什么鬼的"书"。她一直藏着掖着谁也不让看。但艾尔吉给我透露了一点点，素材就是我和你奥黛丽的电子邮件，还有联调局的报告，甚至还有你和那个黑莓藤清除专家的手写便条。我根本想不到比伊是怎么拿到这些资料的。我也不是说随便怀疑谁，但唯一能接触到所有这些资料的，只有凯尔（总是凯尔）。你俩下一次去做心理治疗的时候，请当面问问他这件事。反正我是希望能问出点什么来的。我甚至都在疑神疑鬼，担心这传真会落入敌人的手里了。

艾尔吉希望新学期比伊能去湖岸上学。我能说什么呢，反正她最好是早点解开心结。我们绝对不可能把那个房车也搬到新房子去啊！想都不敢想呢，要是搬过去了，麦迪逊公园那些人肯定要笑我们土气。哦，我说了"我们"，就好像艾尔吉想搬来一起住，变成一家人似的！

你肯定觉得我特别自私吧？但我的生活也是完全乱套了呀！我辞了工作，四十岁高龄怀了孕，这个男人的生活还到处出乱子。还有，我晨吐特别严重，只能吃下一样东西，就是法式吐司。我体重已经长了十一磅，现在连孕中期都没到。比伊要是知道伯纳黛特生死未卜，还不知道能生出什么事端来，更别说我怀孕这事儿了，真不敢想象。

游轮公司来了信，还有船长的报告，以及司法鉴定的分析报告，我都发给你。对了，还有些很漂亮的照片，我不是说过要给你看看乌斯怀亚的虞美人吗？"受反受"的聚会我要迟到了，我现在特别需要他们给我力量。

爱你

苏－琳

220

*

哈姆森 & 希思冒险旅行公司总裁以利亚·哈姆森的来信

尊敬的布朗奇先生：

首先，请允许我对您和比伊就伯纳黛特突然失踪一事致以最真诚的慰问。失去如此杰出的一位妻子和母亲，我无法想象你们承受了多么巨大的打击。

自从一九〇三年我的曾祖父创建哈姆森 & 希思以来，乘客的安全就一直是我们的重中之重。而一个多世纪以来，我们也的确创造了零事故的纪录。

正如之前所承诺的，我随信附上尤尔根·奥特多夫的报告。报告的大部分依据是尊夫人的身份磁卡所产生的电子签名。报告根据这些信息，详细叙述了她在船上的生活，比较真实可靠，其中包括每天的上岸记录、礼品店的购买记录、船上休息室的账单。另外，奥特多夫船长还在哈姆森 & 希思的有关规定框架下，广泛询问了相关人士。

尊夫人最后一次有记录的活动是在一月五日。她参加了上午的远足，然后安全地回到船上，在酒吧有不小的开支。当时，"爱兰歌娜号"正在杰拉许海峡航行。我有必要指出，接下来的二十四小时，海浪很大很猛。我们被迫取消了两趟计划内的岸上远足活动，并且抱着高度谨慎的态度，在船上广播了数次安全须知，警告乘客，在如此恶劣的天气条件下，务必不要到甲板上活动。

我想，当时的天气状况，以及尊夫人在船上沙克尔顿酒吧的开支，能让你进一步了解她当时的状态，那也是她被人目击到行踪的最后一天。事实的真相已经无从得知，但从已知的线索，我们也能比较肯定地得出一些结论。

对于您和女儿来说，这一定是非常艰难和悲痛的时光。我们提供的这些事实线索，也许细想起来会很不愉快，但可能也能带来小小的安慰。

诚表慰问

以利亚·哈姆森

*

船长的报告

本报告由哈姆森＆希思"爱兰歌娜号"船长尤尔根·奥尔多夫撰写。主要依据是十二月二十六日从阿根廷乌斯怀亚起航至南极半岛的航班上第#998322-01号乘客的身份磁卡电子签名涉及乘客#998322-01，姓名伯纳黛特·福克斯，美国公民，来自华盛顿州西雅图市。

十二月二十六日16:33乘客登上"爱兰歌娜号"，被分配至322号舱。十二月二十六日18:08乘客领取了带照片的身份磁卡。十二月二十六日18:30乘客登记参加船上事故应急训练演习。十二月二十六日20:05乘客在礼品店花433.09美元购买了衣物和洗漱用品。

十二月二十七日 在海上航行。06:00乘客因为晕船接受了船医的治疗。十二月二十七日乘客通知清洁人员，没有她的允许不要进入房间打扫或进行任何服务。清洁人员回忆和乘客多次在船上走廊及周围相遇。乘客拒绝了一切服务。剩下的旅程乘客房间没有任何清洁服务记录。

十二月三十日10:00乘客在捕鲸湾奇幻岛登陆。十二月三十日12:30登船。十二月三十日13:47乘客在海王星风箱（奇幻岛天然港入口）登记下船。十二月三十日19:41登船。

一月一日10:10乘客在恶魔岛登陆。于16:31上船。一月一日23:30乘客在沙克尔顿酒吧签了两杯粉企鹅酒的账单，晚饭要了一瓶赤霞珠葡萄酒。

一月二日08:44乘客在丹科海岸登陆。一月二日18:33登船。一月二日23:10晚饭要了一瓶赤霞珠葡萄酒。乘客在酒吧签了两杯粉企鹅酒的账单。

一月三日 08:10 乘客在德塔耶岛登陆。一月三日 16:00 乘客上船。一月三日 19:36 乘客在酒吧签了五杯粉企鹅酒的账单。

一月四日 08:05 乘客在彼得曼岛登陆。一月四日 11:39 登船。一月四日 13:44 乘客午饭时签了一瓶赤霞珠葡萄酒的账单。一月四日 23:30 乘客在沙克尔顿酒吧签了四杯粉企鹅酒、四杯柠檬威士忌的账单。

一月五日 08:12 乘客在纳克港登陆。一月五日 16:22 乘客刷卡上船。一月五日 18:00 乘客在沙克尔顿酒吧签了两瓶红酒的账单。

一月六日 05:30 由于洋面情况，船无法抛锚。一月六日 08:33 船上广播安全通知，海浪很急很猛。只供应了基本饮食。一月六日 18:00 船上广播安全通知，沙克尔顿酒吧关闭。

一月十五日 17:00 房间费用初步统计。账单从门缝里塞进乘客房间。

一月十六日 16:30 乘客只登记出席了最终的登陆准备会。一月十六日 19:00 乘客没有付清酒吧账单、礼品店账单及相关工作人员酬金。一月十六日 19:00 多次呼叫，乘客并未回复。一月十六日 19:30 工作人员企图进入船舱，乘客并未回应。一月十六日 19:32 事务长进入船舱。乘客不在。一月十六日 22:00 工作人员在船上进行了彻底搜查，并未发现乘客踪迹。

一月十七日 07:00 我和事务长对船上乘客进行了集中询问。没有得到任何有用的信息。乘客解散。一月十七日 10:00 碳探测扫描结果显示船上并无此人。

*

照片资料显示，船上摄影师的摄影日志中并无乘客踪迹。船上拍摄的视频中也无乘客踪迹。

*

对322号船舱进行搜索后，找到一本便条本，根据相关指示，已上交给美国专家。

*

司法文件鉴定专家托尼亚·伍兹的报告

尊敬的布朗奇先生：

我们使用静电检测仪分析了这几页抬头为"哈姆森＆希思　爱兰歌娜号"的纸上的笔迹。根据三种深度不同的笔迹印记，这上面很可能写过一封三页的信。信的末尾署名为：爱你，妈妈。我们认为这明显是一个妈妈写给孩子的信。其中重复最多的词是"奥黛丽·格里芬"，至少写了六次。我们虽然无法将整封信都完整推断拼凑出来，至少能确认这封信中包含以下语句：

"奥黛丽·格里芬是魔鬼。"

"奥黛丽·格里芬是天使。"

"罗密欧，罗密欧。"

"我是个基督徒。"

"奥黛丽知道。"

如需任何进一步帮助，请告知。

诚祝安好

托尼亚·伍兹

*

奥黛丽·格里芬发给丈夫的传真

沃伦：

请你立刻回家，查一下电话答录机、我的信件和电子邮件。我需要马上知道有没有任何伯纳黛特·福克斯的音信。

对，就是伯纳黛特·福克斯。

好几个月过去了，你一直想知道圣诞节前那些天到底发生了什么让我变成后来那个样子。我们之后几个周末进行家庭心理治疗时，我一直想鼓起勇气跟你讲。但上帝决定让我现在告诉你。

圣诞节前那些天真是个噩梦。我对伯纳黛特·福克斯火冒三丈；我对凯尔变成一个浑蛋特别生气；苏－琳竟然站在艾尔吉·布朗奇那边，我当然也怒气冲冲；我也对你酗酒，还不愿意跟我们一起搬到苏－琳家去感到怒火中烧。不管我做了多少姜饼屋，心里的怒火仍然是一天比一天旺。

一天晚上，我去了苏－琳上班的地方找她。一个女人到办公室来找艾尔吉·布朗奇。我看到她身上别着马德罗娜山的名牌，那是家精神病院。我特别好奇。结果苏－琳过来了，骗我说这女的是个同事，我有点儿不高兴，就更想知道个究竟了。

那天晚上，苏－琳很晚才回家。她睡着以后，我翻了她的包，找到一份联调局的机密档案。

档案内容实在太惊人了。伯纳黛特傻乎乎地把财务信息透露给了一个身份盗窃集团，联调局正在进行抓捕行动。更让人震惊的是档案后面贴的即时贴，是艾尔吉和苏－琳之间的手写便条，里面说，他要见马德罗娜山的人，因为伯纳黛特对自己和他人都有害。他的证据是什么呢？就是她轧了我的脚，毁了我们的家。

我这个死对头要被送到精神病院去了？这不是该好好庆祝一番吗？但我没有，我只是坐在门厅的凳子上，整个身体都在颤抖。一切都淡去了，只有真相越加明显：伯纳黛特根本没轧到我的脚。那都是我编的。泥石流的事儿呢？伯纳黛特除黑莓藤，都是我让她这么做的。

我肯定坐了有整整一个小时，但还是一动不动。只是呼气吸气，盯着地板。要是有摄影机跟拍我就好了，那恰恰是一个突然觉醒，清楚地明白了事实真相的女人的样子。事实真相是什么呢？我的谎言和夸张将导致一个母亲被关进精神病院。

我跪在地上。"上帝啊，请告诉我，"我说，"请告诉我该怎么办！"

我全身突然感到一种平静，也是过去一个月来一直保护着我的一种平静。我走到二十四小时便利店，把那份报告完整地复印了一份，还有背后的即时贴。然后趁没人起床，把原件又放回苏－琳的包里。

文件里所写的一切都不假，但并不完整。我决心要用自己的资料把这个故事讲完整。第二天早上，我跑回家里找了个遍，把关于那场泥石流和我"受伤"的所有邮件和便条都找了出来，然后花了一整天，按照时间顺序，和联调局那份档案中伯纳黛特的邮件排列好。我知道，这个更完整的故事能够证明伯纳黛特没病。

但证明了她没病又怎么样呢？艾尔吉和那个心理医生见面都说了些什么？他们有什么计划吗？

下午四点，我回到苏－琳家。林肯和亚历珊德拉去游泳队了。当然了，凯尔还是像行尸走肉一样在地下室玩电子游戏。我挡在电视机前，说："凯尔，我想看看苏－琳的电邮，怎么看？"凯尔不太高兴地哼了一声，还是上楼了，打开一个柜子，搬了一台布满灰尘的电脑出来放到地上，主机、键盘和显示器都很大。凯尔在客房的床上安好，把调制解调器连接到主机的电话接口上。

电脑上安的还是很老的一版 Windows，蓝绿的开机画面，感觉好像一股过去的冲击波，很奇异！凯尔看着我说："你应该不想让她知道吧？"我回答说："那再好不过了。"凯尔去了微软的网页，下了个远程控制别人电脑的程序。他把苏－琳的账号和密码发到了这个电脑的程序上。输入这个信息之后，他又输了一些用点隔开的数字。几分钟以后，苏－琳在微软的笔记本电脑上的画面就出现在我们面前的屏幕上。"她好像不在电脑前，"凯尔说，然后摩拳擦掌地又输入了一些东西，"她那边好像说今晚不在办公室。你应该有时间。"

我不知道是该拥抱他，还是该打他一巴掌。我两样都没做，给了他点钱，叫他到外面等着林肯和亚历珊德拉回来，带他俩去吃比萨。凯尔楼梯下到一半，我产生了更大胆的想法。"凯尔，"我叫住他，"你知道苏－琳是个行政吧？我们能不能，比如说，看看她老板的电脑？""你是说比伊的爸爸？""对，比伊的爸爸。""那要看情况了，"他说，"她如果能进他的收件箱就行，我看看。"

沃伦啊，我没开玩笑，五分钟以后我已经在看艾尔吉·布朗奇的电脑了。凯尔查了查他的行程。"他现在在和弟弟吃晚饭。所以他应该至少有一个小时不在线的。"

我迅速地看了艾尔吉与苏－琳、他弟弟以及那个心理医生之间的电子邮件。发现第二天上午他们想进行一场干预会。我想把这些东西都打印出来，把我的资料填充完整。可是当时没有打印机。等大家都睡了（苏－琳没睡，她打电话来说，晚上不回家），凯尔开了两个 Hotmail 的账号，教我怎么"截屏"，然后把这些截屏图片从一个 Hotmail 账号发到另一个……之类的吧。反正我只知道成功了，就去便利店找了台电脑，全部打印了出来。

干预会要在尼尔加德医生的诊所进行。我可不想干扰联调局的调查。但我绝不允许伯纳黛特因为我撒的谎就被拽去精神病院。上午九点，我开车去牙医诊所。半路上，我突然凭着直觉，去了直门。

车道上停了一辆警车和苏－琳的斯巴鲁。我在旁边一条小路上停了车。就在当时，一辆熟悉的车开过去了。是伯纳黛特，还是戴着大墨镜。我一定要把这份报告交给她，但怎么才能不被警察看到呢？

对了，篱笆上那个洞！

我顺着旁边那条小路跑下去，从篱笆那儿穿过去，从光秃秃的山坡爬上去。（哎，真是不敢相信，黑莓藤竟然又开始长回来了。费了那么大劲儿，一点儿用都没有！）

到处都是黏糊糊的泥坑，我慢慢爬上去，一直到了伯纳黛特种的那些石楠边上。我抓住树枝，双手一使劲，跳到草坪上。房子那头站了个警察，背对着我。我蹑手蹑脚地从草坪走到房子旁边。我也不知道接下来该怎么办，反正就是我和那个夹在裤腰上的大信封，对了，上帝也与我同在。

我像搞突袭一样，偷偷沿着房子背后的大楼梯走上去，来到后面的露台。大家都在客厅里，我听不到他们说话，但看他们的肢体语言，显然已经在全面展开干预了。接着，一个人影从客厅那边闪现过去，是伯纳黛特。我跑下楼梯，侧面有扇小小的窗户，大概三四米高的地方，里面亮起了灯（侧院直接面对陡峭的斜坡，所以从屋后面看，一楼就相当于好几层楼那么高了）。我蹲下身子，往那扇小窗跑去。

接着我被什么东西绊了一跤。真倒霉。啊，不过是把梯子，就在侧院地上放着呢，感觉好像上帝亲手放在那儿的。从那一刻起，我就觉得自己是个战无不胜的英雄了。我知道，上帝在罩着我呢。我拿起梯子，抵在墙上，然后毫不犹豫地爬上去，敲了敲窗户。

"伯纳黛特，"我小声喊道，"伯纳黛特。"

窗户开了。露出伯纳黛特目瞪口呆的脸。"奥黛丽？"

"快走！"

"但是——"两害相权，她当然不知道怎么选择了，是跟我这个死对头走，还是被关进疯人院呢？

"快！"我下了梯子，伯纳黛特也跟着我，不过先记得把窗户关上了。

"去我家吧！"我说。她又犹豫了。

"你为什么帮我？"她问。

"因为我是个基督徒。"

对讲机的声音传来："凯文，有情况吗？"

伯纳黛特和我从草坪上溜走了，还拖着梯子。

我们从泥糊糊的山坡上一路滑下去，进了我们家的后院。正在弄地板的人看着浑身是泥的两个人从门口摇摇晃晃地进了门，大吃一惊。我让那些人先收工回家。

我把那份完整的档案交给伯纳黛特，里面还有凯尔在网上搜到的一篇不久前才发表的文章，写的是伯纳黛特的建筑师生涯。"你早该跟我说你获过'麦克阿瑟天才奖'的，"我说，"要是知道你竟然是这么个天才，我可能就没那么'烦人精'了。"

我让伯纳黛特坐在桌边休息一下，然后冲了个澡，给她泡了茶。她面无表情地看着档案，眉头紧皱。整个过程中只开口说了一句话："我应该会的。"

"会什么？"我问。

"给曼尤拉代理权。"她看完最后一页，深呼吸了一下。

"你想改变这个状况的话，客厅里还有好多盖乐街的资料呢。"我说。

"我确实很想。"她脱掉全是泥巴的外套。下面是一件钓鱼背心。她拍拍那些口袋，都是网眼的，我看到里面装了钱包、手机、钥匙和护照。"我想干什么都可以。"她微笑着说。

"当然可以。"

"请一定把这个交给比伊！"她把文件装回信封。"我知道这信息量太大了。但她对付得了，就算她要崩溃，我也希望是因为事实，不是因为谎言。"

"她不会崩溃的。"我说。

229

"有个问题我一定要问。他是不是跟她有一腿？就是那个行政，你的闺密，她叫什么来着？"

"苏－琳？"

"对，"她说，"苏－琳。她和艾尔吉是不是——"

"很难说。"

那是我最后一次见到伯纳黛特。

我回到苏－琳家，为凯尔订了鹰巢训练营。

我查到，比伊已经去上寄宿学校了，又跟格温·古德伊尔确认了这个消息，然后把信封加文件一起寄到乔特，写着比伊收，没写寄件人地址。

我刚刚得知，伯纳黛特最后去了南极，并且消失在那片大陆的某个地方。有关方面进行了调查，从相关文件可以看出，他们希望大家接受的结论是，伯纳黛特喝醉了，从船上掉了下去。我一点儿都不信。但我担心她可能想让我给比伊传什么话。沃伦，我知道，一下子告诉你这么多事情，你肯定也很难接受。但是请你赶快回家，看看有没有伯纳黛特的音信。

> 爱你
>
> 奥黛丽

*

沃伦·格里芬的传真

亲爱的：

我太太太为你骄傲了。我已经到家了。很遗憾，没有伯纳黛特的音信。盼着这周末和你见面。

> 爱你
>
> 沃伦

一月二十八日　星期五

苏‑琳的传真

奥黛丽：

我在"受反受"被人"火烧幻想"了。他们说，我必须要"哭写"之后自己读一遍，才能再去参加聚会（"哭写就是把自己的事情写下来，加个'哭'字，有种自嘲的幽默，也是提醒自己不要忘记"）。"受反受"的成员都写过这个，就是要总结受虐过程中自己的责任。要是总结的过程中发现自己又开始陷入受害者思维了，就要自己跳出来"火烧幻想"。我刚刚花了三个小时"哭写"。你有兴趣的话可以看看。

*

苏‑琳·李‑西格尔的哭写

做艾尔吉的行政，一开始并不顺利，但后来我们的工作关系越来越融洽。艾尔吉提出看似不可能完成的任务，我来出色地执行。我能感觉得到，艾尔吉很赞赏我的能干利落。很快，我们就配合得天衣无缝。我发挥着这辈子最出色的工作能力，艾尔吉表扬我、鼓励我。我觉得我们逐渐相爱了。

（暂停认清现实：是我爱上了他，艾尔吉没有爱上我。）

那天，他邀请我一起吃午饭，讲了他老婆的事情，说一切都变了。他可能不懂这其中的人情世故，你不应该向同事，尤其是异性的同事抱怨配偶的事情，但我肯定是懂的啊。我不想卷进去。但我俩的孩子是同校同学，所以工作和私人生活的界限早已经模糊了。

（暂停认清现实：艾尔吉开始抱怨他老婆时，我应该礼貌地终止谈话才对。）

然后伯纳黛特卷入了一起电脑黑客犯罪事件。艾尔吉很生气，还跟我讲了这件事。我以为这更证明了他对我的爱。一天晚上，艾尔吉本想在办公室睡觉的，我帮他订了贝尔维尤凯悦酒店的房间，并且亲自开车送他过去了。到酒店门口后，我叫停车小哥帮忙停车。

"你干什么？"艾尔吉问。

"我上去帮你收拾收拾。"

"真要这样吗？"他说。在我看来，他是默认了，当天晚上，我们终于要一解两人之间燃烧的欲望了。

（暂停认清现实：当时的我脑子完全不清醒，而且还在利用一个男人脆弱的情感。）

我们坐电梯来到他的房间。我坐在床上。艾尔吉踢掉鞋子，盖上被子，衣服一件都没脱。

"你能关下灯吗？"他问。

我关掉了床头灯。屋里一片漆黑。我就坐在那儿，欲火焚身，几乎喘不过气来。我小心翼翼地把腿抬到床上。

"你要走了吗？"他问。

"不走。"我说。

过了好几分钟。我脑子里还想得起艾尔吉躺在床上的样子。透过黑暗，我能大概看到他的头，双臂压在被子上，双手握拳托着下巴。又过了一会儿。他显然是在等我主动。

（暂停认清现实：哈哈哈！）

我伸手往大致的方向去摸他的手。然后手指碰到了湿湿软软的东西，接着又碰到硬硬的东西。

"呃呃呃——"艾尔吉说。

我把手杵到他嘴里了，他条件反射地咬了我。

"哎呀，"我说，"对不起！"

"是我对不起，"他说，"你的——"

232

他在黑暗中摸索我的手，摸到以后放在胸上，然后又伸出一只手盖在上面。有进展了！我尽量把呼吸放轻，等着他发出信号。又过了很久很久。我用大拇指轻轻摩擦着他的手，真是太可悲了，还想擦出点火花，但他的手很僵硬，一动不动的。

"你在想什么？"我终于忍不住，开口说话了。

"你真想知道吗？"

我都要激动疯了。"你想说我就想听。"我觉得自己就像一只小猫，温柔无害地戏谑着他。

"联调局那个档案里面，最让我痛苦的，就是伯纳黛特写给保罗·杰利内克的那封信。我真想时光倒流，告诉她，我想要了解她。要是我那么做了，可能现在就不会躺在这儿了。"

谢天谢地屋子里是一片漆黑啊，不然我眼前肯定是天旋地转。我起身，下楼，开车回家。在520桥上我没有漫不经心地开进河里，也是幸运了。

第二天，我去上班。艾尔吉要在公司外面找个地方和一个心理医生演练他老婆的干预会。他弟弟要从夏威夷飞过来。我就继续做我的事，脑海里还固定地幻想着那种烂俗的桥段，门口突然出现一束花，后面是一脸羞愧的艾尔吉，当着所有人的面宣布他爱我。

一下子就到下午四点了，我终于明白，艾尔吉是不会来上班的了！而且，明天就是干预会了。后天他就要去南极了。所以我们有好几个星期都不能见面！他没有打电话来，没有任何音信。

我帮艾尔吉配了一台旅途上可以用的平板电脑。回家路上，我顺便把电脑带去了他弟弟住的酒店。我还在那家酒店帮艾尔吉订了接下来两晚的房间。

（暂停认清现实：本来可以让别人带去的，但我太想见到他了。）

我把包裹放在前台，突然听到有人叫我："嘿，苏－琳！"

是艾尔吉。单是听他叫我一声，我就神魂颠倒，充满了希望。他和他弟弟邀请我一起吃晚饭。我还能拒绝吗？我整顿饭都吃得目眩神迷。当然部分原因是范一直在点龙舌兰，说这个酒"不上头"。两兄弟讲他们小时候的故事，我这辈子都没笑过那么厉害。有时我和艾尔吉四目相交，我们会多看对方一会儿再低下头。吃完晚饭，我们散步到酒店大堂。

有个叫莫里西的歌手当天也住在酒店，一群狂热的年轻粉丝聚在一起，想见见偶像。他们举着莫里西的海报、唱片和一箱箱巧克力。空气中充满了爱情的味道！

艾尔吉和我找了张长椅坐下来，但范要上楼睡觉。电梯门一关上，艾尔吉就说："范也没那么烂，是吧？"

"他很好笑。"我说。

"伯纳黛特觉得他就是个总想找我要钱的大废柴。"

"这话也不假。"我说。艾尔吉被我惹得哈哈大笑。接着我把平板电脑递给他："这个别忘了给你。我叫吉奥专门设置了一下，要看完一个幻灯片才能启动。"

幻灯片开始放了。是我收集的艾尔吉的照片，记录了他在微软的这些年：他在礼堂展示自己的工作成果；他和萨曼莎一代机器人一起时的抓拍；保罗·艾伦还在任上时，他在高层野餐会上和马特·哈塞尔贝克[1]一起玩橄榄球；他接受技术成就奖。还有的照片上，三岁的比伊坐在他的膝头。那时候比伊刚刚出院，还能从她裙子的胸口那里看到绷带。还有一张是她在公司的托儿所，腿上还有撑子，因为之前在病床上躺得太久了，小屁股动起来都不太灵活了。还有那张著名的"E狗"照，艾尔吉脖子上挂

---

① 马特·哈塞尔贝克（Matt Hasselbeck），美国橄榄球名将。

着金链子和一个很大的表，做着饶舌歌手的动作。

"你每天都能看到这些，对我来说很重要，"我说，"这样你就知道，在微软你还有个家。我知道这和真正的家不一样。但我们这些家人也爱你。"

（暂停认清现实：我把其中几张照片里的伯纳黛特给切掉了，还在里面悄悄塞了一张自己坐在办公桌前的照片，我还专门修过图，让自己看起来满脸都在发光。）

"我不会哭的。"艾尔吉说。

"你可以哭。"我说。

"我可以，但我不会。"我们就这样对视着，微笑着。他突然笑出声来，我也哈哈一声。未来一片光明，在我们面前展开着美好画卷。

（暂停认清现实：那是因为我们都喝醉了。）

接着就下雪了。

四季酒店的墙板很薄，一层层的好像法式千层饼。艾尔吉的外套被墙的边缘刮了个洞，里面的羽毛漏出来，在我们身边旋转飞舞着。莫里西的粉丝们狂热地挥着手，唱起偶像的歌，好像是什么"我将穿越冰雹风雪……"听着这歌，我想起自己特别喜欢的一部电影——《红磨坊》!

"我们上去吧。"艾尔吉牵起我的手。电梯门一关上，我们就接吻了。吻完了，我说："我还一直在想，跟你接吻是什么感觉。"

我们做爱做得挺尴尬的。艾尔吉明显是想快点完事，敷衍之后就睡着了。第二天早晨，我们急急忙忙地穿好衣服，两人都低头盯着地板。他把车子借给范了，所以我又把他送回了家。然后伯纳黛特就突然走进门了，我们开始她的干预会。

伯纳黛特到现在还是不见人影，我又怀孕了。酒店的那个晚上，是我们的初夜，也是最后一夜。真是可悲。艾尔吉保证说，一定会照顾我，照顾孩子。但他不愿意和我住在一起。有时候我觉得，可能就是给他时间，慢慢来吧。他不是喜欢看总统传记吗？我自己的儿子就叫林肯，以伟大的总统命名的。他不是热爱微软吗？我也热爱微软。我们真的很合拍。

（暂停认清现实：艾尔吉永远不可能爱我，因为我从根子上欠缺他那种智慧和成熟。他永远不可能像爱比伊那样爱我们这个还未出生的孩子。他是想用这个新房子把我收买了，让我闭嘴。我就顺水推舟，照单全收好了。）

二月二日　星期三
苏 - 琳的传真

奥黛丽：

我去了"受反受"，读了我的"哭写"，结果又被"火烧幻想"了！你要是在场，看这么愤怒的一群人指责我这么个可怜又痛苦的家伙，还以为是在看《科学怪人》呢。

我还自以为这个"哭写"已经非常坦诚了呢。但大家都说，里面充满了自怨自艾。

我为自己辩解说，因为我怀孕了，所以再次成了艾尔吉的受害者。我不该这么说的。因为在"受反受"，是没有"再受害"这一说的，如果我们真的再受害了，那是我们自己愿意去受害，所以这样就有了新的施虐者，就是我们自己，所以严格来讲，是不存在"再受害"的。但我说，现在我肚里的孩子成了艾尔吉的受害者，这说明产生了新的受害者，还不是一样的？结果他们竟然直截了当地说，是我在对自己的孩子施虐。我本来都要被说服了。结果又有人跳出来说，因为这是艾尔吉的孩子，所以其实是我在虐待艾尔吉。

"你们这算什么支持小组啊？"我爆发了，"让我来说谁是受害者。就是我。施虐者呢，是你们。你们这些躲在教堂地下室的虐待狂！"我冲了出去，买了点冰激凌，然后跑到车上边吃边哭。

那一天的高潮就是这样。

我回到家才想起那天是艾尔吉每周来吃晚饭的日子。他已经在家了，在辅导林肯和亚历珊德拉的功课。我走之前做好了千层面，孩子们已经把面放进烤箱，桌子也摆好了。

一开始，艾尔吉不怎么接受家庭晚餐这事儿，但现在他好像挺喜欢的。我跟你再爆个料：伯纳黛特不做饭，她每天都是点外卖。吃完以后，她连碗盘都懒得洗。真的。他们家餐厅的桌子有那种大抽屉，伯纳黛特想出了什么好主意呢，就是打开抽屉，把那些脏碗盘、脏餐具都堆进去，然后关上。第二天，钟点工上门来把那些抽屉清空，然后把碗盘都洗干净。你听过有人这么活着的吗？

我正往沙拉碗里倒生菜，艾尔吉小声说："我把船长报告和律师的信都转发给你了。你看了吗？"

"你问我干吗呢？"我把沙拉碗和酱瓶重重地放在桌上，"你又不在乎我怎么想。"

前门突然"砰"的一声打开了，比伊像一阵旋风一样冲了进来，手里挥舞着哈姆森先生的信和船长报告。"你希望妈妈已经挂了？！"

"比伊——"艾尔吉说，"这些东西你怎么拿到的？"

"就在家里的信箱里。"她狠狠地跺着脚，推着艾尔吉的椅背。"别的我都受得了！但是怎么大家都想证明妈妈已经死了呢？"

"那不是我写的，"艾尔吉说，"他们这么说，只是因为不想吃官司。"

"要是妈妈回来了，发现你在和她讨厌的人吃晚饭，还高兴得不行，怎么办？"

"如果真是那样，那应该是她要好好解释清楚才对。"我说。好吧，好了，好了，我知道，我不该多嘴，不该多嘴的。

"你这个'烦人精'！"比伊转过身朝我尖叫，"就是你，你觉得她死了最好，这样你就能跟爸爸结婚，花他的钱！"

"对不起，"艾尔吉说，"她一时伤心，说的都是气话。"

"我伤心，是因为你是个浑蛋！"比伊对艾尔吉说，"你被这个小野洋子①给下了咒了！"

"林肯、亚历珊德拉，"我说，"到地下室看电视去。"

"她说的肯定是气话。"艾尔吉还想安慰我。

"你就知道吃，你吃啊，吃个够吧！"比伊咬牙切齿地朝我说。

我一下子没忍住，眼泪都涌出来了。是的，她还不知道我怀孕了。但我之前跟你讲过的，我晨吐很严重，很难受啊，奥黛丽。不知道为什么，光吃法式吐司已经不够了。有天晚上我醒过来，特别想往上面抹海盐焦糖冰激凌。我就去买了一盒，开始做法式吐司海盐焦糖冰激凌三明治。真的太好吃了，我应该去注册个商标，拿出去卖，肯定火爆，真的。昨天维拉尔医生叫我最好克制一点，不然孩子生出来身体糖分太高了，会太胖。我哭一哭又怎么了。我流着泪，跑到楼上，扑到床上哭起来。

大概过了一个小时，艾尔吉来了。"苏－琳，"他说，"你还好吗？"

"不好！"我吼道。

"真的很抱歉，"他说，"我为比伊说的话抱歉，为伯纳黛特抱歉，为孩子抱歉。"

"你为孩子抱歉？！"我的眼泪又涌出来了。

"我不是那个意思，"他说，"这些都太突然了。"

"只是你觉得突然而已，因为伯纳黛特总是流产。而我这种健康的女

---

① 小野洋子，日本歌手，先锋艺术家，甲壳虫乐队主唱约翰·列侬的妻子，很多人认为该乐队解散，小野洋子应该负主要责任。

性，只要跟男人做爱，就会怀孕啊。"

漫长的沉默。艾尔吉最终还是开了口。"我答应比伊，跟她一起去南极。"

"你知道我去不了啊。"

"就我和比伊，"他说，"她觉得去了那儿，就能得到解脱。她很想去。"

"所以，你肯定就照办咯。"

"这是让比伊愿意和我相处的唯一办法，我很想她。"

"尽管去好了。"

"你真是个很棒的女人，苏－琳。"他说。

"我的妈呀，谢谢夸奖。"

"我知道你想听什么，"他说，"但是想想我经历过的事情，以及正在经历的事情，你真的希望我说连自己都不确定的话吗？"

"想！"自尊是什么，我已经完全不管不顾了。

"本季最后一趟南极之旅是在两天后，"再开口时，他说的是这个，"船上还有房间可以订。我们还有积分，不用就过期了，很多钱的。而且我欠比伊这个旅行。她是个好孩子，苏－琳，真的是个好孩子。"

所以，就是这样了。艾尔吉和比伊明天启程去南极。反正我是觉得这整件事情就是个彻头彻尾的悲剧。但我的看法又有什么要紧呢？我就是个土生土长的西雅图秘书而已。

爱你

苏－琳

第六章

白色大陆

PART 06

The White Continent

清晨六点，我们到了圣地亚哥。我还从来没坐过头等舱呢，都不知道每个座位都是独立的，按个键就能变成一张床。我把座位完全放平了，空姐就拿来一床松软的被子给我盖上。我肯定是笑了，因为爸爸从座位上看过来，对我说："可别太习惯了哦，这种好事不常有的。"我回给他一个微笑，但马上又想起我还在讨厌他呢，就立刻套上眼罩。这也是飞机上提供的，里面有亚麻籽和薰衣草，放进微波炉里热一下，像吐司一样热乎乎的，戴上以后呼吸都放松了。我一觉睡了十个小时。

机场的出入境排了很长的队。但有个警官朝我和爸爸挥挥手，解掉一条链子，让我们直接走到一个空闲的窗口，那是专门帮带小孩的家庭办理手续的。一开始我还有点儿生气，因为我都十五岁了啊！接着又想，好吧，这有什么啊，不就是装可爱吗？

窗口那个人穿着一身军队制服，拿着我们的护照看了好久好久。他还一直抬头瞟我，又看看护照。抬头，低头，抬头，低头。我想，肯定是因为我那个倒霉的名字。

他终于开口说话了："我喜欢你的帽子。"是普林斯顿老虎队的棒球帽，他们给妈妈送来的，想让她捐钱。"普林斯顿，"他说，"是一所美国大学，和哈佛一样。"

"比哈佛好。"我说。

"我喜欢老虎。"他用手掌压住我俩的护照，"我喜欢那顶帽子。"

"我也喜欢。"我用手掌托住下巴，"所以我才戴着呢。"

"比伊，"爸爸说，"把帽子给他。"

"欸？"我说。

"那顶帽子，我很喜欢。"那人很同意爸爸的建议。

"比伊，给他好了。"爸爸抓住我的帽子，但我的马尾辫从中间穿了过去，取不下来。

"这是我的帽子！"我伸出双手按住帽子，"妈妈给我的。"

"她都扔进垃圾堆了，"爸爸说，"我再给你买一顶。"

"你喜欢自己去买啊！"我跟那个人说，"网上就能买到。"

"我们帮你上网买一顶。"爸爸说。

"我们不买！"我说，"他这么大个人了，有工作，还配枪，他喜欢就自己买。"

那人在我们护照上盖了章，递过来，耸耸肩，好像在说：只是试试嘛。我们取了行李，跟着人流走到机场主厅，有个导游看到我们行李上系的蓝白丝带，马上走上来打招呼，叫我们等同团的人办出入境。看来要等好一会儿了。

"天底下没有白吃的午餐啊。"爸爸说。他说得很有道理，但我装作没听见。

陆续来了一些系着蓝白丝带的人。这些就是我们的团友了。大多数是老人，脸上布满皱纹，衣服却熨烫得没有一丝褶皱。还有他们的摄影装备！这些人互相围着，就跟卡其色的孔雀似的，展示着自己的镜头和相机。在显摆的间隙，他们拿出鼓鼓囊囊的密封袋，里面装着果干，抓几块放进嘴里。我发现他们偶尔会好奇地瞥我一眼，可能是因为我年纪最小吧，然后他们就会朝我特别友好特别慈祥地微笑。有个人盯我盯得太久了，我忍不住了，脱口而出："要不你拍张照吧，想看多久就看多久。"

"比伊！"爸爸夸张地制止我。

有件事儿很好笑：在某个没有窗户的房间旁边，有个标志，尖尖的屋顶下面跪着个棍子小人。这是全球通用的教堂标志。守卫、餐厅员工和出租车司机都会进去祈祷。

上了大巴，我等爸爸先找到个座位，我再找一个其他座位，就不想跟他挨着。通往市中心的高速公路是沿河而建的，河岸边散落着一些垃圾：苏打水罐子、矿泉水瓶子、很多塑料制品，刚刚丢掉的吃剩的食物。垃圾堆里有小孩子在踢球，和脏兮兮的狗一起跑来跑去，甚至还有蹲着洗衣服的。看着真令人厌恶，你们就没有一个人能捡捡这些垃圾吗？

大巴开进隧道，导游站在车的最前面，打开扩音喇叭，开始热情介绍这条隧道是什么时候建成的，当时是谁中了修隧道的标，花了多长时间，是哪个总统批准的，每天隧道车流量是多少，等等。我一直等着他说这隧道到底有多伟大，比如说，可能有自净功能，或者是用回收的瓶子做的。但他都没说，这就是条普普通通的隧道。不过，你还是情不自禁地为这位导游高兴，感觉无论遇到什么倒霉事，他心里永远装着这条隧道。

酒店到了，像个旋转上升的混凝土柱子。我们进了专门的会议室，一位奥地利女士帮我们办了入住。

"我们房间里一定要有两张床。"我说。发现爸爸和我整个旅途中都要住同一个房间时，我真是吓坏了。

"嗯，有两张床的，"那位女士说，"你的卷收好，可以拿着这个去市区观光，还可以在机场转机。"

"我的什么？"我问。

"你的卷。"她说。

"我的啥？"

"你的卷。"

"什么卷啊？"

"券，"爸爸说，"小孩子别这么嘴贱。"但我确实不知道这女的在说什么啊。不过，这一路上我基本都是个小贱人，所以就让爸爸说我这么一回也无妨。拿了门卡，我们来到房间。

"市区观光感觉不错哈！"爸爸说。看他戴着眼罩，又那么急于讨好人，你几乎觉得对不起他了，但你马上又会想起来，这一切都是因他而起，因为他想把妈妈关进精神病院。

"是啊！"我说，"你想去玩儿吗？"

"想！"他说，一副充满希望又深受感动的样子。

"那祝你玩儿得开心。"我抓起背包就向泳池走去。

乔特很大很宏伟，老楼的墙上爬满了常青藤。巨大的草坪上覆盖着白雪，纵横交错的脚印走出一条小路。草坪之中点缀着很多美丽的现代建筑。我对这个地方本身一点儿意见也没有，只是乔特的人也太奇怪了吧。我的室友萨拉·怀亚特，一开始就不喜欢我。我想应该是放圣诞假的时候，她还一个人住这个双人间呢，但是放完假回来，她却突然有了室友。乔特的人都喜欢"拼爹"。她爸爸在纽约有很多大楼呢。每个同学，我没开玩笑，用的都是苹果手机，大多数人有 iPad，每个人用的电脑都是 Mac。我说爸爸在微软工作，他们就公然嘲笑我。我用的是 Windows 电脑，听音乐也用微软的 Zune 播放器，就会有人用最不怀好意的语气问我：这是什么鬼？就像我刚刚掏出来的是一坨臭烘烘的便便，还往里面插了耳机。我跟萨拉说，我妈妈是个著名的建筑师，得过"麦克阿瑟天才奖"。萨拉说："她才没有呢。"我说："她肯定得了的，不信你查。"但萨拉·怀亚特没有查，她就是这么看不起我，不尊重我。

萨拉留着一头浓密的直发，穿着昂贵的衣服，也总是喜欢跟我叨叨哪件衣服多少钱，是什么品牌。只要我说哪个品牌，以前没听说过，她就会轻轻地哼那么一声。她最好的朋友玛拉住在楼下，话特别多，嘴巴总是停不下来。我想，她算是挺有趣的一个人吧，但她情绪总是不好，所以脸上到处冒痘，还抽烟，还遭了留校察看处分。她爸爸是洛杉矶的电视导演，所以她经常滔滔不绝地讲自己在洛杉矶有多少朋友，他们的爸妈都是哪些名人。她在那儿喋喋不休地说布鲁斯·斯普林斯汀[①]有多酷，大家都围过来听，一脸崇拜的样子。我心里就想，布鲁斯·斯普林斯汀本来就很酷啊，不用玛拉来告诉我。我是说盖乐街虽然总是飘着股三文鱼的味道，至少那儿的人都是正常的啊。

然后，有一天我去开邮箱，就看到那个信封了。没有寄件人地址，都是大写字母，笔迹很陌生，不是妈妈写的，也不是爸爸写的。里面也没有说是谁寄的，所有的东西都是跟妈妈有关的文件。这下一切都感觉好多了，因为我开始写我的书了。

不过，有一天下了课，我一回到宿舍，就感觉出了什么事。我们的宿舍楼叫"家园"，是校园正中间的一所旧旧的小房子。楼前有块牌子写着：乔治·华盛顿曾经在这里住过一晚。哦，忘了说了，萨拉身上有股奇怪的味道，有点像小婴儿用的那种爽身粉，但是那种让你不仅不爽反而想吐的爽身粉味道。肯定不可能有哪种香水是这个味道吧，我也从来没见过她用什么爽身粉。直到今天我都不知道那到底是什么味道。好了不重要。我打开楼门，听到楼上传来急匆匆的跑步声，就跑上了楼，然而我们房间空无一人，但是能听到萨拉在卫生间发出的声音。我坐在自己的桌前，打开电脑，然后，我就闻到了那股味道。恶心的爽身粉味道，飘浮在我桌子周围的空气中。真的很奇怪，因为萨拉之前大张旗鼓又郑重其事地把房间分成了两半，并且严格规定了我们互相不能越过那条隐形的界线。就在那时，她从我身后冲到门边，

---

① 布鲁斯·斯普林斯汀（Bruce Springsteen），美国摇滚歌手、词曲作家。

冲下了楼，门"砰"的一声，萨拉就已经走到外面的街角，等着过榆树街了。

"萨拉。"我站在窗口喊她。

她停下脚步，抬头看我。

"你去哪儿？没事儿吧？"我担心是不是她爸爸的哪栋楼出了问题。

她一副没听见我说什么的样子，径直往基督街走。这非常奇怪，因为我知道她要上壁球课，不在那边上啊？她也没有转身去希尔楼或者图书馆。图书馆那边只有一栋楼了，就是阿奇博尔德，那是主任们的办公楼。我去上了舞蹈课，再回宿舍的时候，还是想跟萨拉聊聊。结果她根本看都不看我一眼。那天晚上她在楼下玛拉的房间里过的夜。

几天以后，语文课上到一半，莱恩老师叫我立刻去杰赛普先生的办公室报到。萨拉和我一起上的语文课，我当时本能地朝她看。她马上就低下了头。我立刻就知道了，是这个身上有着奇怪味道，总是穿着瑜伽裤，戴着巨大钻石耳环的纽约女生出卖了我。

爸爸已经在杰赛普先生的办公室了。他跟我说，我最好从乔特退学。看着杰赛普先生和爸爸你一句我一句的交谈真是好玩。每句话的开头都是"因为我特别关心比伊"或者"因为比伊是个特别优秀的姑娘"或者"为了比伊好"。他们商量好，我从乔特退学，学分继续有效，这样我明年可以进湖岸中学。（哦，那我应该是被湖岸中学录取了吧？谁知道呢？）

到了走廊上，只剩下我和爸爸，以及作家约翰·西蒙的铜胸像了。爸爸说要看我的书，这可没门儿。我倒是给他看了看装文件的信封。他问："这是从哪儿来的？""妈妈。"我说。但信封上的字不是妈妈写的，他认得出来。"她干吗寄这个给你？"他问。"因为她想让我知道。""知道什么？""真相。反正你肯定不会告诉我。"爸爸叹了口气，说："唯一的真相，就是现在你看了你在这个年龄还不可能懂的东西。"

从那个时刻开始，我就下定决心：我讨厌他。

一大清早，我们就从圣地亚哥坐包机，飞到了阿根廷的乌斯怀亚。这小小的城里，房子墙上都刷着石膏，我们坐着大巴穿梭在街上。民房的屋顶是西班牙风格的，院子里都是泥巴地，还有生锈的秋千。到了码头，有人招呼我们走进什么棚子，被整整一面墙的玻璃分隔开来。这里是出入境，所以肯定要排队啊。很快玻璃墙的另一边就挤满了一群老人，精心地穿了旅游的衣服，背着背包，上面系着蓝白色的丝带。这群人是刚刚下船的，就是我们要坐的那艘船，这些老爷爷老奶奶就像从未来旅行归来后的我们。他们隔着玻璃朝我们竖起大拇指，看口形是在说：你们会喜欢的，根本想不到有多棒，能来这一趟真是幸运！然后我们这边的人就都开始骚动起来，都在说：啊，巴兹·奥尔德林、巴兹·奥尔德林、巴兹·奥尔德林①。那边有个看着有点儿好斗的小个子男人，穿着短款飞行员皮夹克，上面贴满了 NASA 的标志，胳膊肘弯着，好像很想打架的样子。他脸上的笑容很诚恳，一直坚定地站在玻璃那边，我们团的人就站在他旁边不停地拍照。爸爸也给我和他拍了一张合影。我要跟肯尼迪说，这是我去看坐牢的巴兹·奥尔德林时拍的。

从乔特退学以后回到西雅图，是个星期五，我就直接去了青年团，刚好碰到他们在玩一个叫《饥饿的小鸟》的愚蠢的游戏。大家分成两组，鸟妈妈要用红甘草糖当吸管，从碗里吸起爆米花，然后送到小鸟们那儿去，喂它们吃。我的天哪，肯尼迪竟然在玩儿这么幼稚的游戏。

---

① 巴兹·奥尔德林（Buzz Aldrin），美国飞行员，美国航空航天局（NASA）的宇航员。执行过第一次载人登月任务"阿波罗 11 号"，他是继尼尔·阿姆斯特朗之后第二个登上月球的人。

我就一直站在旁边看，直到他们看见了我，突然就安静下来。肯尼迪甚至没走过来迎接我，倒是卢克和梅给了我大大的基督式拥抱。

"你妈妈的事，我们很遗憾。"卢克说。

"我妈妈没事。"我说。

沉默的空气更僵硬了，然后大家都看着肯尼迪，因为她是我的朋友。但我看得出来，她也害怕我。

"我们把游戏做完好啦，"她看着地板说，"我们队领先呢，十比七。"

护照上盖好了戳，我们就出了棚子。一个女的叫我们顺着白线去找船长，他会迎接我们上船。一听到"船长"这个词，我就撒腿向由一片片木板拼成的码头上迅速跑起来，我明白，不是我的腿在跑，是心里那股兴奋劲儿推着我呢。下了几级台阶以后，就看到了他，穿着海军制服，戴着一顶白色帽子。

"您是奥尔多夫船长吗？"我说，"我是比伊·布朗奇。"他笑了，明显不太明白我在说什么。我喘了口气，说："伯纳黛特·福克斯是我妈妈。"

然后我看到了他的名牌，"豪尔赫·万利拉船长"，下面还写着"阿根廷"。

"等等——"我说，"奥尔多夫船长呢？"

"啊，"这个冒牌船长说，"奥尔多夫船长啊。他是之前那班船的。他现在在德国。"

"比伊！"爸爸上气不接下气地追过来了，"你怎么能一下子就跑开了呢？"

"不好意思。"我的声音都哽咽了，只好闭嘴忍着眼泪，"我看了好多'爱兰歌娜号'的照片，现在亲眼看到了，让我感到一种解脱。"

我撒谎了。怎么可能看到一艘船就解脱了呢？不过，从乔特那件事之后，我很快发现，只要以"解脱"的名义，爸爸什么都会依我。我可以睡在妈妈的房车里，不用去上学，甚至还能来南极。我个人觉得，"解脱"这个事儿可真是说不过去，因为"解脱"就意味着我想忘掉妈妈。其实呢，我是来南极找她的。

　　我们进了船舱，发现行李已经放在里面了。我和爸爸各有两件：行李箱，装着平时穿的衣服；另外有个大行李袋，是探险用具。爸爸马上开包收拾起来。

　　"好啦，"他说，"我用上面两个抽屉，下面那两个归你。衣柜这边归我。啊！太好了，卫生间也有两个抽屉，我就用上面那个。"

　　"你不用把你干的每件无聊事都说一遍。"我说，"又不是奥运会打冰壶，你只不过是在收拾行李而已。"

　　爸爸指着自己："你看清楚，我就是不理你。专家告诉我要这么干，所以我就这么干。"他坐在床上，把大行李袋拖到双腿之间，"嗖"的一声干净利落地把拉链拉到底。我最先看到的是他用来冲洗鼻腔的瓶子。我的天，爸爸每天干这个的时候，我绝对不能跟他待在这个小房间里。他把瓶子拿出来，塞进抽屉里。然后继续收拾着。"啊，啊！"

　　"又怎么了？"

　　"这是个旅行加湿器。"他打开一个盒子，里面有个机器，大概有个小麦片盒子那么大。然后他脸都扭曲了，转身对着墙。

　　"怎么啦？"我说。

　　"我叫妈妈给我买一个，因为南极的空气特别干燥。"

　　我的眼睛瞪得有圆盘那么大，心想：天哪，要是爸爸这一路一直哭哭啼啼，可能来这一趟也不是什么好主意。

　　"好的，女士们、先生们，"谢天谢地，天花板上的扩音器里传来伴着电流的新西兰口音，"欢迎大家登船。安顿好以后，欢迎到沙克尔顿酒吧参加欢迎会，我们准备了鸡尾酒和小餐点。"

"我要去。"我冲出门，让爸爸一个人哭去吧。

我换牙的时候，每掉一颗，牙仙^①就送我电影光碟。最早的三盘是《一夜狂欢》《甜姐儿》和《娱乐春秋》。后来，我左边的门牙掉了以后，牙仙送了我《世外桃源》，这成了我最最喜欢的电影。电影里最棒的就是全新的迪斯科旱冰场地、闪闪发光的金属、油光锃亮的木头、舒服的天鹅绒座位和铺了长绒毛毯的墙壁。

沙克尔顿酒吧就是这个样子，另外还从天花板上吊了几个纯平电视，还有能看到外面的窗户。我一个人包了场，因为别人都还在收拾行李呢。服务员在桌上放了薯条，我一个人狼吞虎咽了一篮子。几分钟后，一群人溜达到酒吧来了，他们都晒得很黑，穿着短裤、脚蹬"人"字拖、戴着名牌。原来他们都是船上的工作人员，一群向导。

我走到他们那边。"能问个问题吗？"我对其中一个叫"查理"的人说。

"当然。"他往嘴里扔了颗橄榄，"问吧。"

"圣诞节之后马上出发的那趟，你在吗？"

"没有，我是一月中旬才开始的。"他又往嘴里送了几颗橄榄，"怎么啦？"

"不知道您知不知道那趟船上有个乘客，叫伯纳黛特·福克斯。"

"那我就不知道了。"他往手上吐了些橄榄核。

有个和他晒得一样黑的向导，名牌上写着"弗洛格"，问："什么问题？"听口音是澳大利亚人。

---

① 牙仙，是欧美西方国家传说中的精灵。传说，小孩子换乳牙之后，只要把掉落的牙齿放在枕头下面，晚上牙仙就会来取走牙齿，换成一个金币，象征着小孩要换上恒牙，变成大人。

"没什么。"查理说，微微摇了摇头。

"新年那趟船你在吗？"我问弗洛格，"船上有个女人叫伯纳黛特——"

"就是自杀的那个？"弗洛格说。

"她没有自杀。"我说。

"没人知道到底怎么回事。"查理边说边朝弗洛格瞪了瞪眼睛。

"爱德华在的。"弗洛格伸手去抓碗里的花生。"爱德华！那个女的跳海的时候你就在船上嘛。新年那一趟。我们还在说呢。"

爱德华有个大圆脸，看着像西班牙人，说话却是一口英伦腔。"我想他们应该还在调查。"

一个女人，顶着一头高耸的黑色卷发，也加入了谈话。她的名牌上写着"凯伦"。"你在那趟船上啊，爱德华？——哎呀！"凯伦尖叫起来，往一个碗里吐了点儿米黄色的黏糊糊的东西，"什么东西啊？"

"妈的，是花生碗啊？"查理说，"我把橄榄核吐到里面了。"

"可恶，"凯伦说，"我好像崩坏了一颗牙。"

然后不知怎么地大家就七嘴八舌起来："我听说她来这儿之前是从精神病院逃出来的。""我崩了颗牙。""怎么能让这种人上船呢？我就纳闷儿了。""这是你的牙啊？""只要交得起两万块，牛鬼蛇神都上得来。""你他妈的！""哎呀，不好意思。""谢天谢地她是自杀，万一她杀了某个乘客，或者杀了你爱德华——"

"她没有自杀！"我尖叫道，"她是我妈！绝对干不出那种事儿。"

"她是你妈妈啊，"弗洛格小声说，"我又不知道。"

"你们什么都不知道！"我踢了一脚凯伦的椅子，但没踢动，因为椅子是固定在地板上的。我从后门的楼梯气冲冲地走了，但忘了房间号码，甚至都不记得我们到底在哪层甲板上了。于是我就一直在可怕又狭窄的走廊里，低矮的天花板下走啊走啊，到处都飘着一股柴油的臭味。终于，有扇门开了，是爸爸。

"你在这儿啊！"他说，"一起上楼去参加欢迎会吧？"

我侧身躲过他，冲进房间，摔上门。我还以为他会进来，结果没有。

我在上幼儿园以前，还有刚上幼儿园那一阵，皮肤都时不时地泛着蓝色，因为心脏有毛病。大多数时候基本上看不出来，但有时候还挺严重的，这个时候就又该做手术了。有一次，我做房坦手术之前，妈妈带着我去了西雅图中心，我跑到那个巨大的音乐喷泉里面去玩儿。我整个人脱得只剩下小内裤，在那个很陡的边缘上跑上跑下，想躲过不断向外喷射的水花。有个年纪大点儿的男孩子指着我对朋友说："看，薇尔莉特·比尔盖德！"就是《查理和巧克力工厂》里面那个讨厌的女孩子，蓝莓口香糖吃多了，全身都变成了蓝色，还涨成了个大气球。我当时也胖乎乎的，因为他们给我打了很多类固醇，这是做手术的必要准备。我跑去找坐在边上的妈妈，把头深深埋在她胸前。"比伊，怎么啦？""他们说我是那个谁。"我尖声哭着。"那个谁？"妈妈搂着我，看着我的眼睛。"薇尔莉特·比尔盖德！"我好不容易说出口，眼泪又飙出来了。那些嘴贱的男孩子在附近围成一团，往我们这边看，希望妈妈不要跟他们的妈妈告状。妈妈朝他们喊道："还真是有创意呢。换我可想不出来。"我可以很肯定地说，那是我小小的生命里最快乐的一刻，因为那时候我就明白，妈妈永远是我坚强的靠山。我感觉小小的自己变成了一个巨人。我沿着水泥斜坡跑回喷泉去，跑得前所未有地快，要换作平时肯定会摔倒的，但我跑得很稳，一点儿也没倒，因为我的世界里有妈妈在呢。

我坐在小小的船舱里窄窄的床上。船的发动机发出"轰隆隆"的声音。广播里又响起那个新西兰人的声音。

"好啦，女士们、先生们。"他说。接着停顿了一会儿，好像要宣布什么坏消息，必须要先组织一下语言似的。然后，他又开口说话了，"向乌斯怀亚说再见吧，因为我们的南极大冒险就要开始啦！咱们的伊生大厨为大家准备了传统的'一路平安'餐，烤牛肉和约克夏布丁。大家可以在欢迎会之后去餐区享用。"

我肯定不可能去吃啊，去了就得跟爸爸坐在一起。好，那就开始行动吧。我把背包拽过来，从里面掏出船长的报告。

我的计划是，跟着妈妈的行踪一步一步追踪下去，我知道，我肯定能注意到什么的，就是别人都不会发现，只有我明白的线索。那到底是什么线索呢？我也不知道。

妈妈干的第一件事，是在上船几个小时后，在礼品店花了443.09美元。但是账单上面没有显示她买了什么东西。我往门外走，突然又想到，这是丢掉爸爸那个洗鼻器的绝好机会。我抓起洗鼻器，往船头走去。经过一个固定在墙上的垃圾箱时，我把洗鼻器放进去，又在上面盖了张纸巾。

我在通往礼品店的转角拐了弯，接着突然——啊，我开始晕船了。我只能尽量保持平衡，慢慢转身，走下台阶，一步一步，要多轻有多轻，因为我的身体就算有一点点的晃动，我都会吐出来。我没开玩笑，真是花了整整十五分钟才走下去。到了平台上，我又小心翼翼地来到走廊上。我想深呼吸，或者尽力去深呼吸，但是我全身的肌肉都绷紧了。

"小姑娘，晕船啦？"耳边响起一个声音。就连听到别人说话都让我想吐，就是这么严重。

我僵硬地转过身去，是个做杂务的阿姨。她把推车靠在一个扶手上。

"来，姑娘，拿着，治晕船的。"她递给我一个白色小包。

我一动不动地站着，眼睛都没法向下看。

"哎呀，你真的晕得很厉害啊，姑娘！"她递给我一瓶水，我只能看着，动弹不得。

"你在几号房？"她拿起我挂在脖子上的名牌看了看，"我来帮你，小姑娘。"

我的房间只隔了几个门。她用自己的钥匙开了锁，把门推开。我集中起全部的意志，一步一步慢慢地走过去。等我终于进了门，她已经拉上了百叶窗，床铺也整理好了。她往我手里放了两颗药，把开了盖子的水递给我。我盯着这些东西，一点力气都没有。但接着鼓起勇气数到三，心一横，就把药片吞下去了。然后我坐在床上。阿姨跪下来帮我脱掉靴子。

"外套脱了，裤子脱了，这样会好点儿。"

我拉开卫衣上的拉链，她扯着袖口帮我脱下来。我艰难地脱掉牛仔裤。没了衣服，我浑身冷得打战。

"现在你躺下，睡觉。"

我用尽全身力气，钻到冷飕飕的被窝里。我蜷起身子，呆呆地盯着墙上的木板。我胃里翻江倒海，就像爸爸办公桌上摆的那种不断转动的金属小球。这屋里就剩下我了，只听到发动机的轰鸣，挂钩互相碰撞发出的叮叮当当声，抽屉打开又关上的砰砰砰声。只剩下我和时间。就像那次我们去参观芭蕾舞表演的后台，我看到几百条挂着的绳子，一整排的监视器，以及贴了几千条灯光提示的灯控器。这一切都只是为了完成一个小小的转场。我躺在床上，仿佛看到了时间的后台，走得多么缓慢啊！好像由世间万物构成，又好像空无一物。四面都是墙，最底面铺着深蓝色的毯子，侧面是金属钢条和光滑的木头，然后是塑料的天花板。

我心想，这些颜色都好可怕，说不定我看着看着就死了。要闭上眼睛才行。但好像费多大劲儿也闭不上。所以我学着那个芭蕾舞台经理的样子，拉了拉脑子里的某一条绳子，再拉另一条，再拉五条，终于把眼睑拉得关上了。我张着嘴，可是什么也没说，只发出嘶哑的呻吟。如果能说出什么话，那将会是：怎样都行，就是别这样。

然后十四个小时就过去了，我看到桌上有爸爸留下的字条，说他在酒吧听关于海鸟的讲座。我从床上跳起来，腿又站不稳了，胃里又翻江倒海了。我拉开窗帘看外面，我们就像在一个洗衣机里面。我一个眩晕，又坐在床上了。我们正经过德雷克海峡。是该尽情观赏一下的，但我还要做正事儿呢。

船的走廊上有好多五颜六色的呕吐袋，弄成折扇的样子，夹在栏杆接轨的地方、洗手液自动贩卖机后面和门上的口袋里。船斜得厉害，我一只脚踩墙上，另一只脚踩在地板上。接待区特别宽敞，想走过去的话，也没有栏杆可以扶，所以他们拿绳子编了张蜘蛛网一样的网供人支撑。接待区只有我一个还有点儿人样，其他人都和晕船的动物一样，虚弱地躲在自己的小窝里，缩头缩脑的。我拉了拉礼品店的门，是锁着的。躲在柜台后面的一个女人抬头看了看我，她正在按摩手腕上的一个什么鼓包。

"你们营业吗？"我做口型问她。

她走过来，拉开下面的铁门闩。"你来买折纸的吗？"她问。

"哦？"我反问。

"日本乘客十一点要上个折纸课。你想参加的话，我们这里有纸卖。"

哦，那群日本游客啊，我知道的。他们一句英文也不会说，但带了自己的翻译。这个翻译每次要对他们宣布什么，就摇动一根小棍，上面系着丝带，还挂着一个毛绒企鹅。

船猛烈颠簸了一下，我摔倒在一篮子哈姆森 & 希思汗衫当中。我挣扎了一下，但根本爬不起来。"总是这么严重吗？"

"这算挺严重的了。"她又回到柜台后面去了，"水位上涨了九米多呢。"

"圣诞节的时候你在吗？"我问。

"我在啊。"她打开一个没贴标签的小罐子，伸了根手指进去，又开始揉另一个手腕。

"你在干吗？"我问。"罐子里是什么？"

"是治晕船的霜。没有这个霜，这船上的大伙儿都撑不下去呢。"

"ABHR 透皮霜？"我说。

"啊，你居然说对了。"

"会不会引起迟发性运动障碍啊？"

"哇，"她说，"你懂得倒挺多。医生跟我们说，剂量很小，根本不可能。"

"圣诞节那趟船上，有个女人，"我说，"十二月二十六日晚上，她在礼品店买了很多东西。我跟你说说她的名字和房间号，你能不能帮我查查小票，看她到底买了些什么东西？"

"嗯——"女人给了我个奇怪的眼神，我也不懂她什么意思。

"是我妈妈，"我说，"她买了四百多美元的东西。"

"你是和你爸爸一起来的吗？"她问。

"是啊。"

"那你先回房间去吧。我翻一翻小票。大概需要十分钟。"

我把我们的房间号告诉她，然后拉着那张绳子结成的网回到房间。房间里有电视，我本来挺开心的。结果打开一看，只有两个台，一个在放《快乐的大脚》，另一个在放《海鸟讲座》，就没那么开心了。门开了，我惊了一跳。是爸爸……身后跟着礼品店那个女的。

"波莉说你想看看妈妈的小票？"

"上头叫我们要跟你爸爸说，"她满脸惭愧地对我说，"我给你带了点折纸来。"

我朝她怒目而视，做出我的"库布里克脸"，然后重重地扑倒在床上。

爸爸看了波莉一眼，好像在说：交给我吧。门关了。爸爸在我对面坐下来。"昨天晚上的事，向导们觉得很抱歉，"他对着我的背说，"他们来找了我。船长又跟所有船员都说了。"他顿了好一会儿。"跟我说说话吧，比伊。我想知道你到底在想什么，有什么情绪。"

"我想找到妈妈。"我把头蒙在枕头里说。

"我知道你想，宝贝。我也想。"

我转过头："那你干吗去听那个什么鬼海鸟讲座？看你这样子，就好像她已经死了似的。你应该努力去找她啊！"

"现在吗？"他说，"在船上吗？"床头柜上摆满了爸爸的东西：眼药水，一边镜片上罩了眼罩的老花镜，一边镜片上罩了眼罩的墨镜，那些恐怖的用来架眼镜的东西，心率监测仪，还有一小管维他命，没事儿可以往舌头下面压一颗。我得坐起来跟他说话。

"在南极。"我把船长报告从背包里拿出来。

爸爸深吸了一口气。"你拿着那个干吗？"

"这个会帮我找到妈妈。"

"我们不是为这个来的，"他说，"我们来是因为你想解脱。"

"我是骗你的。"我现在很清楚，你对一个人说你骗了他，还想对方觉得没事，这基本是不可能的。但我太激动了，顾不了那么多了。"是你让我想到这个主意的，爸爸。你说那个什么哈姆森写的信只是律师为了不打官司才那么说的。你要是敞开心扉去看看船长的报告，就会发现，妈妈喜欢这里的生活。她过得很享受，开心地喝酒，每天都下船出去玩。所以她决定要留下。她还给我写了封信讲这件事，不让我担心。"

"不如我说说我是怎么理解的？"爸爸说，"我从报告里看到的是个独来独往的女人，晚饭的时候一个人能喝一整瓶红酒，然后还喝了更烈的酒。这可不是什么享受，是要把自己喝死。嗯，妈妈肯定是给你写了封信，但里面全是各种妄想，在骂奥黛丽·格里芬。"

"鉴定报告不是说了吗，'很可能'。"

"我们又不可能知道，"爸爸说，"因为她没寄啊。"

"她把信给了个乘客，让他回家后寄出去，可是信被搞丢了。"

"那调查的时候这个乘客怎么没反映这个情况？"

"因为妈妈叫他们别说。"

"有句老话，"爸爸说，"'听到蹄子声，想马非斑马'。你知道什么意思吗？"

"我知道啊。"我又扑在枕头上，发出"噗"的一声。

"意思是，你在想问题的时候，一开始推理别太荒唐了。"

"我知道是什么意思。"我挪了挪头，因为刚才扑在一摊口水上了。

"已经六个星期了，她没给任何人任何音信。"他说。

"她一定在什么地方等着我，"我说，"这是事实。"一股强烈的气场冲到我的右脸上，是床头柜上爸爸那堆破东西发出来的。他的东西可真多啊，又收拾得特别整齐，真是比女孩子还整齐。我看着就恶心。我赶紧动了一下，离那堆东西远点儿。

"真不明白你怎么会这么想，宝贝，我是真想不明白。"

"妈妈没有自杀，爸爸。"

"那也不代表她没有在某天晚上喝太多掉下了船。"

"她不会允许这种事情发生的。"我说。

"我的意思是发生了意外，比伊。严格来讲，不会有人允许意外发生的。"

一缕青烟从椅子后面飘起来，是妈妈给爸爸买的加湿器。已经插上电了，一瓶水倒着插在上面。爸爸就喜欢这样。

"我知道，你就想妈妈自杀，这样一切就都好办了。"说出口了，我才知道这些话一直都憋在我心里，"因为你出轨了，她自杀了，你就轻松了，因为你反正可以说什么她一直是个疯子什么的。"

"比伊，不是这样的。"

"现在你来讲讲道理好吗？"我说，"你一辈子都扑在工作上，我和妈妈呢，一起玩儿得超级开心，超级快乐的。妈妈和我，我们互相为了对方活着。她绝对不可能喝醉了跑到船舷上去走，因为这样她可能就永远见不到我了。你觉得她会这么做，说明你真的太不了解她了。你才是太荒唐了，爸爸。"

"那她到底藏在哪儿呢，啊？"爸爸有点炸毛了，"藏在冰山上？在皮划艇上漂着？她吃什么啊？怎么保暖啊？"

"所以我才想看礼品店的小票啊！"我一字一句地慢慢说，可能这样他就能明白了。"好证明她买了保暖的衣服。礼品店有保暖衣服卖的，我都看到了。绒大衣、靴子、帽子，还有燕麦棒——"

"燕麦棒！"爸爸听不下去了，"燕麦棒？你看到这个，就想到这么多？"爸爸脖子上青筋都暴出来了。"绒大衣和燕麦棒？你出去过吗？"

"还没——"我的舌头突然有点儿不听使唤。

他站起来："跟我来。"

"干吗？"

"我让你感受一下外面有多冷！"

"不！"我尽量加重语气，"我知道什么是冷！"

"这种冷你肯定不知道。"他抓起船长报告。

"那是我的，"我吼道，"那是私人财产！"

"如果你真的想知道事实，就跟我来。"他抓住我的兜帽，把我往门外拖。我喘着粗气："放开我！"他也喘着粗气："你别想跑！"我们在又陡又窄的楼梯上争打着，上了一层又一层。我们打呀吵呀，完全忘了在哪儿，过了好一会儿才发现，大家都在看我们。我们已经到酒吧了。日本游客们围坐在摆满折纸的桌边，都盯着我们。

"你们来上折纸课的吗？"日本翻译情绪复杂地问我们，因为好像没有旁人来参加这个折纸课，但是，谁又想教我们这样两个粗鲁的人折纸呢？

"不是的，谢谢。"爸爸边说边放开了我。

我怒气冲冲地往酒吧那边跑，不小心撞到一把椅子。我都忘了，这些椅子都是固定在地上的，所以椅子不但没有倒，反而把我的肋骨狠狠撞了一下，我被弹飞起来，又撞到一张桌子。与此同时，船又开始倾斜了。

爸爸赶过来拉住我："你往哪儿跑——"

"反正不跟你出去！"我们扭打着，撕扯着，不断地压到人家放在这边的折纸和刚刚折好的作品。管不了那么多了，我们两个跟跄着往出口挪。我伸出脚抵住门柱，这样爸爸再往外拉我也拉不动了。

"妈妈到底犯了什么大错啊，啊？"我尖叫道，"她在印度找了个助理帮她干些杂事？那萨曼莎二代又是什么？也是要让人们傻坐在那儿，把所有事情都交给机器人去做啊。你花了整整十年时间，投资了几十亿，就想发明个东西来让大家不用自己生活。妈妈已经实现了啊，而且一个小时只要七十五分钱，你呢，你就因为这个想把她送进精神病院！"

"你是这么想的啊？"他说。

"你真的像个摇滚巨星一样啊，爸爸，你在微软班车的过道上走的时候，就是在走红毯。"

"那不是我写的！"

"是你女朋友写的！"我说，"我们都清楚得很。妈妈跑了，是因为你喜欢上那个行政了。"

"我们一定要出去。"爸爸那么喜欢健身，显然很有效果。他单手就把我抱起来了，搞得我就像一块儿软木头似的。他用另一只手推开了门。

门再次关上之前，我瞥了一眼那些可怜的日本人。他们一点儿都没动弹，因为还有几只手就那么悬在半空中，有的正在折纸，也整个凝固了，看着很像蜡像馆里的蜡像作品，表现了一群人在折纸的场景。

都出发这些天了，我还没出来过。我的耳朵一下子就冻得生疼，鼻子也感到刺骨的冰冷，好像脸上多了块石头。风真大啊！灌满我整个耳朵，然后封冻住。我凸出的脸颊感觉都要碎了。

"我们都还没到南极呢！"爸爸在风里咆哮，"你知道有多冷了吗？知道了吗？"

我张开嘴，里面的唾液都冻住了，变成一个冰洞。吞口口水都要耗尽我全身的力气，感觉要死了。

"就这样的天气，都五个星期了，伯纳黛特怎么能活得下来？你好好看看！你好好感受一下！我们都还没到南极呢！"

我把手缩进袖口，用麻木的手指攥紧了拳头。

爸爸朝我摇晃着那份报告。"唯一的真相就是，一月五号下午六点，妈妈安全上船了，然后就开始使劲儿喝酒。浪太大了，船没法抛锚。就这些。你想弄清楚事实？好啊，感觉一下，这么大的风，这么冷的天，这些都是事实。"

爸爸说得对。他比我聪明多了，他说得对。我找不到妈妈的。

"给我。"我伸手去抢那份报告。

"我不会让你这么干的，比伊。你一直在找不存在的东西，这对你不好！"爸爸朝我摇晃着那份报告，我伸手想抓住，但关节都僵了，手在袖子里出不来。接着，一切都来不及了，每张纸都被风卷进了高高的天空中。

"不！我只剩下这些东西了！"每说一个字，冰冷的呼吸都像刀子一样割在我的肺上。

"你不只剩下这些东西，"爸爸说，"你还有我，比伊。"

"我恨你！"

我跑到房间里，又吞了两片白色药片，不是因为晕船，而是因为吃了就能睡过去。我就那么睡过去了。等醒过来的时候，我一点儿都不累了。我看着窗外。大海波涛汹涌，一片漆黑；天空也是一片漆黑。一只孤独的海鸟在空中盘旋。水里有什么东西在漂着，是很大一块浮冰。我们旅途上第一块可怕的陆地就在前方招手呢。我又吃了两片药，继续蒙头大睡。

紧接着，房间里响起了音乐，一开始很轻柔，过了几分钟，音量逐渐加大。"我就先从镜中人做起……"是迈克尔·杰克逊的歌，原来是扩音器在叫我们起床。一道很耀眼的光从窗户缝里投射到墙上。

"大家早上好啊！"喇叭里的声音说。又一阵让人感觉不妙的停顿之后，他接着说："如果你还没看到窗外的美景，那么，南极欢迎你。"一听这话，我马上鲤鱼打挺地起床了。"很多乘客已经在甲板上享受这清新而宁静的早晨了。六点二十三分，我们旅途中的第一块陆地出现了，那就是雪山岛。现在，我们正要进入迷幻湾。"我拉了一把百叶窗的绳子。

到了到了，一片布满黑色岩石的岛，表面覆盖着白雪，下面汹涌着黑色的海水，在广袤的灰色天空之下，南极到了。我肚子里仿佛打了个巨大的结，因为要是南极能说话，它只会说一句："你不属于这里。"

"'十二宫'快艇九点三十分开始运行，"那个新西兰人继续通知，"向导和专业摄影师会领你们上岛走一走。如果有人想划皮划艇过去，船上也常备着皮划艇。温度是 -13℃。大家早上好，南极再次欢迎你。"

爸爸冲了进来："你起床啦！要不要去游泳？"

"游泳？"

"这是个火山岛，"他说，"有个温泉，所以海岸边有一片海水是热的。怎么样？想不想去南冰洋里试试水？"

"不想。"我在审视自己。感觉好像过去的比伊站在那儿对我说："你在说什么啊？你肯定想去的啊！肯尼迪知道了不得嫉妒疯了。"但现在的比伊控制了我的声音，回答道："你去吧，爸爸。"

"我觉得嘛，你肯定会变卦的。"爸爸用很平淡的语气说。但我俩都知道，他是装的。

过了好几天。我一直看不出来到底几点了，因为太阳又不落山。要估计时间，只能靠爸爸了。他和在家时一样，设个早晨六点的闹钟，然后去健身房。接着我就听到迈克尔·杰克逊唱歌，这时候爸爸就回来洗澡。他自己建立了一套体系，把干净的内裤带进浴室，洗完澡出来的时候就穿在身上了。有一回他突然说："真倒霉啊，我到处都找遍了，也没找到洗鼻器。"然后他就去吃早餐了，回来的时候帮我装了一盘吃的，还带了一沓影印版的《纽约时报文摘》。每张纸的抬头上都有大大的手写字：前台存档，请勿带回房间。影印的文摘背面，是前一天用剩下的菜单。我喜欢看看他们前一天晚上做了什么鱼，因为这些鱼我都没听说过，什么洋枪鱼、狗鳕、多锯鲈、赤鲷之类的。我把这些菜单都保留下来，免得到时候讲给肯尼迪听她还不信。然后呢，我的"条理之王"爸爸，会仔仔细细地穿上探险的衣物装备，不厌其烦地涂上防晒霜、护唇膏，滴点眼药水，然后出门去。

很快，黑色的橡胶快艇（名为"十二宫"）就把乘客一群群地载到岸上去。最后一辆"十二宫"出发之后，我就活泛了起来。船上基本上只剩下我和几台吸尘器了。我就上到最上一层，图书室在那里。我注意到一直有乘客在玩儿《卡坦岛》的游戏，还有一些拼图游戏，我一开始发现的时候很开心，因为我很喜欢拼图。但盒子里总会有张字条，说什么"这套拼图少了七片"或者几片几片。我就想，那我还拼来干吗啊？图书室还有个女人，从来不下船的，我也不知道为什么。她从来不跟我搭话，总在研究一本叫《数独速成》的书。她在每一页的顶端都会写上是在什么地方做的数独，作为纪念。所有的地点都是"南极"。不过，我也基本上就是坐在图书室里发呆。这个房间里每一面都有玻璃，所以我看得到外面的一切。南极也没什么大不了的，就是三条横线而已。最底下是海水线，到处都是黑色和深灰色。海水线上面是陆地线，通常是黑色或白色。然后就是天空线，蓝灰蓝灰的。南极没有自己的"极旗"，如果有的话，应该就是三条横线，都是不同深浅的灰。如果想艺术一点儿，那就都弄成一样的灰色，但是要说明三条灰线，分别是水、陆地和天空。不过说明起来可能挺费劲儿的。

最后，一列列快艇都在往回赶，我看不出来爸爸在哪艘上，因为船上给所有乘客都分发了一模一样的红色带兜帽风雪衣和配套的风雪裤，可能因为红色在灰色的背景上最显眼。向导们就可以穿黑色。第一艘快艇回来的时候，我肯定是要待在房间里的，这样爸爸就会以为我一直无精打采地待着呢。清洁阿姨总会用毛巾叠个小兔子放在我枕头上，而且每天都会有新花样。一开始，这个毛巾兔戴着我的墨镜，然后套上了我的发带，后来还贴上了爸爸的呼吸矫正带……

爸爸总是猛地推开门，旋风一样地闯进来，衣服上还带着新鲜的寒气，他一股脑儿地跟我絮叨很多信息，讲很多故事。他给我看相机上的照片，又说照片远没有亲眼看到的美。然后他就去餐厅吃午饭，吃完给我带点儿回来。之后他又出门去，继续下午的游览。我最喜欢晚上的一日回顾，待在房间里，看实况电视转播。潜水的人每天都会潜下水去拍拍海底的景象。原来，在这貌似生长环境非常恶劣的黑色海水之下，有几百万种我从来没见过的、最最奇异的海洋生物：玻璃一样光亮透明的海参、全身长满几十厘米长优雅尖刺的虫子、五彩斑斓的海星，还有很多桡足类动物，身上布满斑点和条纹，就像从《黄色潜水艇》里游出来似的①。我没说它们任何一个的学名（不过换了别的生物我也不会说），是因为它们还没有学名呢。很多东西人类也都是第一次见。

我努力地去爱爸爸，看着他装出一副兴致高昂的样子，陆陆续续地穿戴整齐，也尽量不去讨厌他。我努力去想象妈妈还是建筑师时到底看上了他哪些优点。我努力去感同身受地体会爸爸的心境，他这样的人，会觉得干的每一件小事都充满了乐趣。但是，真的让我很难过啊！因为只要想到他和他那些乱七八糟的东西，我就犯恶心。我多么希望我从没把爸爸联想成一个大个子的小女孩，因为一旦有了这样的

---

① 《黄色潜水艇》(Yellow Submarine)，是甲壳虫乐队六十年代的一首著名歌曲，后来又有了同样以甲壳乐队成员为主角的同名动画电影《黄色潜水艇》，其中运用了波普艺术的表现手法，有很多条纹和波点的元素。

联想，那个形象就停在你脑海里，永远挥之不去了。

有时候我又感觉超级好，好到不敢相信，我多么幸运能成为我自己。船会经过漂浮在海水之中的冰山，冰山非常巨大，被大自然的鬼斧神工雕刻得非常奇特。那么宏伟壮丽，那么难以忘记，看着它们，感觉心都要碎了。但说白了，不就是一块块冰吗，没有任何深刻含义啊。一路上还能看到长着乌木的覆盖着薄雪的海滩，有时候也会出现一只独行的帝企鹅，体形很大，脸颊泛着点橙色，站在某座冰山上，你绞尽脑汁也想不出它到底是怎么上去的，又该怎么下来，也不知道它到底想不想下来。有的冰山上还有微笑的豹斑海豹，晒着太阳，一副连苍蝇也舍不得打的人畜无害的样子。其实，它可是地球上非常可怕的一种食肉动物呢，有机会的话，它会毫不犹豫地跳起来，用剃刀一样锋利的牙齿，咬住一个人，拖进冰冷的海水里，疯狂地摇摆，直到那人的皮脱掉。有时候我在船舷上看着海上的浮冰，觉得就像一块块永远拼不好的拼图，还发出冰块在鸡尾酒杯里碰撞的那种清脆声音。鲸鱼就别提了，到处都是。有一次，我看到一大群逆戟鲸，大概有五十只，有妈妈，有孩子，聚集在一起玩耍打闹，特别高兴地喷着水。企鹅也在墨水一样的大海里上蹿下跳，跟跳蚤似的，然后一跃跳上冰山，算是暂时安全了。一定要我选的话，我最喜欢的情景就是这个，企鹅们跳出水面，跃到陆地上的样子。这个世界上应该没多少人能亲眼见到这些景象，这让我觉得压力很大，因为要好好地记住，并且寻找合适的词汇来形容这种宏伟壮丽。然后我会突然想到别的不相干的事情，比如，妈妈以前总会在我的午餐盒上写点小字条。有时候她还会写一张给肯尼迪，她妈妈从来不给她写字条。有的字条是在讲故事，可能要花好几个星期才能讲完一个完整的故事。于是我就从图书室的椅子上站起来，去看看望远镜。但望远镜里永远找不到妈妈。

很快，我就不想家，不想朋友们了。因为，你在船上，在南极，在没有夜晚的地方，那你到底是谁呢？我想，我要表达的意思应该是，我就像幽灵，在一艘幽灵船上，航行在幽灵之国。

一天晚上，一日回顾的时候，爸爸给我带了一盘芝士泡芙回来，然后上楼去酒吧了。我就在电视上看转播。有位科学家给大家做介绍，说他们有一项长期的职责，就是数企鹅幼仔的数量。讲完之后，就开始宣布明天的计划，是去洛克罗伊港，那是个历史遗迹，"二战"时期是英国的军事前哨，现在变成了南极的遗产博物馆，有人住，有个礼品店，还有个邮局。介绍的人说，欢迎乘客们购买南极企鹅邮票，往家里寄信！

我的心脏狂跳不止，我在房间里疯狂地走来走去，一边嘴里重复着"我的天我的天我的天我的天我的天"，一边期待着爸爸猛地推门进来。

"好了，女士们、先生们，"扩音器里响起那个熟悉的声音，"又是一场精彩的一日回顾。伊生大厨刚刚通知我，晚饭准备好了。希望大家有个好胃口。"

我飞一样地往酒吧冲，因为爸爸可能正呆呆地坐在那儿呢。但是人群已经散了，一群人正在下楼梯。我只好跑到后面，绕了远路，来到餐厅。爸爸正在餐厅里，和一个男的坐在一起。

"比伊！"他说，"你想跟我们一起吃晚饭吗？"

"喂，你没参加一日回顾吗？"我问，"你没听到——"

"参加了啊！这位是尼克，研究企鹅栖息地的。他正跟我说呢，数企鹅幼仔的时候，总需要帮手。"

"你好……"此时此刻，我突然觉得爸爸好可怕，不自自主地往后退了一步，撞到一个服务员。"对不起……你好……拜拜。"我转过身，用最快的速度走出了餐厅。

我跑到海图室。那里有张巨大的桌子，上面铺了一张南极大陆的地图。我每天都看到船员用一个个小点标出船的路线。之后会有乘客跑到这儿来，仔仔细细地照抄到他们的地图上。我拉开一个巨大的浅抽屉，找到妈妈坐的那趟船的地图。我把地图放在桌面上，手指跟着那些点。啊，和我想的一样，她坐的那趟船在洛克罗伊港停了的。

第二天早晨，爸爸去健身了，我来到甲板上。布满怪石的海岸上，耸立着一栋黑色的木建筑，L形的，有点像两栋《大富翁》游戏里的酒店，窗户上装饰着白色的花格，还有樱桃红的百叶窗。陆地上随处可见一些企鹅。这一切的背景，是一片雪野，远处高耸着一座尖尖的大山，还有七座矮一点的小山，挨挤在一起。这就是"白雪公主和七个小矮人"啊。

爸爸登记了和第一队一起去划皮划艇，然后和第二队一起去洛克罗伊港。我一直等到他出发了，才扯掉我那套红色风雪衣和风雪裤的标签，穿戴整齐。一群乘客正像宇航员一样，拖着沉重的身子慢慢下楼走到物品寄存室。我走到他们中间。寄存室里很多储物箱，两边都有出口，外面拴着一些活动甲板，漂在水上。我顺着一条斜坡走下去，上了一辆底下正水花四溅的"十二宫"。

"去洛克罗伊港吗？"一个船员向我确认，"你刷卡了吗？"

他指着一台架子给我看，上面放着一台电脑。我刷了下身份磁卡。我的照片出现在屏幕上，还出现了一行字："上岸玩儿得开心哦，巴拉克利须那！"我突然很生曼尤拉的气，妈妈不是跟她说了，一定要保证我在船上只能叫比伊吗？但我马上又想起来，她只是个网络罪犯啊。

又有十几个穿红衣服的人挤进了我这艘"十二宫"，马达旁边掌舵的是查理。乘客大多数是女人，她们前几天应该把这辈子的企鹅都看够了，现在要开始购物了。她们七嘴八舌地问有什么可以买的。

"我也不知道，"查理显然是有点烦，"T恤吧。"

这一路上我还是第一次下船呢，这里水平如镜，刺骨的寒风从四面八方席卷而来。我整个人从身体到精神立刻就紧缩起来了，稍微动一动，我的皮肤就会碰到风雪衣冰凉的地方，所以我就全身僵硬地坐着，一动不动。我非常轻微地动了动头，能看到岸上就好。

离洛克罗伊港越近，那栋楼就变得越小，奇了怪了，我都被吓到了。查理操纵着马达，把"十二宫"开到岩石上。我几乎是用肚子贴着地，从鼓胀的船边下来，脱掉救生衣。然后就在混乱的岩石堆里小心翼翼地走着。很多巴布亚企鹅正在引吭高歌，守卫着自己的石头窝。我尽量躲开它们。一直走到一个木板搭起来的斜坡，通向入口。灰暗的冷风中飘着一面英国国旗。我是第一个到的，赶紧把门推开。里面有两个女孩子，看样子是上大学的年纪，带着点儿傻乎乎的热情，跟我们打招呼。

"洛克罗伊港欢迎你！"她们是英国口音。

啊，屋里和外面一样冷，真是烦死了。这间房子的墙全都漆成了蓝绿色，就是礼品店了。天花板上悬挂着五颜六色的旗子；屋里有很多桌子，有的摆满了书，有的摆满了毛绒玩具，还有明信片；还有小小的玻璃柜，展示着 T 恤、棒球帽和各种东西，反正都绣着企鹅的图案。没有任何妈妈的蛛丝马迹。我幻想啥呢？这不过就是个礼品店罢了。

房间对面是个出口，通往洛克罗伊港的其他地方，但两个英国女孩挡在那里。我尽量镇静，假装对店里的布告牌很感兴趣，等着别的乘客慢慢走进来，看到垂下来的旗子惊喜地"哇！哇！"。就连那个"数独女"这趟都从图书馆出来了。

"洛克罗伊港欢迎你！"两个女孩交替说道，"洛克罗伊港欢迎你！"

我感觉已经在那里站了整整一个小时了。"这里的人都住哪儿啊？"我终于开口问了，"你们住哪儿？"

"就这儿啊，"其中一个说，"我们等大家都进来了，再开始讲吧。"然后她们又开始了："洛克罗伊港欢迎你！"

"但你们在哪儿睡觉啊？"我问。

"洛克罗伊港欢迎你！大家都到齐了吗？哦，后面还有人呢。"

"有没有什么食堂之类的，其他人就在那儿？"

但两个女孩子都不理我，朝我背后喊道："洛克罗伊港欢迎你！好啦，好像大家都到齐了。"其中一个开始夸张地背起了稿子，"'二战'期间，洛克罗伊港是英国军队的秘密哨所——"她停了下来，因为那群日本游客刚刚走进门，和往常一样，都带着一种淡淡的困惑。我忍不了了，从两个英国女孩身边挤了过去。

有两个小房间，我往左边走，进入一个老式的指挥中心，摆着几张桌子和生锈的机器，上面全是仪表盘、按键、把手。但没有人。那头有扇门，写着"请勿入内"。我走过一面摆满旧书的墙，拉开那扇门。光一下子照进来，我一时间什么也看不见。原来是通向外面的雪原。我关上门，原路返回，又来到另一个房间。

"一九九六年，不列颠南极遗产基金会出资将洛克罗伊港改建成了一座活的博物馆。"一个女孩还在介绍。

这间屋子是个厨房，炉子生锈了，架子上摆着奇奇怪怪的干粮和英国罐头。也有一扇门，写着"请勿入内"。我飞奔过去打开，又是——白晃晃一片，刺得我眼泪都掉了下来。

我迅速关上门。眼睛适应了屋内的昏暗之后，我回到礼品店，努力思考着。好，只有三扇门，我们从前门进来，另外两扇又通向室外……

"'二战'时，英军在洛克罗伊港开展了'塔伯伦行动'……"她们还在讲。

"我没想明白，"我突然插话，"有多少人住在这儿？"

"就我们俩。"

"那你们到底住哪儿啊？"我说，"在哪儿睡觉？"

"这儿。"

"什么叫'这儿'？"

"我们就在礼品店里铺睡袋睡觉。"

"去哪儿上厕所呢？"

"外面——"

"在哪儿洗衣服？"

"嗯，我们——"

"在哪儿洗澡？"

"她们的生活就是这样，"游客人群里一位阿姨打断了我。她脸上有雀斑，一双蓝眼睛，金发中有几缕灰发，"别这么没礼貌。这两个孩子来这里过三个月，尿尿都尿在罐子里，就为了探索这片土地。"

"真的只有你们俩吗？"我弱弱地问。

"还有你这样的游轮乘客啊，过来参观参观。"

"所以说，不会有哪个人从船上下来就不走了，跟你们住在一起？"我自己听着这些话从嘴巴里说出来，突然意识到，我以为妈妈在这儿等着我，这想法是多么幼稚啊；我的眼泪一下子夺眶而出，这眼泪也是多么幼稚啊。我觉得很丢脸，又特别生自己的气，我竟然怀抱着这么愚蠢的希望。眼泪鼻涕一起顺着我的脸流到嘴里，流过下巴，流到那件崭新的红色风雪衣上。我之前看到这件衣服是多么开心啊，因为发给我们之后是能带回家的。

"我的天，"那个雀斑阿姨说，"她这是怎么了？"

我哭得停不下来。我们这是在参观啊，这个房间里有干肉饼、桃乐丝·黛①的照片、一箱箱的威士忌、生锈的"桂格麦片"罐子，上面的代言人是个小伙子；还有发摩斯电码的机器；晾衣绳上挂着长衬裤，裤子后面还有屁股帘子；店里也卖婴儿围嘴，上面写着"南极海滩俱乐部"。我呢，我被困在这儿，就知道哭。查理低着头，往别在大衣上的对讲机里说了几句话。很多女人都担心地问我怎么了。我能听懂那些日本人也在问，日语的"怎么了"是"Anata wa Daijobudesu"。

我从人群中艰难地穿过去，走到门外，跌跌撞撞地走过斜坡道，下去以后，又攀着一些大石头，尽量走远了些，停在一个小小的水湾边。我转头去看，没人跟上来，于是坐下来喘口气。有头小象海豹，被厚厚的脂肪包裹着，懒洋洋地躺着。真想象不出来它动弹起来是什么样子。它的眼睛像两个黑色大扣子，里面涌出黑色的泪水。它的鼻子里面也喷出黑色的液体。我呼出的气全都变成了浓密的云雾。寒冷紧紧攫住了我。我觉得自己也再也动不了了。南极真的是个太可怕的地方。

"比伊，宝贝？"是爸爸的声音。"谢谢您。"他低声对一个日本女人说。应该是她领着他找到我的。他坐下来，递给我一块手帕。

"我还以为她在这儿，爸爸。"

"嗯，我明白你为什么这么想。"他说。

我哭了一会儿停下了，但哭声仍未停止，爸爸也哭起来了。

"我也很想她，比伊。"他胸口剧烈地起伏。他可不太擅长哭鼻子，"我知道，你以为只有你一个人在想她。但你妈妈是我最好的朋友。"

"她也是我最好的朋友。"我说。

"我认识她的时间更长。"他很严肃，不是在跟我抬杠。

爸爸这么哭着，我心里就想，不能两个人都坐在南极的石头上哭

---

① 桃乐丝·戴（Dorothy Day），美国歌手，电影演员，有"雀斑皇后"之称，二十世纪五六十年代风靡美国影坛。

啊。"没事的，爸爸。"

"你说得对。"他说着擤了擤鼻子，"一切都是因为我写给库尔茨医生的那封信而起。我只是想帮你妈妈，你一定要相信我。"

"我相信你。"

"你真的很棒，比伊！你一直都很棒！你是我们最大的成就。"

"不是的。"

"真的。"他伸手把我搂过来。我的肩膀刚好靠在他肩膀下面，已经能感觉到他胳肢窝下面的热气了。我又靠紧了一点儿。"来，把这个吃了。"他伸手在衣服里掏出两块自加热饼干。我"哇"地大喊了一声。这个饼干好棒啊！

"我知道，这一路你很难过，"爸爸说，"和你想的完全不一样。"他长长地叹了口气。"抱歉让你看到那些文件，比伊。你不该看的。十五岁的孩子，不应该看那些东西。"

"我很高兴我看了。"我从来都不知道，妈妈竟然还有过其他的孩子。我觉得妈妈本来应该有别的小孩，她会像爱我一样去爱他们。可是只有我活下来了，而我是个破碎的孩子，因为我心脏有问题。

"保罗·杰利内克说得对，"爸爸说，"他是个大好人，是个真朋友。以后我们可以找机会去洛杉矶，去见见他。他是最了解伯纳黛特的人了。他明白她需要创造。"

"不然就会危害社会。"我说。

"这一点上我真的对不起你妈妈，"爸爸说，"她是个停止了创造的艺术家。我真的应该尽一切努力让她重新走上这条路。"

"你怎么就没有呢？"

"我不知道该怎么做才能让一个艺术家重新开始创造……这是很大很难的事情。我只是个写代码的，我搞不明白艺术家的事情，到现在也不明白。你知道吗，我都忘了，直到读了《艺坛》那篇文章才想起来，我们是用妈妈'麦克阿瑟奖'的奖金买了直门那栋房子。我感觉那象征着伯纳黛特的希望和梦想，我们眼睁睁看着这房子越来越旧，越来越塌，其实就是她的希望和梦想在倒塌啊。"

"我都不明白为什么人人都瞧不起咱们的房子。"我说。

"你听过没，大脑有折扣机制？"

"没。"

"比如说，别人送你一件礼物，你打开，看到一串很漂亮的钻石项链。一开始你开心得不得了，激动得蹦蹦跳跳的。第二天，这条项链仍然让你开心，但没刚看到的时候那么开心了。过了一年，你再看那条项链，心里就想，哦，这东西啊，都旧了。负面情绪也是同样的道理。比如，车子的挡风玻璃裂了缝，你肯定很不开心啊。天哪，我的挡风玻璃裂了，我看不清了，太倒霉了！但你没钱去修，只好继续开。一个月以后，有人问你，挡风玻璃怎么了。你会问，什么怎么了？因为你的大脑已经对这个问题打了折扣了。"

"我第一次去肯尼迪家，"我说，"就闻到她家那股可怕的味道，因为她妈妈总喜欢炸鱼。我就问肯尼迪，这什么恶心的味道啊？结果她问，什么味道？"

"对，"爸爸说，"你知道大脑为什么有这种功能吗？"

"不知道。"

"是为了生存。要对新的经历做好准备，因为新事物往往会发出危险的信号。如果你住在一片长满了鲜花的丛林里，你也不能整天都陶醉地闻着花香，不然就闻不到猛兽的气味了。所以，大脑才有折扣机制。这可是事关生死的哦。"

"好酷。"

"真门也是这样，"他说，"我们的大脑已经对天花板上的洞、地板上的水洼、没法住的房子打了折扣。其实不想让你知道的，但是，大多数人都不住在这种地方的。"

"我们就住在这种地方。"我说。

"我们是住在这种地方。"已经过去很久了，也挺好的。只有我们和那头傻海豹。哦，爸爸还在涂着他那管润唇膏。

"我们就是甲壳虫乐队呢，爸爸。"

"嗯，我知道你这么想的，宝贝。"

"我说真的。妈妈就是约翰，你是保罗，我是乔治，冰棍儿是林戈。"

"冰棍儿。"爸爸哈哈一笑。

"冰棍儿，"我说，"怨恨过去，惧怕未来。"

"什么意思？"他抿着嘴唇问。

"妈妈看的一本书，写的林戈·斯塔尔。他们说，现在的他就是怨恨过去，惧怕未来。还从来没看过妈妈笑得那么厉害呢。只要看到冰棍儿张着嘴巴坐在地上，我们就说，唉，可怜的冰棍儿啊，怨恨过去，惧怕未来。"

爸爸露出一个灿烂的笑容。

"苏-琳，"我开口了，但光是说出这个名字就觉得口干舌燥，"她是个好人。但她真的当了老鼠屎。"

"什么老鼠屎？"他问。

"就是你做了一锅汤，"我说，"味道特别香，你肯定想喝啊，对吧？"

"嗯。"爸爸说。

"结果有人放了一颗老鼠屎进去。老鼠屎就那么很小的一颗，搅也搅得很均匀，看不见，你还想喝吗？"

"不想。"爸爸说。

"苏－琳就是这颗老鼠屎。"

"好吧，我觉得你这么说有点儿没道理哦。"他说。我俩都憋不住笑了起来。

出发这么久了，我还是第一次认真地打量爸爸。他在头上缠了个羊毛护耳，鼻子上涂了氧化锌软膏。他的脸闪闪发光，因为涂了防晒和保湿。他戴着两侧有垂帘的登山墨镜，被罩起来的那个镜片也不怎么看得出来，因为另一片也是一样黑。他这人啊，真没什么可恨的。

"所以啊，"爸爸说，"不止你一个人疯狂地猜想妈妈到底怎么了。我还想着，她可能都下船了，结果看到我和苏－琳在一起，就想了个办法躲开了我们。所以我干了什么你知道吗？"

"什么？"

"我从西雅图雇了个赏金猎人，去乌斯怀亚找她。"

"真的？"我问，"真正的赏金猎人？活的？"

"他们专门去找那种远离家乡的失踪人，"他说，"这个人是我同事推荐的。他在乌斯怀亚找伯纳黛特，花了整整两个月，把进港出港的船都找了一遍，还有各个酒店。他什么都没找到。然后我们就拿到船长的报告了。"

"嗯。"我说。

"比伊，"他小心翼翼地说，"我得跟你说个事。你发现没，我在这儿没法收邮件，但是一点儿也不着急。"

"没怎么发现。"我感觉不太好，因为到这个时候我才想起，这一路上我根本没考虑过爸爸。是的，平时他总是在收邮件什么的。

"微软要进行一次大重组，我们坐在这儿，他们那边可能正在宣布。"他看了下表。"今天是十号吧？"

"我也不知道，"我说，"可能是吧。"

"十号，萨曼莎二代就被取消了。"

"取消？"我根本不明白这个词到底是什么意思。

"结束了。我们组要并入游戏组那边去。"

"你是说，要变成什么……Xbox？"

"差不多吧，"他说，"沃尔特·里德撤资了，因为预算紧张。在微软，要是做不出产品，那就等于零。如果把萨曼莎二代并入游戏组，至少还能用这个技术做几百万个游戏机。"

"那些瘫痪的人怎么办啊？"

"我在跟华盛顿大学谈，"他说，"想到那儿去继续研究。这事儿挺复杂的，因为专利是微软的。"

"我还以为专利是你的呢。"我说。

"我只有专利石。专利是微软的。"

"那就是说，你要从微软走人啊？"

"我已经走人了。上周我就把名牌交上去了。"

我还从来没见过爸爸不戴名牌的样子呢。一股强烈的悲伤涌了进来，迅速填满我的整个大脑，我感觉自己就像个毛绒小熊，悲伤可能会把我撑破。"好怪啊。"我说不出别的话。

"那现在能跟你说点儿更怪的事吗？"他说。

"能吧。"我说。

"苏－琳怀孕了。"

"什么？"

"你还太小了，这些事情你不懂。但也就是一晚上。我喝了太多酒。这事一开始就算结束了。我知道，可能你会觉得非常……就你常说的那个词……恶心？"

"我从来不说恶心。"我说。

"你刚刚才说了，"他说，"你说肯尼迪家那个味道很恶心。"

"她真的怀孕啦？"我说。

"嗯。"爸爸真可怜，一副快吐出来的样子。

"这么说的话，"我说，"你的生活就毁掉了。"真不好意思，说完这句话我不知怎么就笑了。

"也不能说我没这么想过吧，"他说，"但我尽量不这么去想。我想的是，我的生活会变得不一样。我们的生活也会不一样。我和你。"

"所以我和林肯还有亚历珊德拉会有个共同的弟弟或者妹妹？"

"嗯。"

"这也太随便了吧。"

"随便！"他说，"我一直不喜欢你用这个词来着，但真的很随便啊。"

"爸，"我说，"那天晚上我叫她小野洋子，是因为甲壳虫是被洋子给搞解散的，不是因为她是亚洲人。我挺不好意思的。"

"这我知道。"他说。

那头傻海豹一直躺在那儿，挺好，因为我俩对视挺尴尬的，好歹还能看看它。但是爸爸突然滴起了眼药水。

"爸，"我说，"我真不想伤你，但是……"

"但是什么？"

"你带的小东西也太多了吧。我数都数不清。"

"你根本不用数啊，挺好的嘛，是吧？"

我们都安静了一会儿，然后我说："我觉得，南极最棒的，就是能看到很远的地方。"

"你知道为什么吗？"爸爸问，"你把视线轻轻地集中在地平线上，坚持一会儿，大脑就会释放出内腓肽，跟跑步时候产生的快感是一样的。现在我们一天到晚都盯着面前的屏幕。这样换换环境，挺好的。"

"我突然想到，"我说，"你应该发明一个 APP，盯着手机的时候，会让你的大脑以为是在远眺地平线，这样就算发短信，也能有跑步的快感。"

"你刚说什么？"爸爸猛地转头看着我，一副大脑高速运转的样子。

"你可不能剽窃我的主意啊！"我推了他一把。

"那你可要小心了。"

我哼了一声，也没再继续这个话题。查理走过来，说该回去了。

吃早饭的时候，数企鹅的尼克又问我愿不愿意做他的助手，听起来很有趣。我们可以在所有人之前，单独坐一趟"十二宫"出发。尼克专门让我站在马达和船舱旁边。要准确形容一下尼克的个性，就是这个人没什么个性。这话听着挺刺耳是吧，但真的是实话。他差不多算是有那么一点儿个性的时候，就是叫我广泛地搜索一下地平线，就像探照灯，来来回回，来来回回，多看几遍。他说他第一次来这开了"十二宫"以后，再回到家，马上就出了车祸。因为他一直在从左到右地看，从左到右地看，结果直接跟正前方的车追了尾。但这个真不算是个性吧，只是一场车祸而已。

他把我送到一块阿德利企鹅的栖息地，给了我一个写字板，上面有幅卫星地图，标出了一些界线。这是一个月前一项研究的追踪调查，当时有另外一个科学家数了企鹅蛋的数量。我的职责，就是要看有多少蛋成功孵化出了小企鹅。尼克环视了一眼这块栖息地。

"感觉繁殖完全失败了啊！"他耸耸肩。

我听他这么漫不经心的语气，特别震惊："你什么意思，完全失败？"

"阿德利企鹅每年都一定会把蛋下在完全固定的地方，"他说，"这次冬天来得晚，所以他们做窝的时候，周围的雪都还没化。嗯，看样子是没怎么孵出小企鹅了。"

"你怎么可能看一眼就知道呢？"反正我是肯定看不出来的。

"你自己说，"他说，"你观察一下它们的行为，跟我讲讲观察到什么。"

他留给我一个计数器，又开船去了另一个栖息地，说两个小时以后回来。阿德利企鹅可能是最最可爱的企鹅了吧。它们头上是纯纯的黑色，但小小的黑眼睛周围又有漂亮规整的白色圆圈，像在给头加固。我先从左边的最高处开始，只要看到某个毛茸茸的灰色小球从某只阿德利企鹅的双脚之间探出头来，就按一下计数器。咔嗒，咔嗒，咔嗒。我按照地图上划出来的区域，先数最高的地方，然后慢慢往下面数，再从下面数到上面。一定不能把同一个窝数两遍。但基本上不可能不犯这样的错误。因为企鹅的窝又不是整整齐齐的方格子。数完之后，我就又数了一遍，一样的数字。

话说这些企鹅还真是让我吃了一惊。第一，它们的胸部竟然不是纯白的，有一块块的红色和绿色，基本上就是消化过又吐出来喂给幼崽时糊在身上的小虾米和海藻。第二，它们真的很臭！而且很吵。有时候它们是低声地咕咕叫，听着挺舒服，但大多数时候是那种刺耳的尖叫。我眼前的这群企鹅，要么一直在摇摇摆摆走来走去，互相偷对方窝里的石头；要么就是打架，狠狠地去啄对手，啄得大家都出血。

我爬到高高的大石头上，往远处看。到处都是冰，各种你能想到的形态都有，无边无际。平静的海水中，有冰川、贴岸冰、冰山、一块块的冰。天气很冷，但是很晴朗，就算在很远的地方，这些冰都还是那么清晰、那么鲜明，仿佛就在我眼前。这一切实在太辽阔、太平和、太静谧了，无边无际的寂静。啊，我可以在这儿坐到地老天荒了！

"你观察到什么行为没？"尼克回来了，问我。

"一直在打架的企鹅都是没有孩子的。"我说。

"对啦。"他说。

"就是说，他们本来应该照顾孩子的，但是因为没有，精力就没有地方释放。所以就到处去惹事打架。"

"说得挺好。"他检查了下我的工作成果，"做得不错。你得签个名。"我在底下签了名，表示负责这个表格的科学家是我。

尼克和我回到船上，爸爸正在寄存室把一身的装备一层层脱下来。我刷了一下磁卡，发出很响亮的"当当"声。屏幕上出现一行字：巴拉克利须那，请找工作人员。怎么回事？我又刷了一下，还是这种"当当"声。

"因为你出去的时候没刷卡，"尼克说，"所以机器认为你还在船上。"

"好的，女士们、先生们，"头顶上的声音响起来，后面还是漫长的停顿，"希望你们这一上午的游览很尽兴、很愉快。餐厅准备了美味的阿根廷烤肉，请前去享用。"楼梯爬到一半，我才发现爸爸没跟我一起。他站在刷卡机旁边，脸上露出疑惑的表情。

"爸！"吃饭的时候大家都会排长队去取自助餐，我不想落在最后。

"好，好。"爸爸赶紧跟上来，我们抢在大部队前面到了餐厅。

下午就没有上岸游览的安排了，因为我们要航行很长一段，没时间停。我和爸爸到图书室去找游戏玩。

尼克来找我们，递给我几张纸。"你记下的数据和之前的数据我复印了一份，你感兴趣的话可以看看。"嗯，可能这就是他的个性：好人。

"真棒，"我说，"你跟我们一起玩儿游戏不？"

"不了，"他说，"我还要收拾东西。"

"好烦，"我对爸爸说，"我很想玩《大战役》，可是至少要三个人才能玩。"

"我们跟你玩。"我听到一个英国女孩的声音。是洛克罗伊港两姐妹中的一个！她和另一个女孩衬衫上贴着标签，写着各自的名字和"洛克罗伊港的问题请问我"。她们刚刚洗了澡，脸庞闪闪发光，露出灿烂的笑容。

"你们怎么在这儿啊？"我问。

"接下来的两天都没有船要到洛克罗伊港。"薇薇安说。

"所以船长说我们可以在'爱兰歌娜号'上过夜。"艾尔丝说。两个人都特别想跟别人交谈，说起话来连珠炮似的，就跟开赛车似的你追我赶，互相打断。肯定是因为平时很少能有别的同伴。

"你们怎么回去呢？"我问。

"计划有变，跟尼克有关——"薇薇安开口道。

"所以下午没有安排游览。"艾尔丝接话。

"他要坐'爱兰歌娜号'去帕尔默。"薇薇安说。

"所以我们会和去洛克罗伊港的下一班船在路上交会，薇薇安和我就上那条——"

"不过嘛，游轮公司是想保密的，叫我们别说——"

"他们想给乘客一种印象，辽阔的南冰洋上只有这一艘船在孤独地航行，所以两船之间的交接只能在深夜偷偷进行——"

"对了，一定要专门跟你说一声，我们洗了澡了！"薇薇安说。这两姐妹一起咯咯咯地笑起来，谈话就这么结束了。

"我之前那么问你们太没礼貌了，不好意思。"我说。

我转身看着爸爸，但他在往打桥牌的人那边走了，我没有叫他，因为爸爸很清楚我玩儿《大战役》的策略和套路。一开始要占领澳大利亚，虽然那个地盘挺小的，但进出只有一条路，所以，等到要征服全世界的时候，要是没占领澳大利亚，一进去，军队就困在那儿了，要等到下次轮到你才能进一步行动。然后下一个玩家就把这个路线上你的军队给一锅端了。我们三个人赶紧选好了颜色，赶在爸爸回来之前分配了军队。第一次轮到我时，我赶紧先发制人地抢占了澳大利亚。

和这两个小姐姐玩《大战役》真是太有趣儿了，因为我长这么大都没见过比她们更开心的人了。洗个热水澡，在正常的厕所里尿尿，就是有这种魔力。薇薇安和艾尔丝给我讲了个好玩的故事，说有天她们正在洛克罗伊港接一艘艘游轮上下来的乘客，突然一架很豪华的游艇靠岸了，是保罗·艾伦的游艇"八爪鱼"。他和汤姆·汉克斯下了船，说想参观一下。我问两个小姐姐，她们有没有在"八爪鱼"上洗个澡，但她们说，当时胆子太小了，没敢问。

那个在洛克罗伊港说我没礼貌的雀斑阿姨拿着本书坐下来，看着我、薇薇安和艾尔丝在一起，好像认识很久的朋友似的哈哈大笑。

"阿姨好。"我像只乖巧的小猫，用灿烂的笑容跟她打招呼。

她还没来得及说什么，喇叭响了："大家晚上好啊。"广播说船的左边游来一群鲸鱼，这个我已经看到了。后来又广播了几次"大家晚上好"，说有个摄影讲座，然后是晚饭开饭了，然后说在放《帝企鹅日记》。但我们都想继续玩游戏，于是就轮流去食堂拿盘子装了吃的带到图书室来。每一次广播通知，爸爸都会探出身子来，在窗户那头向我竖起大拇指示意。我也对他竖起大拇指表示没问题。太阳一直那么灿烂，要估算时间的话，只能看有多少人从图书室出去了。很快，连爸爸都不探头了，就剩下我们三个在玩《大战役》。应该又过了好几个小时，只剩下我们和清洁工了。接着喇叭里好像又说了一声"大家晚上好"，但吸尘器声音太大，我也不太确定。接着，睡眼惺忪的乘客们在睡衣外面套着大衣，拿着长枪短炮的照相机，出现在甲板上。

"怎么回事？"我说。现在是凌晨两点啊。

"哦，应该是到帕尔默了。"薇薇安激动得手抖，该她走游戏的下一步了，她觉得自己马上就能拿下整个欧洲呢。

甲板上又来了一些人，黑压压的脑袋都挡住我视线了。我站到椅子上去，惊讶道："天哪！"

眼前出现了一个小小的城市，准确地说是一堆大型集装箱和两座瓦楞金属板堆起来的房子。"那是个什么鬼地方？"

"就是帕尔默啊。"艾尔丝说。

原来帕尔默就是帕尔默站。尼克说他在收拾东西，艾尔丝说我们要把尼克放在帕尔默，我还以为是要到某个岛去数企鹅呢。

"尼克下个月就住在那儿。"薇薇安说。

南极有三个地方生活着美国人，我全都知道。第一个是麦克默多站，有点儿像个可怕的垃圾堆，那里大概有一千人的样子。当然了，第二个就是南极点，那个太深入内陆了，我们是去不了的，那儿有二十人。还有就是帕尔默站了，有四十五个人。三个观察站住的都是科学家和其他的支援人员。但我找海图室的人和船长都问过："爱兰歌娜号"从来不在帕尔默站停靠。

然而现在，我们到了。

"我们能下去吗？"我问两个小姐姐。

"肯定不能啊。"艾尔丝说。

"只有科学家能下去，"薇薇安说，"他们这波操作很严格的。"

我冲到甲板上去。我们的船和帕尔默站之间只有不到两百米的距离，几艘"十二宫"在中间穿梭往来。尼克坐上一艘装满了冷却箱和食物板条箱的"十二宫"，渐渐离我们远去。

　　"上船的那些人是谁？"我大声问出心里想的问题。

　　"保留节目了。"向导查理站在我身边，"我们总是邀请帕尔默的科学家们上船来喝杯酒。"

　　我心里想的一定都写在脸上了，因为查理马上补充道："不可能的。想要去帕尔默，必须提前五年申请。那里的床位和必需品都特别有限。西雅图来的妈妈不可能说去就去的。跟你说这些我也很抱歉。但是，你也懂的吧。"

　　"比伊！"旁边有个兴奋的声音悄悄喊我。是爸爸。凌晨两点，我还以为他在睡觉。我还没来得及说话呢，他就拉着我下楼梯。"你的磁卡扫不进去的时候，我就在想了，"他的声音颤抖得厉害，"万一伯纳黛特下了船，但是没刷卡呢？那她的磁卡就会显示还在船上，这样大家自然就以为她是从船上消失的了。但是，如果她没有刷卡就在什么地方下了船，那她可能就还在那儿呢。"他打开通往酒吧的门，里面坐满了挺邋遢的一群人，是帕尔默站的科学家们。

　　"妈妈最后下船的地方是纳克港，"我努力去把这事儿前前后后串起来，"然后就上船了。"

　　"那是她的刷卡记录，"爸爸又开始解释，"但是万一后面她又溜下船，没刷卡呢？我刚才在酒吧，听到一位女士过来点了杯粉企鹅。"

　　"粉企鹅？"我的心开始狂跳。船长报告里说的就是这种酒。

　　"这位女士是帕尔默站的科学家，"爸爸说，"粉企鹅是他们都很喜欢喝的酒。"

　　我迅速打量着这些刚上船的面孔。都很年轻，很邋遢，都是马上可以去户外用品店上班的样子，他们都在开心地大笑。但这里面没有妈妈。

"好好看看那个地方，"爸爸说，"我都不知道还有这么个地方。"

我跪在靠窗的座位上，贴着窗玻璃往外看。两座蓝色金属板房之间，有一条条红色的通道相连。周围立着十几根电线杆子，还有个大水箱，上面画了条杀人鲸。附近停着一架橙色大船，一点儿也不像我们这种游轮，有点儿像艾略特湾中常停着的那种工业船只。

"听那个女科学家说，派到南极工作的话，帕尔默站就是一份美差了，"爸爸说，"他们那儿竟然配了个蓝带出来的主厨哦。"

"十二宫"还在水面上来来往往，穿梭于我们的船和石岸之间。有艘"十二宫"上有个猫王的真人大小模型，向导们拿着摄像机在录，让他做出各种各样的动作。谁知道呢，可能是只有他们才懂的什么玩笑吧。

"所以船长报告上那些粉企鹅……"我还没想明白。

"不是伯纳黛特要喝的，"爸爸说，"肯定是给某位科学家喝的。比如尼克。这人要坐这艘船去帕尔默站，伯纳黛特跟这人交了朋友。"

我还有些地方想不明白。"但是妈妈的船并没有接近帕尔默站啊——"接着我突然想到了，"我知道怎么查！"

我从休息室跑出去，下了楼梯，来到海图室，爸爸紧跟在我身后。那个光亮的木台上，南极半岛的地图仍然摆在那里，红色小点连成线，就是我们航行的路线。我打开抽屉，翻着里面的地图，找到标了"十二月二十六日"的那张。

"这就是妈妈那趟。"我展开地图，用黄铜砝码压住。

我仔仔细细地看着妈妈那趟的红点路线。从火地岛开始，那次"爱兰歌娜号"也和我们一样，在迷幻岛停了，然后绕着南极半岛往上，深入到威德尔海，又绕回来，到了纳克港和阿德莱德岛。但之后就掉了头，从布兰斯菲尔德海峡回去，到了乔治王岛，再一路到乌斯怀亚。"她坐的那趟根本没接近帕尔默站。"没有那周围的路线。

"这些是什么？"爸爸指着红点路线之间穿插的一些灰色箭头。在三个不同的地方都有。

"洋流什么的吧。"我猜。

"不是……不是洋流。"爸爸说，"等一下，每个都有不同的记号。"他说得对，这些灰色的箭头中分别有一片雪花、一个铃铛和一个三角。"肯定有答案……"

有的，就在左下角。这些记号的旁边分别写着"南斯提卡星""劳伦斯·M.库尔德"和"南极乐土"。

"我在哪儿见过劳伦斯·M.库尔德这个名字。"我说。

"这些感觉都是船的名字。"爸爸说。

"在哪儿见过呢——"

"比伊，"爸爸咧开嘴笑了，"抬头看。"

我抬起头，窗外，那艘巨大的船，船身通体橙色，只用蓝色颜料写着几个大字："劳伦斯·M.库尔德号"。

"跟妈妈的船交会了的，"爸爸说，"你看看，这船现在在哪儿。"

我脑子里转着一句话，可是有点儿不敢说出口。

"她在这儿，比伊！"爸爸说，"妈妈在这儿。"

"快！"我说，"我们去休息室找个人问问——"

爸爸抓住我的胳膊。"不行！"他说，"要是被妈妈知道了，她可能又要来个人间蒸发。"

"爸爸，我们这可是在南极啊，她能蒸发到哪儿去？"

爸爸瞥了我一眼，就像在说：你这么天真啊？

"好好好，"我说，"但是现在不许游客下船啊。我们怎么——"

"偷一辆'十二宫'，"他说，"我们刚好有四十分钟。"

爸爸说完我才发现，他手里拿着我俩的红色风雪衣呢。他拉着我的手，我们风一般地飞奔下了一、二、三层，一直来到寄存室。

"你们俩今晚过得好吗？"柜台后面有个女孩问候道，"还是说已经早上了？还真的早上了呢！"她继续埋头处理手上的文件了。

"我们这就上楼去。"爸爸很大声地说。

我把他推到一排储物柜后面。"大衣给我。"我把两件大衣塞在一个空储物柜里，带他来到一个船员区，之前我跟尼克来过。墙上挂着一排黑色的大衣。"穿这个。"我小声说。

我偷偷溜到浮坞，那儿拴着一艘"十二宫"。只有一个船员守着，他是个菲律宾人，名牌上写着"杰科"。

"我听一个水手在说，"我对他说，"咱们的船正在接收帕尔默站的卫星信号，所以大家都跑到登船桥那边排队打电话去了，免费的。"

杰科马上就往船上跑，急得一次上两级台阶。我小声催促爸爸："快！"

我穿上一件巨大的船员大衣，拉好拉链，卷起袖子，和爸爸一起拿了两件救生衣，爬上了那艘"十二宫"。我把绳子从桩上解开，按了下马达上的一个按钮，引擎"突突突"地发动了。我们驶离了"爱兰歌娜号"，在波光粼粼的黑色海水之中航行。

我转头看着船。有几个乘客还在甲板上拍照，但很多乘客已经退到里面去了。那个"数独女"正在图书室。艾尔丝和薇薇安还守着我的《大战役》残局。大部分房间的百叶窗已经放下来了。反正嘛，船上的人肯定以为我和爸爸正舒舒服服地躺在床上睡大觉呢。

"躲起来，"爸爸说。一辆"十二宫"正向我们的方向开过来，"你太小了，一看就不该在这儿。"他走到马达那儿，抓住把手。"再低，"

他说，"整个藏起来。"

我整个人都趴在船底了，说："你那个鬼眼镜儿，摘了！"爸爸戴的不是墨镜，所以一边的眼罩非常明显。

"哎呀！"他手忙脚乱地摘了眼镜塞进口袋里，把衣服拉链一直拉起来盖住了鼻子。

"朝我们这边来的都有谁？"我问，"你认识吗？"

"弗洛格、吉莉和凯伦，"爸爸不张嘴地说，"我要轻轻往这边荡一下。不会太明显，就稍微拉开点距离。"他朝那边挥了挥手。

我感觉到那艘"十二宫"开过去了。

"好的，没事了，"他说，"现在我要找个地方停船……"

我趴在船的橡胶边上偷偷看出去。我们已经进入了帕尔默站。"你就快速地冲到石头上面去就行——"我说。

"不行，不能那样——"

"真的可以，"我说着站了起来，"全速——"

爸爸真这么干了。我倒下来，一头撞到船边充气的橡胶上。我抓住绳子编成的围栏，身子朝外面顶。我的双脚和一边的膝盖卡在了硬硬的橡胶和石岸之间。"啊……"我尖叫起来。

"比伊，你没事吧。"

我觉得我可能有事。"没事没事。"我把脚和膝盖使劲抽了出来，摇摇晃晃地站起来。"哎呀！"刚才那艘"十二宫"又掉头朝我们的方向来了，船上的人挥着手，朝我们大喊大叫。我赶紧躲在船后面。

"你快走。"爸爸说。

"去哪儿？"

"去找她，"爸爸说，"我来拖住他们。咱们的船凌晨三点出发。现在还有三十分钟。去找人，问见过你妈妈没有。她要么在这儿，要么不在。你想回来的话，一定要在两点五十分之前用对讲机联系咱们的船。记住了没？两点五十分。"

"你什么意思啊，我想回来的话。"

"我也不知道我什么意思。"爸爸说。

我深吸了口气，抬头看着前面高高的瓦楞板房。

"这个，"爸爸伸手从内袋里掏出一个黑色天鹅绒的小袋子，上面拴着一条金色的丝带，"一定要交给她！"

我没有说再见，跛着脚就往石头路上走，上面的碎石基本上被海水和风侵蚀了。我的左右两边都是集装箱，深深浅浅的蓝色，箱身上有模板刷漆的字："冷链""易爆炸""易腐蚀"……木头甲板上支了很多帐篷，帐篷有真正的门，还插着好玩的旗子，有海盗旗，还有"辛普森一家"的卡通旗。天上一轮大太阳，我却走在夜晚的寂静当中。越往里走，房子就越密，互相之间由红色透明管道组成的桥与路相连。我的左边有个水族箱，乌贼和海星都紧贴在玻璃上，还有些奇奇怪怪的海洋生物，就像一日回顾的讲座上会介绍的那种。有个巨大的铝桶，旁边支起一块牌子，上面画了个锥形的高脚杯，写着：热水桶旁严禁摆放玻璃容器。

我走到通往主楼的台阶了。爬到一半，我鼓起勇气转身看了看。

那艘"十二宫"已经停在爸爸旁边。一个向导上了他那艘船。他们好像在吵。但爸爸一直坚决地站在马达旁边，这样向导都是背对着我的。所以到目前为止，他们还没发现我。

我打开门，进了个暖和舒服的大房间，铺着方形的地毯，摆着一排排铝制的野餐桌。除了我没别人。整个房间飘着一股溜冰场的味道。一面墙上全是架子，摆满了 DVD 光碟。房间靠后的位置有个吧台和一个开放式的不锈钢厨房。一块白板上写着几个大字：欢迎回家，尼克！

不知从什么地方传来哈哈大笑的声音。我顺着走廊跑下去，不断地打开一扇扇的门。有间屋子里除了正在充电的对讲机什么都没有，还有个巨大的招牌上写着"除乔伊斯外严禁携带咖啡杯入内"。旁边的房间都是桌子、电脑和氧气罐。还有个房间里尽是些怪模怪样的科学仪器。然后有个卫生间。我听到那边角落有声音传来，连忙跑过去，却不小心被什么东西绊倒了。

地上铺着一个垃圾袋，上面摆了个意面锅。意面锅里面有件 T 恤，上面的图案好熟悉……是个五彩的手印。我伸手把 T 恤从那灰灰的冷水里拎起来。上面写着：盖乐街学校。

"爸！"我大喊，"爸爸！"我沿着走廊跑回去，来到一面落地窗前。

但两辆"十二宫"都从帕尔默站驶离，开往我们的船了。爸爸也在上面。

接着，一个声音在我背后响起："你这个小浑蛋！"

是妈妈，她就站在那里。她穿着工装裤和羊毛衣。

"妈妈！"我的眼泪一下子就涌出来了，朝她跑过去。她跪下来，我紧紧地抱住她，完全陷进她怀里。"我找到你了！"

她的怀抱承受着我全身的重量，因为我整个人都瘫软了。我死死地盯着她漂亮的脸。她那双蓝眼睛打量着我，和以前一样。

"你怎么跑到这儿来了？"她说，"怎么来的？"她眼角挂着笑意，皱纹就像太阳的万丈光芒一样。好大一缕灰白的头发披散下来。

"你看看你的头发呀。"我说。

"你差点要了我的命，"她说，"你知不知道啊！"然后，她含着眼泪和疑惑问我："你为什么不给我写信啊？"

"我又不知道你在哪儿！"我说。

"我写了信的呀。"她说。

"你写了信？"

"我好几个星期前就寄出去啦。"

"根本没收到你的什么信，"我说，"这个，爸爸给你的。"我把那个天鹅绒小袋子递给她。她没打开看就知道是什么，把小袋子贴在脸上，闭上眼睛。

"打开啊！"我说。

她解开丝带，拿出一个盒子吊坠，里面是一张圣伯纳黛特的肖像。就是妈妈得了建筑奖之后爸爸送给她的那条项链。我可是第一次亲眼见到。

"这是什么？"她又抽出一张小卡片，举起来仔细看。"我看不清上面的字。"我把卡片拿过来，大声读出来。

1. 比伯双焦楼

2. 20 英里屋

3. 比伊

4. 你的出逃

还有十四次显灵。

"艾尔吉啊！"妈妈说，长出了口气，露出甜蜜而释然的笑容。

"我就知道会找到你的，"我说着又紧紧地拥抱了她，"没人相信我。但我就是知道。"

"我的信，"妈妈说，"你要是没收到的话——"她拉开我的胳膊，直视着我的眼睛。"我想不通了，比伊。你没收到我的信，又是怎么到这儿来的呢？"

"就像你一样啊，"我说，"偷偷溜过来的。"

第七章

逃家小兔

PART 07

The Runaway Bunny

二月二十一日　星期一

回盖乐街上学的第一天，我去音乐教室，经过我的信箱。里面塞满了之前几个月的通知，什么回收垃圾比赛、骑车上学日的传单之类的，但里面夹着一个信封，贴了邮票，写着盖乐街的地址，收信人是我。寄信地址是个丹佛的承包公司。妈妈的字迹。

肯尼迪看到我脸上的表情，就缠着我问个不停："是什么，是什么，是什么嘛？"我不想当着她的面打开信封，但也没办法一个人打开。所以我就跑回班上的固定教室。勒维老师正准备跟其他同事一起去星巴克休息，他一看到我，就叫别的人先走。关上门以后，我努力想把所有的事情一股脑儿地都告诉他：干预会、救了妈妈的奥黛丽·格里芬、乔特、不喜欢我的室友、南极、苏－琳怀了孩子、找到妈妈、还有现在才出现的这封之前没收到的信。但结果我絮絮叨叨地根本讲不清楚。于是我就换了个办法，去我的储物柜拿出那本在乔特写的书。给了他。然后去上音乐课了。

吃午饭的时候，勒维老师来找我。他说觉得我的书写得还行，但以他的标准，还需要更多润色。他提出个建议，不如就写完这本书，当我春季学期的研究项目。他还建议我去找奥黛丽、保罗·杰利内克和古德伊尔校长等有关的人，多提供点资料。当然啦，还要去问妈妈。但是她还有两个星期才从南极回来。勒维老师说，做了这个，我缺课的学分他就可以给我，这样我就能和班上同学一起毕业了。对，就是这本书啦。

一月七日　星期五
妈妈那封没收到的信

比伊：

我在南极一个货运集装箱上给你写信。待会儿一个兽医要帮我拔四颗智齿，这是我自愿的。我得先把想说的话都说了。

你应该已经知道了，那天，一群人像拿着网子捕蝴蝶似的在客厅里追我，然后我就消失了。同一天的早些时候，我去了世界欢庆日。为了避免真的跟"世界"一起欢庆，我拖延时间，在咖啡桌前忙了很久，倒水、搅拌，一共吞了五杯泥糊糊的咖啡。表演一结束，我就急匆匆地回家了（我没有去尼尔加德医生那里拔牙，因为就连我都意识到那真不是个明智的决定），结果干预了我自己的干预会。再加上我当时尿急得很，感觉就更痛苦了。我进了卫生间，结果听到一阵"当当当"。

我们不是一直觉得奥黛丽·格里芬是魔鬼吗？原来奥黛丽·格里芬是天使。她帮我从阳台逃了出去，带我进了她的厨房，我安全了。然后她给我看了那份档案，记录了我各种非常糟糕的行为，现在也已经寄给你了。

我知道，你们都以为我就这么一走了之了。但真的要解释一下，我没有。

我当时想着，艾尔吉还是要带你去南极的，因为干预会上说到这件事时他态度很坚决。第二天一早，我就去了机场，想跟你们俩当面谈谈（对了，请注意，我再也不可能用电子邮件、短信或者电话的形式跟任何人交流了。从现在开始，我就是黑手党的做派，除了当面交谈，没有别的方式）。我向机场打听你是不是已经过了安检，但他们是严禁透露这种信息的，毕竟"9·11"的阴影还没过去呢。我别无选择，只能直接过了安检，登了机。

你也知道，你不在飞机上。所以我慌了，但来了个漂亮空姐，递给我一杯加了冰的橙汁。真是好喝到超乎我的想象，于是我就去了迈阿密。脑子里燃烧着疯狂的火焰，就像一枚全速前进，想要造成大规模杀伤的导弹。艾尔吉是个叛徒，我是不被庸碌的世人所理解的天才。我脑子里上演了几万字的史诗级的剧场，而且起承转合得天衣无缝。

走下飞机舷梯，来到迈阿密，我就重新回到现实了。本来还指望听到勒布朗·詹姆斯和葛洛利亚·埃斯特芬[①]欢迎我这个明星女主角的声音呢，结果只闻到了肉桂卷的香味。我点了个很大的肉桂卷，往一辆电车走去。坐这辆电车能去卖票的柜台，我就去那里买了张回家的机票，去接受我的命运。

当然啦，还是要先吃肉桂卷的。我坐了下来。一辆辆电车来了又走，我撕扯着美味松软的面包，每一口都是享受，吃了一会儿，突然想起刚才忘拿纸巾了。我两只手上沾满了糖霜。脸上也是。我钓鱼背心的一个口袋里有个手帕。我像外科医生那样举着双手，请一位过路的女士帮忙："请你帮我拉开这个口袋好吗？"她拉开一个口袋，结果里面只有一本关于南极的书。我拎了出来，用书页擦了我的手，嗯，是的，还擦了脸。

来了辆电车，门"哐当"一下打开，我找了个位子坐下。瞥了一眼放在膝盖上的那本书，书名是《世界上最糟糕的旅行》，作者是阿普斯利·彻里－加勒德，斯科特探险队远征南极点，遭遇飞来横祸，这位是少数幸存者之一。封底写着：南极不是说去就去的，人们都是受到召唤而前往。

电车开进主航站楼，我没有下。我去了南极。

当然啦，你要找我，肯定先是去问游轮公司。他们会跟你说，我在船上，这样你就知道我是安全的了。还有另一个好处：我坐上船以后，就没法跟外界联系了。你爸爸和我特别需要这样分开三个星期，各自冷静一下。

我顺利地上了"爱兰歌娜号"，上去的一瞬间我还是有点儿震惊，居

---

① 勒布朗·詹姆斯（LeBron James），美国篮球明星，二〇一〇年加盟迈阿密热火队。葛洛利亚·埃斯特芬（Gloria Estefan）是古巴裔美国著名女歌手，幼年全家移民美国，定居在迈阿密。

然没有在最后关头被什么有关当局的警官之类的拽下来。向导向我问好。我也问候他。

"嗯，我挺好的，"他回答说，"只要回到冰上就好。"

"你不就从冰上来吗？"我问。

"那是三天前的事儿了。"他很惆怅。

我真不能感同身受。冰这个东西，再热爱能热爱到哪儿去呢？

最终我还是懂了。头两天我晕船晕了个天翻地覆，再醒来就到了南极。窗外就是一座冰山，高是船的三倍，宽是两倍。真的是一见钟情。船上广播说我们可以去划皮划艇。我赶紧穿好行头，排在第一个。我一定要跟冰来个近距离接触。

冰。真的好迷幻，如同封冻的交响曲，沉睡又苏醒的生命，是跳跃活泼的蓝（雪是白的，而冰是蓝的。你肯定知道为什么，比伊，这方面的知识你特别丰富，但我真是一无所知）。南极很少下雪，因为这里其实就是个沙漠。冰山就意味着它有着几千万年的年纪，是冰川下的崽儿（啊，生命可真是值得热爱啊：两个星期前你还在自觉自愿地把社保账号透露给俄罗斯犯罪团伙；两个星期后你就来到一个你会说"冰川下崽儿"的地方）。我看到了几百座冰山，有的冰山像大教堂，又像动物舔过的盐沼地；有的像沉船的遗骸，像被专门打磨过，光滑得如同梵蒂冈的大理石台阶；有的像林肯中心倒了个个儿，表面还坑坑洼洼的；有的像路易斯·奈维尔森①雕出来的衣帽钩；有的就是三十层的高楼，有着最不可思议的弧度，像是世博会上的建筑。这的确是一片白色世界，但也充满了蓝色，色谱上的每一种蓝色，深色的海军蓝、炽烈的霓虹蓝、法国男人钟爱的衬衫宝石蓝、彼得兔小衣服的那种粉蓝。这些冰啊，就像恶魔怪兽，在一片蓝得发

---

① 路易斯·奈维尔森（Louise Nevelson，1899—1988），美国先锋女雕塑家。

黑的禁地之中呼啸狂奔。

它们经历了这么长久的岁月，有这么大的规模，这么安静沉睡的仪态，这种十足的存在感，这一切都蕴含着无可言说的高贵。每一座冰山都让我心中充满了忧伤与惊愕的感觉。注意，不是忧伤与惊愕的思想哦。因为要产生思想，首先你要能够思考。但我的脑子当时是像气球一样胀起来的，产生不了任何思想。我没有想到你爸爸，我没有想到你，最重要的是，我竟然也没有想到自己。这效果有点儿像嗑了海洛因（我猜哈），真希望无限地延续下去。

就算最简单的人与人之间的互动交流都会让我迅速跌入对现实的思考中。所以每天早上我都是第一个出去，最后一个回来。我只去划船，从来没有真正踏足这片白色大陆。我总是低着头，在游轮上也尽量待在房间里睡觉。但很多时候，我都感觉到，自己就那么平静地存在着。没有心跳加速，没有天马行空的疯狂想法。

有一次，我正在水里划桨呢，不知从什么地方冒出一个声音。

"你好呀！"那个声音说，"你是来帮忙的吗？"听在我耳朵里仿佛在问，"你是好女巫还是坏女巫啊？"那声音特别有活力、特别愉快，就像周围这深深浅浅的蓝，这鲜明的景色，这围绕四周的冰山。

向我问好的是贝基，海洋生物学家。她划着一艘"十二宫"出来给水采样。她是乘坐"爱兰歌娜号"去帕尔默站的，那里是个科学研究中心。她说，接下来的几个月她都在那里。

我心想，不可能吧，真的能在这儿待这么久？

我上了她的"十二宫"，帮她观测浮游植物的高度。她真的很健谈，跟我讲了很多。她丈夫是个承包商，在他们的家乡俄亥俄，工作中常用一款电脑程序叫"快建筑"。他想中标南极点的一个工程，拆除原来一个测地线的拱顶，在原址上修一个研究站。

什么？！

好吧，你现在已经知道了，我可是个官方认证的天才。你别怪我怎么从来没跟你说过"麦克阿瑟天才奖"这回事。我说过的啦，只是从来没强调过这是多大的一件事。说真的，谁愿意向宝贝女儿承认自己曾经是业界公认全国最有前途的建筑师，现在却整天把过去受人瞩目的才华拿来骂前面的司机开的是爱达荷州牌照的车啊？

我懂，我懂，比伊，这么多年了，你肯定一直特别难受。不得不坐在车里面，忍受我失控的情绪，却又逃不掉。我努力想改来着。我曾经下定决心，再也不说这些司机一个字的坏话，然后我就耐心地等啊，等啊，等小客车从停车位开出来。"我不说，我不说。"我不断提醒自己。结果后座就传来你小小的尖尖的声音："我知道你要说什么，你要说那个司机是个笨蛋大白痴。"

我干吗要说这个啊。嗯，应该是想说我让你失望了一百次。好吧，一百次远远不够吧？说一千次比较合适。

贝基到底是什么意思啊？拆掉拱顶？那拆了之后怎么处理呢？用原来的材料再来修新的研究站吗？南极点能找到什么材料啊？不是只有冰吗？我脑子里冒出无数个问题。我邀请贝基一起吃晚饭。她是那种有点儿邋遢的人，屁股很大，对服务员是那种虚情假意的好，纯粹是在炫耀"看我对服务人员态度多好"，以此来显示自己高人一等（我觉得中西部的人好像就是这样）。吃完晚饭，贝基强烈建议再去酒吧喝一杯。我们坐在吧台那里，她不停地问酒保，他在克什米尔的"崽子"们都多大了。我呢，就在这个间隙，又多套了点儿她的话。

我下面这么说，可能很像你爸爸，多此一举地给你解释你早就知道的问题：南极是整个地球上最高、最干、最冷和风最大的地方。南极点的平均温度是 −60℃。风一刮起来，基本上是飓风那个级别的；海拔高度是三千多米。也就是说，过去那些探险家，光靠走一走是到不了南极点的，必须一路爬很多高山（补充小知识：在南极，你要么是阿蒙森派，要么是沙克尔顿派，要么是斯科特派。阿蒙森是第一个到达南极点的人，但他一路上拿狗喂狗，才最终到达。这样他就成了南极探险家中的迈克尔·维克①，你喜欢他可以，但别说，不然就有一群动物保护的狂热分子要跟你大吵特吵。沙克尔顿呢，就是这里的查尔斯·巴克利②：他是南极的传奇，闪闪发光的名字，但永远有个遗憾，他从来没到过南极点，就像巴克利的队伍从没夺冠一样。哎，我怎么就开始拿运动员来类比了呢，真想不明白。最后就是斯科特船长，他被推上神坛，反而是因为他的失败；一直到今天，这个圈子也没能完全接受他，因为他待人接物态度很差。我嘛，当然是最喜欢他咯，你懂的）。南极点位于一块移动的冰盖上。每年都要重新标定一次南极点的最新位置，因为这里每年都会移动十米左右！那我盖的房子是不是就要变成一座用风力来发电、像螃蟹那样走路的冰屋呢？有可能哦。这个我不担心。发明创造的才能，失眠时候的思考，就是用在这上面的啊。

这里修的任何建筑，都必须和美国那边协调。小到一个钉子的每一种材料，都要空运过来。往南极点运送物资的成本非常高，一丁点儿东西都不能浪费。二十年前，我修了个零浪费的房子，用的全是方圆20英里之内能找到的材料。这一次呢，需要的是方圆9 000英里③之外的材料。

我的心"咚咚"跳起来，但不是那种让人难受的心跳加速，不会觉得，啊，我要死了，而是那种很兴奋、很激动的心跳加速，好像在说，嘿，有什么需要我帮忙的吗？要是没有，请你靠边儿吧，因为老娘要大显

---

① 迈克尔·维克（Michael Vick），美国橄榄球名将，曾曝出虐狗丑闻。
② 查尔斯·巴克利（Charles Barkley），美国篮球名将，NBA五十大巨星之一，曾两次获得"最有价值球员"的称号。
③ 9 000英里，约14 400千米。

身手了哦。

我就一直在想，哎呀，我跑到南极来参加这次家庭旅行，真是太棒了！

你是了解我的，哦，可能也不了解。反正从那个时候开始，我每一天的每个小时都在计划去接手那个新的南极点研究站。我说每一天的每个小时，就是二十四小时，因为这儿的太阳又不落山。

说句公道话，《艺坛》那个记者非常尽职尽责了，但我只要看到收件箱里出现他的名字，就疯狂地点删除、删除、删除。不过，对于他问的问题，我的回答是，我从没有自认为是个伟大的建筑师。不如说我是个有创意的、擅长解决问题的人，品位不错，而且非常不喜欢去处理物流上的难题。我一定要去南极点，如果不为别的，至少也是为了能把我的手放在南极点那个标杆上，宣布全世界真的是在围绕着我运转。

我整整两天没睡觉，因为这一切真是太有趣了。南极点、麦克默多站和帕尔默站的运营方都是丹佛一家军事承包公司。下个月整个南极的运营协调恰好是帕尔默站负责。我和这些东西唯一能产生的联系，就是贝基。我当时就下了决心：不管她每次找服务员要小餐包的时候多么浮夸地道歉，我都跟定她了。

还是平常的一天，我跟贝基开着"漂浮科学实验室"到海上记录各种数据。我装作特别漫不经心地提了一句，要是能跟她一起去帕尔默站，那可太棒了。结果她焦躁情绪瞬间爆发！不！老百姓不准去那儿！只有相关工作人员才行！要去得等五年！那是全世界科学家都梦寐以求的地方！她花了好多年写申请！

那天晚上，贝基跟我告别。我挺吃惊的，因为我们离帕尔默站还远着呢，但凌晨三点要来一艘船接她。原来在南极有个无形的交通网，有点像微软的班车。都是在海上做研究的船，总是按照一定的路线循环往来，把人和物资运到各个观察站，很多时候会和游轮的航行路线会合。游轮当然也会为这个偏远研究站运送一些物资。

我只有区区六个小时，根本不可能说动贝基带我去帕尔默站。我躺在床上正绝望着呢，三点的钟声响了，一艘橙红色的巨船慢慢开过来了，就是劳伦斯·M.库尔德。

我跑到寄存室，占据有利位置，以便随时开溜。浮坞上堆着贝基的东西和五十箱鲜货。我看得出来的有橙子、南瓜和白菜。一个样子看着还很困的菲律宾人把箱子一个个搬到一辆漂在水上，没有人的"十二宫"上。突然，他塞了一箱子菠萝给我。

我一下子明白了，这些天我一直跟贝基去做监测工作，这个人以为我也是个科学家。我接过那箱菠萝，跳进那艘"十二宫"，爬到库尔德号的浮坞上，把箱子一个个搬上来。那群俄国佬，只想着搬箱子。"十二宫"搬空了，我想确认一下这事儿是不是真的成了，就轻轻地朝那个菲律宾人挥了挥手。他自己一个人开着船回"爱兰歌娜号"了。

我就这么真真正正地踏上了劳伦斯·M.库尔德。最棒的是，我下"爱兰歌娜号"的时候没有刷磁卡。所以他们那边根本没有我离开的记录，可能要到乌斯怀亚才会发现我失踪了。到那个时候，我肯定都联系上你了。

我转身看了一眼"爱兰歌娜号"，点点头表示感谢。接着，我模模糊糊地看着贝基在那边把一些物资往"十二宫"上装。我本来就不喜欢她，这下子更不理智了，心想，我干吗需要贝基啊？她又管不着我。

我自己溜到船中间，穿越了一条条迷宫一样的走廊，里面飘散着腐臭的气息，那是柴油、油炸食品和香烟混合在一起的味道。最后，我找到一个小小的休息室，那儿有一套毛茸茸的彩色沙发和一个笨重的电视。我就坐在那儿，发动机"嗒嗒嗒"地发动了。我就坐在那儿，船开了。我继续坐在那儿。然后睡着了。

是贝基的尖叫把我唤醒的。大概早饭饭点儿前后，有些水手看到我睡在那儿，就到处去打听。好在，我们离帕尔默站只有六个小时的路程了。贝基决定，把我交给艾伦·埃德尔森处理。此人是南极事务的运营经理。剩下的整个旅程当中，我都是被软禁在休息室的犯人，也是大家好奇的对象。总有俄罗斯科学家探头进来，我看电视上的《再生之旅》，他们看我。

一到帕尔默，贝基就拽着我的领子，把我揪到"伟大领袖"艾伦·埃德尔森面前。结果让贝基失望了，我说我会免费为他们工作，而且绝不抱怨艰难困苦，艾伦激动得不行。

"但她怎么住啊？"贝基都快哭出来了。

"就住'库尔德号'啊。"艾伦说。

"但床位都排满了呀。"贝基说。

"好吧，"艾伦说，"我们说是那么说嘛。"

"但她没带护照！在'爱兰歌娜号'上！"

"那是她自己的问题了，对吧？"

我俩看着贝基气呼呼地走了。

"她的申请真的写得很好呢。"艾伦鄙视地说。她之所以对我这个态度，秉持的理念是"敌人的敌人就是我的朋友"。我感觉冰天雪地一下子变得春暖花开。

她把我交给麦克，波士顿人，前任州参议员。这位仁兄特别想来南极，所以接受了专门训练，成了一名柴油机技工。麦克给我安排的工作是给发动机机座周围的甲板打磨和上漆。他递给我一沓工业级别的砂纸。打磨之前，要先刮一下木头。我有一把泥子刀，比较钝。我想应该可以去厨房借块磨刀石。

"她来了。"我进去的时候艾伦说。她一直在跟主厨聊天。艾伦指着一个野餐桌。我很听话地坐下来。

她拿着一个打开的笔记本电脑走过来。

屏幕上是"维基百科"介绍我的页面。后面有个链接是《艺坛》的网站。（说句题外话，这儿的网速真是我见过最快的了，可能因为这是军事基地吧。这儿应该有一句宣传口号："帕尔默站：为冰而来，为网而留。"）

"你做的事儿可不对哦，"艾伦说，"溜到'库尔德号'上，再溜到这儿来。我只是不想让贝基太激动而已，免得她到处去说，影响不好。"

"我明白。"

"你想干什么？"她说，"为什么到这儿来？"

"我想给我女儿寄封信。不发邮件，真的是寄信。要在十七日之前寄到西雅图。"我一定要让你收到这封信，比伊，要在"爱兰歌娜号"回到乌斯怀亚之前，这样大家就不会担心了。

"明天就会送邮件出去，"艾伦说，"能按时送到的。"

"还有，我想试试设计那个南极点的研究站。但我得亲自去那里感觉一下。"

"啊，"艾伦说，"我还在想呢。"

艾伦开始跟我解释这是完全不可能的事情：只有麦克默多站才有飞机去南极点，而麦克默多距离帕尔默有 2 100 海里。不过去麦克默多相对还算容易。坐飞机去南极点就完全不同了。相关的规定很严格，只有"机要人员"才能去。而我呢，我的到来，重新定义了"非机要人员"。

她这番话说到一半，我差不多听明白了，艾伦·埃德尔森在给我搞"打一巴掌喂个糖"那一套呢。这个过程一共分四步：第一步，事无巨细地解释一下你提出的要求是多么不可能满足；第二步，你表达巨大的歉意，觉得自己根本就不该开口，然后提出要不就算了；第三步，对方说不管多难还是想到了实现的办法；第四步，对方只是做了分内的事情，结果现在反而变成你欠她的。

我们很专业地扮演了各自的角色。艾伦不断地讲各种难处，我就低声下气地为自己无礼的要求道歉。我遗憾而乖巧地点头离开，继续做我的打磨工作。五个小时后，艾伦又把我召唤到她的办公室。

"你运气挺好的哦，"她说，"我对怪人、奇人和天才有种没道理的偏爱。麦克默多到南极点附近的飞机，我给你争取了个位子。六个星期之后起飞。你五个星期后从帕尔默启程。全程要飞三个小时，你只能站着。因为飞机上堆满了探空气球、奶粉和燃油。"

"站着我没问题啊。"我说。

"你现在倒说得轻巧，"艾伦说，"但是有个问题，你的智齿都还在吗？"

"在啊……"我说，"为什么问这个？"

"有智齿的人是不许去南极点的。前两年有三个人智齿发炎了，我们只能派飞机过去接。别问我到底花了多少钱。从此以后就有了条铁规：不能有智齿。"

"妈的！"我暴跳如雷，像《兔八哥》里面的燥山姆。南极点这个煮熟的鸭子眼看就要飞了，竟然是因为我他妈的没去看牙医！

"你别急啊，"艾伦说，"我们帮你拔了就是了。但必须要今天就拔。"

我虎躯一震。眼前这个女人，把"积极解决问题"提高到了令人激动的新高度。

"但是，"她说，"你也要想清楚自己将要参与的事情是什么概念。南极点是公认的世界上生存压力最大的地方。那么小的一块地方，你要跟二十个人一起待着，你可能还不太喜欢他们。我觉得他们都挺烂的，再加上与世隔绝，就更糟糕了。"她递给我一个写字板。"在那里过冬的人要做一个心理测试。一共有七百个问题。大多数是屁话。但你至少要看一眼。"

我坐下来，随便翻到一页。"是否题：我会根据颜色来排列所有的鞋子。如果发现顺序不对，我可能会变得很暴力。"她说得对，都是屁话。

封面的介绍还算稍微有点用，列出了在南极点的极端条件下最适合生存的心理档案。上面说，这样的人要有"厌倦享乐的态度和反社会的倾向"，而且"在小房间里独自待很长时间也不会烦""没有出门和锻炼的需求"，最关键的一点，"可以忍受很长时间不洗澡"。

原来过去的二十年，我一直在进行在南极点过冬的训练！我就知道"天将降大任"嘛！

"我应付得了，"我对艾伦说，"只要女儿祝福我就行。信一定要寄给她。"

"这个好办。"艾伦说，终于对我笑了笑。

这儿有个研究海狗的帕萨迪纳人，也是个兽医，拿过马匹牙科的学位，以前还给"信雅达"① 清过牙齿呢。（我跟你说哦，这儿真是什么人都有。今天吃午饭的时候，有个得过"诺贝尔物理学奖"的物理学家，给我们解释"多重宇宙"的概念。这不是到盖乐街接孩子放学，爸爸妈妈穿着"北脸"等在那儿那么简单的事情哦，而是一个量子力学的概念，就是在无限数量的平行宇宙当中，任何事情都有可能发生，都在发生。哎呀，我现在是解释不清楚了。但是真的，午饭的时候，有那么一瞬间，我真的懂了哦！这很像我这辈子的写照：什么都得到了！又都失去了！）

好。那个兽医要拔了我的智齿。站上的医生道格会做他的助手。道格是阿斯彭人，外科医生，来这里工作，同时想实现这辈子走遍七大洲滑雪的梦想。他们都对这次拔牙很有把握，因为我的智齿已经突破牙龈长出来了，角度也不刁钻。不知道为什么，卡尔，一个很友好的中微子专家也想参与到拔牙中来。这儿好像人人都很喜欢我，当然肯定和我带来了鲜

---

① "信雅达"（Zenyatta），美国著名的赛马，共参加了二十场比赛，创造了十九连胜的战绩。

货有很大关系。还有，这儿女人很少。坐个船来到南极，本来只有五分的我，都能打十分了。

比伊，我要去南极点，就只有这一次机会。劳伦斯·M.库尔德五个星期后就去麦克默多了。不出问题的话，我就从那儿坐飞机去南极点了。但是，一定要收到你的回信，我才会去的。你可以按照下面的邮箱地址发电邮给艾伦·埃德尔森，有什么话就让她转达吧。要是没有收到你的回信，我就坐船去麦克默多，然后从那里飞回家。

*

道格医生刚刚给我打了麻药和止痛药。原来中微子卡尔也要来帮忙就是因为这个原因，他听说他们要用这种违禁药品，就想给自己搞一点。他现在已经不见了。时间不多了，我等下可能就晕了。现在要跟你说点要紧的事：

比伊，别讨厌爸爸。我已经够讨厌他了，够咱们两人份的了，当然话是这么说，但我可能也会原谅他的。因为我也没法设想，我和爸爸要是没有彼此，会变成什么样子。好吧，我们都知道他变成了什么样子——和助理搞在一起的男人，但我无法想象自己会变成什么样子。

还记不记得你小时候讨厌我做的事情？你讨厌我唱歌；讨厌我跳舞；你特别特别讨厌我把街上那些梳着可怕的小辫子，肩膀上搭着一摞毯子的流浪汉叫作"兄弟"；你讨厌我说你是我最好的朋友。

现在，我同意最后一条。我不是你最好的朋友。我是你妈妈。作为你的妈妈，我要宣布两件事。

第一件事，我们要从直门搬走。那个地方是个持续了数十年的噩梦。现在我要打个响指，让我们三个从噩梦里醒来。

几个月前，我接到个电话，是个叫"奥利奥"的怪人打来的。他在帮新的盖乐街学校筹款。我们要不就把直门给他们吧？要么收个一美元？

有件事情我从没说出口：盖乐街是我最好的际遇，因为这个学校把你照顾得太好了。老师们都喜欢你，你呢就在那里茁壮成长，真的成了我吹着笛子的克利须那神，再也不是那个虚弱的小孩子了。他们需要新的校园，而我们需要过正常人的日子。

我会想念那些午后，我走到家里的草坪上，甩头回看。西雅图的天空那么低，仿佛上帝为我们降下了一张丝绸降落伞。那天空能囊括我所有的感觉。闪闪发光的太阳是那么愉快；一缕缕的云彩是那么轻盈，仿佛在"咯咯"轻笑；有时候太阳放射出万丈光芒，晃得我快要失明了。那闪闪的亮光中有金色与粉色的丰满光圈，有点俗气。巨大的云彩是那么蓬松，在地平线上来来回回，仿佛处在两个镜面之间，永恒地循环往复着。还有那条条雨丝，正带着潮湿的低落从远处席卷而来。但很快，我们的头顶上，还有另一片天空中，就会出现一块乌云，却不下雨。

天空是一块块的、一层层的，有时候旋转着搅在一起，而且总是变幻的、搅动的，有时候还嗖嗖地掠过去。天真是好低好低啊。有时候我会伸手去感受那流云，就像你，比伊，就像你第一次去看 3D 电影的时候。我觉得我一伸手就能抓住这片天空，然后，成为这片天空。

那些个笨蛋啊，都说错了。西雅图最棒的地方，就是天气。是的，全世界都知道，这儿可以饱览海景，但这片海的对面，我们还有班布里奇岛——一个四季如春的港湾。然后就是陡峭的奥林匹克山，山顶终年积雪。哎呀，我是想说，我想西雅图了，想念那里的山和海了。

宣布第二件事：你不能去上寄宿学校。对，我就是这么自私。我不能忍受没有你的日子。但我还要认真地说一句，最要紧的是，我不喜欢你去上寄宿学校，是因为你肯定不能融入那群势利眼的富家子弟的圈子。他们和你不一样。对，用那个行政的话说，我不想说他们是"世故"（好了好了，我们一定要郑重发誓，永远不要拿那个行政发的邮件来开爸爸的玩笑。你现在可能觉得那些东西很严重，但你相信我，这真不是什么事儿。你爸那个可怜的家伙呀，肯定已经后悔死了。要是我回来的时候他还没甩了她，你别怕，我会亲手把她赶走的啦）。

亲爱的比伊啊，你是地球之子，美国之子，华盛顿之子，西雅图之子。那些东海岸的有钱孩子跟你的根就不一样，他们坐着特快车，不知道往哪儿去。你在西雅图交的朋友，有加拿大人的友好亲切。你们都没有手机。女孩子们穿兜帽卫衣，舒服暖和的棉内裤，绑着马尾走来走去，总是背着背包，开心地笑着。要是你去了寄宿学校，被那种变味儿的流行文化给教坏了，那得有多可怕呀！一个月前，我说本·斯蒂勒的时候，你还记得你说什么了吗？你说："谁啊？"我真是太爱你了呀！

一切都怪我自己。我变成今天这个样子，跟西雅图一点儿关系都没有。嗯，可能还是有点儿关系。这里的人都挺无聊的嘛！不过，我们先别急着下结论。我要开始做艺术家了，不能危害社会。我只给你一个保证，我会向前走的。

对不起了，但这事儿你说了不算。你只能跟我待在一起，和我们待在一起，在离家很近的地方上学。"逃家小兔"不许说话，"逃家小兔"要待在家里。

你要答应我。我再待一个月，然后就回来规划这个新的南极点研究站。你从盖乐街毕了业，就去湖岸上学。爸爸继续在微软"让世界变得更美好"。我们一起搬到正常的房子里去住，我想，就选工匠风格的吧？

答应我，永远爱你的

妈妈

致谢

Acknowledgments

感谢安娜·斯特恩，要求严格却又亲切优雅的代理人。也是我亲爱的朋友。

感谢茱蒂·克雷恩，坚定地相信我，满怀善良，给我提供了很多灵感。

感谢我的父母。乔伊斯，你对我那么有信心，有时候我都有点儿尴尬了。洛伦佐，谢谢你给我播下作家梦的种子。

感谢你们亲力亲为地帮助我：布莱斯·奥古拉·奥尔卡斯、海瑟·巴尔比利、凯特·贝蕾尔、莱恩·布迪诺特、卡罗尔·卡色拉、吉吉·戴维斯、理查德·戴伊、克莱尔·德雷尔、帕特里克·德维特、马克·德里斯科尔、罗宾·德里斯科尔、萨拉·邓恩、乔纳森·伊维森、霍利·戈尔德伯格·斯隆、卡罗来·赫尔德曼、芭芭拉·海勒尔（要是没有你提供的笔记，我手上的资料将是多么大一个烂摊子，现在想起来还发抖呢）、乔娜·赫尔维兹、杰伊·雅各布斯、安德鲁·基德、马修·可尼尔（你是我闪闪发光的罗马之星）、保罗·卢波韦科（特别特别感谢你！）、克里夫·马斯、约翰·马克尔维、杰森·利奇曼、萨利·莱利、马赫尔·沙巴、霍依·桑德斯、洛伦佐·西普尔三世、贾尔斯·斯特恩、菲尔·施图茨、阿尔祖·塔辛、文克·索恩、克里斯托尔·怀特、约翰·杨科尔。

感谢卡赛拉学校的女同学们：爱丽丝、茱莉亚和萨拉，要是少了礼貌又迷人的你们，我创造不出比伊这么好的女孩儿。

还要感谢特里·亚当斯、雷根·亚瑟、阿曼达·布洛尔、艾米丽·克威顿、尼克·德威（你是我心中的巨星！）、海瑟·费恩、凯斯·海耶斯、摩根·莫洛尼、迈克尔·皮奇、内森·罗斯特朗（有时候我觉得自己的整个写作生涯都是为了处心积虑地让你接我的电话）、乔夫·尚德勒、阿曼达·托比、吉恩·雅芙·肯普。

　　我这一生都要深深感谢尼可拉斯·卡拉威、米亚·法罗、梅瑞尔·马尔科、皮特·门施、苏·内基尔，安·罗斯、詹姆斯·萨尔特、拉里·索尔兹、布鲁斯·瓦格纳、勒塔·沃尔内尔。

　　西雅图的部分，包括家长、教工和学校的员工，所有的都是勒维老师那样的人，没有一个"烦人精"。这个我要感谢西雅图七号作家俱乐部、艾略特海湾图书公司、大学书屋和理查德·雨果书屋的朋友们。

　　最重要的感谢给予乔治·麦尔，你那么善良地帮我挡住各方的批评和压力，却毫无怨言，让我能安心而专注地写作。谢谢你一直在我身边，亲爱的。

译后记

对错都是为了爱

何雨珈

去年年初，朋友玮华来成都看我，从纽约出发之前在那里的"盲选书店"给我挑了本书。她说那家书店很妙，书都用牛皮纸包起来，看不到内容，但总能选到好看的书。她给我的这本也一样，用牛皮纸包得好好的，上面有人用钢笔写了一行字，"这是一个关于失去与得到的故事"（This is a story about lost and found）。我没有立刻拆开。几天后送走玮华，拆开随意看了几页，发现这是本美国当代小说，不仅是当代小说，作者还非常年轻，是我很喜欢的一部美剧《发展受阻》的编剧之一。我很久没看过这类型的书了，一读之下，觉得内容相当有趣，满篇抖机灵、地图炮，动不动就来两句绵里藏针的讽刺，是年轻作者该有的灵气与青春。看到一半我发现自己在有意无意地默默翻译书中一些好玩的句子。我是网络碎片文化的受害者，但也为碎片文化所迸发的语言新活力而欣喜（说实话：我觉得网络流行词汇使用得当的话，还是很有文学生命力的）。近几年的译作很少有机会试用最近五年甚至十年网络上出现的新词汇，而这本书恰恰是进行这个实践的好对象。我抱着试一试的态度，问了相熟的编辑，查查有没有哪个国内出版社买了该书版权。一切都好像是缘分到了，版权恰恰在那位编辑的同事手中，他一直在寻找合适的译者。我试译了一些发给他，然后，就有了你手中这本《伯纳黛特，你要去哪》。

于我这个整日与文字和书本打交道的译匠而言，这是很奇妙很美的际遇。读到有趣又喜欢的书，再由我来充当媒介，把这本书献给中国读者，人生一大幸事呢！

这本身也是一本奇妙的书。大约只有同时从事影视编剧的作者，能驾驭这种由书信、邮件、便条甚至急诊室账单组成，加以插叙来完善的小说结构。整个小说的情节看似超乎寻常的荒诞，又出人意料的合理；处处伏笔又处处照应，最后所有的"坑"都填上了。要让我来分类，这算得上是一本悬疑小说了，你总是情不自禁地想知道后面到底发生了什么，每一步又都让你意想不到。伯纳黛特和比伊这两个绝对女主角，那么鲜活地跃然纸上。她们独立、勇敢、丰富、聪慧，又温暖、敏感、柔和，恰恰是不同年龄的最可爱的女性（这部书已经拍成了电影，伯纳黛特的饰演者是"大魔王"凯特·布兰切特，是不是特别合适？！我在知道这个消息之后，所有关于书里这个伯纳黛特形象的幻想，全部变成浑身闪闪发光的凯特……看来影视消解想象力，此话真是不假）。

新颖的形式，活泼跳脱的语言，一路轻松欢快的阅读体验，很容易让人忽略作者想表达的深刻主题。短短十几万字，她触及很多东西，社区邻里的关系，外来者融入新环境需要遭遇的尴尬，因为挫折而停滞的才华，复杂到令人迷失的婚姻，工作与生活模糊的界限等。至于其中对西雅图和微软的一些小讽刺，既叫置身其外的读者捧腹，又能让局内人自嘲地会心一笑。

不过，大概作者也不想这么深刻，兜兜转转、曲曲折折，这本书说的也不过就是一个"爱"字。

不太叫人喜欢的行政苏－琳对艾尔吉的爱，其实应该解读成对更广阔的世界、更精彩的生活的爱，尽管是否有违道德还有待评判；南极的科考人员对这片白色大陆的爱；同为母亲的奥黛丽与伯纳黛特相杀相爱，奥黛丽对上帝的爱促使她终于做出了许多正确的决定；艾尔吉对自己事业的爱，对世界、对人类的大爱。虽然微软那句"让世界变得更美好"（make the world a better place）现在总被大家讽刺地提起，我还是希望能有更多真诚热切地把这话奉为座右铭，并且真正去为之奋斗的人。在这个浮躁乌糟的世界，这样的赤子之心多么难得，不是吗？（艾尔吉是这本书里我非常偏爱的人物，一个虽然犯了小错误，却仍旧内心强大，对家人和事业都怀着无比热情，却又淡然安静的天才，说到他不免多两句嘴，见谅。对了，"萨曼莎二代"如果真的能研究出来，供那些丧失行动能力的人使用，可真是当得起一句"功在当代利在千秋"呢！）

当然，小说里的核心之爱，便是家人之爱。艾尔吉对伯纳黛特的爱（爱情是盲目的，因此有时候在婚姻中我们可能会渐渐看不清彼此，但字里行间看得出来，他们相处时的第一选择，仍然是信任与宽容），对比伊的父爱，都是隐忍却深沉的。而伯纳黛特与比伊之间那种母女关系，大概是每个人所渴望的吧，有沟通理解、有患难与共，却又平等快乐，没有人为加码的沉重。作者大概不会刻意在小说中去设置什么"点题"的时刻，我却觉得有场艾尔吉和比伊之间的父女对话点了题，那就是两人都说，妈妈（妻子）是自己最好的朋友。此话正中红心，人生之路这么长，唯愿有挚友共白头。这种互相能理解对方灵魂的深情，便是爱的最高境界了吧。

有句话说："当你不得不在正确与善良之前作出选择时，选择善良。"我想这句话改一改，便可以作为这本小说的主题，"当你不得不在爱与恨之间作出选择时，选择爱。"书里面的每一个人，无论做的对与错，其实最后都选择了爱。西雅图的阴雨连绵、南极的冰天雪地、忙于工作与疏远家人、吵闹争执与全力帮忙……一切归根结底，不过就是那个俗套却真实的"爱"字。

所以，敲完这些字，我大概会带着这本书给予我的轻松快乐与热情，满怀着爱去拥抱和感谢身边的人。拥抱我的朋友玮华和编辑凡凡，谢谢你们让我和这本有趣的好书相遇，并能用最"堂而皇之"的形式，把它介绍给最广泛的读者群，实在是充分满足了我的表达欲和分享欲；这个译本后面的故事，和书本身一样精彩美好。谢谢我亲爱的妈妈，你和伯纳黛特一样，有着出众的才华和敏感的内心，培养了我对文字的喜爱和对生活的敏感；你又和伯纳黛特不一样，面对挫折总是坚强勇敢，迎难而上，所以也给予了我乐观镇定的性格；愿我也是你的"克利须那"。谢谢我亲爱的爸爸，你给我的父爱和书里写的一样深沉又无微不至，贯穿在生活中每一个细节里。当然还要谢谢我的爱人，每每想到自己也嫁给了最好的朋友，就觉得十分幸运；谢谢你给予我温暖美好的爱，让我勇敢前行。

那么，如果捧读这本书的你和我一样，在哈哈大笑或偶尔深思之后，最终的感受是温暖和美好，那这就是爱的力量呀。我也爱你们，因为这本书而和我的小宇宙相连的陌生人朋友们。

抱抱，比心

雨珈

大
魚
讀
品

A
BOOK
MUST
BE
THE
AXE
FOR
THE
FROZEN
SEA
INSIDE
US

所谓书，必须是砍向我们内心冰封大海的斧头
-
卡夫卡
KAFKA

THE UNLIKELY PILGRIMAGE OF HAROLD FRY

一个人的朝圣

[英] 蕾秋·乔伊斯 著 黄妙瑜 译

欧洲首席畅销小说，热销 5 年不衰，入围 2012 年布克文学奖。全球销量过 4,000,000 册，简体中文版销量过 1,500,000 册。

这一年，我们都需要他安静而勇敢的陪伴。

一个人的朝圣（精装版）

[英] 蕾秋·乔伊斯 著 黄妙瑜 译

80 万册精装纪念版，收录作者长篇专访、原版木刻插画、作者给中国读者的信，赠英文别册。

献给每一次对生活的胜利，对悲伤的疗愈，对爱的唤回。

THE LOVE SONG OF MISS QUEENIE HENNESSY

一个人的朝圣 2：奎妮的情歌

[英] 蕾秋·乔伊斯 著 袁田 译

布克奖入围作品《一个人的朝圣》相伴之作。

献给每一次对生命微小瞬间的朴素歌唱，对自我的照见，对爱的唤回。

RACHEL JOYCE

PERFECT

时间停止的那一天

[英] 蕾秋·乔伊斯 著 焦晓菊 译

触动万千读者的全球热销书《一个人的朝圣》作者口碑新作。
别害怕失去生活的勇气，因为它一刻也未曾离开过我们。

THE MUSIC SHOP

奇迹唱片行

[英] 蕾秋·乔伊斯 著 刘晓桦 译

全球热销 5,000,000 册、感动 38 国的口碑之书
《一个人的朝圣》作者蕾秋·乔伊斯沉淀三年重磅新作
你所有的烦恼忧愁，都能在这家唱片行得到倾听和治愈。

FREDRIK BACKMAN

EN MAN SOM HETER OVE

一个叫欧维的男人决定去死

[瑞典] 弗雷德里克·巴克曼 著 宁蒙 译

畅销 44 国，全球销量超过 730 万册。
第 89 届奥斯卡最佳外语片提名电影同名原著。
来，认识一下这个内心柔软、充满恒久爱意的男人。

DANIEL WALLACE

BIG FISH

大鱼

[美] 丹尼尔·华莱士 著 宁蒙 译

出版 20 周年修订典藏版，
豆瓣电影总榜 TOP100 口碑神作原著！
精彩程度不输电影！

不要相信所谓真的，相信你所爱的。

BARRACUDA FOR EVER

爷爷一定要离婚

[法] 帕斯卡·鲁特 著 黄可 译

一经出版即空降欧洲 28 国文学榜单的奇迹之书。
我的爷爷 85 岁，他是一个退役拳击手，刚和奶奶离了婚。
生命中最重要的东西并不复杂，
只不过是和你爱的那些人好好度过时光而已。

HOW TO STOP TIME

时光边缘的男人

[英] 马特·海格 著 侯萌 译

2017 英国读者与书店联名票选最爱小说。
"卷福"本尼迪克特·康伯巴奇出版前夕火速
抢下电影版权，亲自主演、制作。

我写下这个故事，
是希望能让人们感觉不那么孤单。

THE HUMANS

我遇见了人类

[英] 马特·海格 著 李亚萍 译

英国文坛公认超会讲故事的当红小说家！
《别相信任何人》作者盛赞！
《卫报》直言此书将整个人类送上了靶场！

如果能让一颗心免于破碎，我就不算虚度此生。

ANTOINE DE SAINT-EXUPÉRY

LE PETIT PRINCE

小王子（中法双语版）

[法] 安托万·德·圣埃克苏佩里 著　胡博乔 译　卤猫 绘

留在地球上的小王子
卤猫倾心绘制 30 幅插画
翻译家胡博乔原汁原味译自 1946 年法国首版
献给小王子诞生 75 周年

JÚLIA SARDÀ

ALICE IN WONDERLAND

爱丽丝漫游奇境（中英双语版）

[英] 刘易斯·卡罗尔 著
[西班牙] 茱莉亚·桑卓 绘　里所 译
一本真正适合成年人的爱丽丝。
每个女人都曾经是爱丽丝。

FLIPPED

怦然心动（中英双语版） [美] 文德琳·范·德拉安南 著 陈常歌 译

豆瓣 130 万读者共同认可，
电影原著双语纪念版。
斯人若彩虹，遇上方知有。
韩寒、卢思浩、《中国成
语大会》嘉宾郦波教授推
荐电影原著小说。

MONSTERBOKA   EVENTYRBOKA

怪物书   精灵书

[挪威] 龚沃儿·拉斯姆森 绘著   宁蒙 译

北欧童话之乡作家、画家、作曲家、心理学家等 20 位想象力大师献给孩子的礼物。
让想象力醒来，让快乐爆表，在笑到岔气中增长智慧，学会爱与温柔。

HARMUR ENGLANNA

天使的忧伤

[冰岛] 约恩·卡尔曼·斯特凡松 著 李静滢 译

冰岛桂冠级小说家 ‖ 诺贝尔文学奖实力候选！
英、法、西、德、冰、丹、挪等权威媒体盛赞
本书"天堂般美妙""每一段都像诗""不可
替代的光芒""美的奇迹"
无尽的风雪、海浪群山，一个男孩和一个邮差
的奇异之旅。

HIMNARÍKÍ OG HELVÍTI

没有你，什么都不甜蜜

[冰岛] 约恩·卡尔曼·斯特凡松 著 李静滢 译

**冰岛值得阅读的桂冠级诗人小说家，入围 2017
年布克文学奖。**
一场大风雪，一个男孩的三天三夜，那个古老迷
人的冰岛世界。

WHERE'D YOU GO, BERNADETTE

伯纳黛特，你要去哪

[美] 玛利亚·森普尔 著 何雨珈 译

美国文坛国民珍宝、用文字挠得你咯咯直笑的
玛利亚·森普尔魅力四射之作
"大魔王"凯特·布兰切特被小说折服，主演同名电
影席卷46国，全球销量超过700万册！
蝉联《纽约时报》畅销榜、美国国家公共电台畅销榜
长达88周Goodreads 超过30万读者打出满分好评，
136家媒体"年度图书"推选！

BREAKFAST WITH BUDDHA

与佛陀一起吃早餐

[美] 罗兰·梅鲁洛 著 袁田 译

以阳光般的治愈力及启发性席卷全美和欧洲。
与《禅与摩托车维修艺术》并称为美国 10 年来
深刻而重要的心灵小说双雄。
如果购物 / 吃 / 结婚 / 放假也无法令你真正快乐，请读本书。

A SUDDEN LIGHT

穿过森林的男孩

[美] 加思·斯坦 著 袁田 译

全球热销 4,000,000 册，感动 35 国的超级畅销书。
《我在雨中等你》作者睽违 6 年重磅新作。
爱不是握着拳，而是松开手。

ALL IS NOT FORGOTTEN

一切未曾遗忘

[美] 温迪·沃尔克 著 侯茜 译

惊艳奥斯卡影后、一举征服 20 国的新人作家。
一经出版，华纳兄弟旋即高价买走电影改编权。
瑞茜·威瑟斯彭将担任制片人并有望出演女主角。
所谓勇敢，不是遗忘，而是要和痛苦再一次狭路相逢。

EVERYTHING, EVERYTHING

你是我一切的一切

[美] 妮占拉·尹 著　王思宁 译

连续盘踞《纽约时报》排行榜 53 周！全球售出 41 国版权！
Goodreads 超 15 万人五星盛赞！
因为这本书，全球 7,000,000 读者
重温了希望、梦想和爱情。
你那么好、那么好，爱上你，是我这一生至美的冒险。

ET ELLE ME PARLA D'UN ÉRABLE, DU SOURIRE DE L'EAU ET DE L'ÉTERNITÉ

她跟我聊到枫树、水的微笑以及永恒

[法] 安东尼·帕耶 著　高原 译

一年有 525600 分钟，有哪些分钟你真正地活过？
法国版《遇见未知的自己》
一本带领你从困顿走向澄明的诗意之书
有多少岔路，就有多少转机。

ET IL ME PARLA DE CERISIERS, DE POUSSIÈRES ET D'UNE MONTAGNE

他跟我聊到樱桃树、灰尘以及一座山

[法] 安东尼·帕耶 著　高原 译

法国备受瞩目的心灵小说作家黑马处女作。
我不再害怕，我大步向前，我好好生活。

ההיח רדגיח רדג

爱的边境

[以色列] 朵莉·拉宾雅 著 杨柳靖 译

爱情没学过地理，所以不识边境。
伯恩斯坦奖等 10 项大奖加冕，20 余国版权售出，全
球超过 260 家媒体争相报道 。
宁愿冒着生命危险，也要展示爱的微小与伟大。

THE MOMENT OF EVERYTHING

二手书店情书

[美] 谢利·金 著 苏涛 译

没有不可治愈的伤痛，没有不能结束的沉沦，
在这家二手书店，**所有失去的都会以另一种方式归来。**

THE WONDERLING

狐狸男孩

[美] 米拉·巴尔托克 著 王岑卉 译

仅凭剧情大纲，即在出版前以百万美金售出电影版权！
即将被《朗读者》《时时刻刻》导演
史蒂芬·戴德利搬上大银幕！

被《卫报》《出版周刊》誉为"现代狄更斯"的纸上奇
迹，不会让你失望哪怕一秒钟！

他能洞悉世间万物的秘密，却找不到爱他的人。

TORKA ALDRIG
TÅRAR UTAN HANDSKAR

戴上手套擦泪（三部曲）

[瑞典] 乔纳斯·嘉德尔 著 郭腾坚 译

头脑可以接受劝告，心却不能。
北欧版《霍乱时期的爱情》，**瑞典每 8 人手中就有 1 人观看并为之落泪。**
作者因此书获年度风云人物，瑞典王储亲自颁奖！
同名影集击败《权力的游戏》荣膺欧洲电视大奖，豆瓣 9.0 高分！

TAMBIÉN ESTO PASARÁ

这也会过去

[西班牙] 米连娜·布斯克茨 著 罗秀译

2016 年全球文学事件，触动千万人心。
我恐惧你的离开，内心的一部分将变为空洞，然而生活即是不停的告别，我们由此得以顿悟和成长。

武志红

WHY FAMILY HURTS

为何家会伤人（百万畅销纪念版）

武志红 著

知名心理学家武志红
从业 25 年来公认口碑代表作！

1,000,000 册畅销纪念版，
中国家庭问题第一书！

家是港湾，爱是退路。

CHARLOTTE SLEIGH

PAPER ZOO: 500 YEARS OF ANIMALS IN ART

纸上动物园：
大英图书馆 500 年动物图志

世界文明的诺亚方舟，荡气回肠的自然史诗！
穷尽大英图书馆馆藏，从 1.5 亿件手稿、印刷品、珍本书
中甄选出 350 帧稀有画作！
自然艺术奇书，视觉上的一次豪餐盛宴！

ELEANOR ROOSEVELT

YOU LEARN BY LIVING: ELEVEN KEYS FOR A MORE FULFILLING LIFE

生活教会我

[美] 埃莉诺·罗斯福 著 唐磐 译

美国前第一夫人埃莉诺·罗斯福写给年轻人的生活之书
恐惧、时间、女性、教育、独立、内心建设、自我实现，
字字质朴，句句有声，影响五代美国年轻人。

CLARE CONVILLE & LIZ HOGGARD & SARAH-JANE LOVETT

THE BOOK FOR DANGEROUS WOMEN

你要爱上自己，
给她饭吃，给她水喝，给她情书

[英] 克莱尔·康威尔 萨拉·简·洛维特 利兹·霍格德 著
李亚萍 译
伦敦白领称其为"比男人强 100 倍的床上伴侣"。

CAITLIN DOUGHTY

SMOKE GETS IN YOUR EYES

好好告别

[美] 凯特琳·道蒂 著 崔倩倩 译

故事版《最好的告别》
关于死亡你不敢知道却应该知道的一切
超过 4000 万人因为她重新思考死亡和生命的意义

HALF THE SKY

天空的另一半

[美] 尼可拉斯·D.克里斯多夫 雪莉·邓恩 著
吴茵茵 译

每一个地球公民的必读书。——比尔 · 盖茨
普利策新闻奖得主讲述女性的绝望与希望。

A PATH APPEARS

走的人多了，就有了路

[美] 尼可拉斯·D.克里斯多夫 雪莉·邓恩 著
张孝铎 译

普利策新闻奖得主、美国畅销书《天空的另一半》作者
重磅新作。
讲述微小个人也能让世界变得更好。
帮助他人所带来的力量，最终也能帮助我们自己。

TRACKS

我独自穿越沙漠，
领略了安全感和自由

[澳] 罗宾·戴维森 著 袁田 译

一个女人 9 个月穿越 2700 公里沙漠的史诗般旅程。
"我要剥除所有的社会支撑，不要被保护，学着依赖
大地，学会尘土飞扬地玩耍和响亮地放屁。"

THE DIRTY LIFE

耕种 食物 爱情

[美] 克里斯汀·金博尔 著 姜佳颖 译

诗意生活的典范、美国极具影响力的
田园生活家克里斯汀·金博尔畅销代表作。

"我想要一个家,有一间房子,有青草的气味,
有晾在绳子上的床单,有一个在喷洒的水中跑
过的孩子。"

365日をおしゃれに楽し
む男のワードローブ

日剧男友穿搭圣经

[日] 大山旬 著 金磊 译

365
REAL CLOSET

日剧女主穿搭圣经

[日] 玄长 NAOKO 著 伍佳妮 译

改变亚洲人生活方式的365天穿搭圣经
97%实用度!

衣服是你最重要的人设,
你的穿搭是一切美好生活的开始

365

CHERYL STRAYED

WILD

走出荒野

[美] 谢丽尔·斯特雷德 著

靳婷婷 张怀强 译

连续 126 周盘踞《纽约时报》畅销榜！
仅美国就卖出 300 万册！
罕见地横扫 17 项年度图书大奖！版权售出 40 国！

每个人的生命中，都有一片荒野，
需要你自己探出一条路来。

MARY -LOUISE PARKER

DEAR MR. YOU

亲爱的你

[美] 玛丽-露易丝·帕克 著

陆茱妍 译

出演《天使在美国》《单身毒妈》，
艾美奖、金球奖得主——
玛丽-露易丝·帕克首部散文作品。

感谢生命中的他们，让你成为闪闪发亮的你。

CRAIG CHILDS

THE ANIMAL DIALOGUES

遇见动物的时刻

[美] 克雷格·查尔兹 著 韩玲 译

2008 年盖伦·洛威尔探险艺术奖。2008 年、2013
年西格德·奥尔森自然写作奖。
博物学家、冒险家、美国当代最优秀的自然主义作家
之一克雷格·查尔兹代表作。
给每一个热爱动物的孩子和大人。

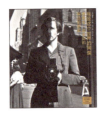
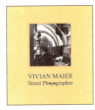

VIVIAN MAIER:
STREET PHOTOGRAPHER

我是这个世界的间谍：
薇薇安·迈尔街拍精选摄影集

VIVIAN MAIER:
SELF-PORTRAITS

我与这个世界的距离：
薇薇安·迈尔自拍精选摄影集

[美] 薇薇安·迈尔 摄　约翰·马卢夫 编

"她用孤独隐秘的一生，服事了影像的光辉与不朽。"

街头摄影界的梵·高 传奇保姆摄影师薇薇安·迈尔
隐没60年作品 精装、大开本首度原版呈现。

"这些是她最棒的一些照片，也许也是她留下的作品中
最有启发性的了。"——《洛杉矶时报》

A-Z GREAT MODERN ARTISTS

看懂所有艺术家 A-Z

[英] 安迪·图伊绘 / 克里斯托弗·马斯特 著　陈佳凰 译

一本让你看起来对艺术无所不知的书，
从头到脚提升你的艺术品位。
中英合作印刷，从封面到版式，100% 保留作者原设计。

A-Z GREAT FILM DIRECTORS

看懂所有导演 A-Z

[英] 安迪·图伊绘 / 马特·格拉斯比 著　常鸿娜 李雯斐译

一本让你看起来对电影无所不知的书，
从头到脚提升你的电影品位。
中英合作印刷，从封面到版式，100% 保留作者原设计。

big fish studio
磨铁图书旗下品牌

品

大鱼读品

大鱼读

出 品 人 | **沈浩波**   主　编 | 冯倩
产品经理 | **魏凡　万巨红　王迪　简秋生　任菲**
营销编辑 | **张婉希 金颖 黄筱萌 张睿珺 董子鹤**
书目设计 | **付诗意　沐希设计**

微 信 号 | **大鱼读品 BigFish**   微 博 号 | **大鱼读品 BigFish**
豆瓣小站 | https://site.douban.com/249541/　联系邮箱 | bigfishbooks@163.com
地　　址 | 北京市西城区德外大街 83 号德胜国际中心 B 座 10 层